**As
nove vidas
de
Rose
Napolitano**

DONNA FREITAS

As nove vidas de Rose Napolitano

TRADUÇÃO
Lígia Azevedo

paraela

Copyright © 2021 by Donna Freitas

A Editora Paralela é uma divisão da Editora Schwarcz S.A.

Grafia atualizada segundo o Acordo Ortográfico da Língua Portuguesa de 1990, que entrou em vigor no Brasil em 2009.

Título original
The Nine Lives of Rose Napolitano

Capa
Lynn Buckley

Foto de capa
Flowers in a Glass Vase, Jan Davidsz de Heem, c. 1660. Fitzwilliam Museum, University of Cambridge, UKBridgeman Images/ Fotoarena

Preparação
Diogo Henriques

Revisão
Jasceline Honorato e Renato Potenza Rodrigues

Dados Internacionais de Catalogação na Publicação (CIP)
(Câmara Brasileira do Livro, SP, Brasil)

Freitas, Donna
  As nove vidas de Rose Napolitano / Donna Freitas ; tradução Lígia Azevedo. — 1ª ed. — São Paulo : Paralela, 2021.

  Título original : The Nine Lives of Rose Napolitano

  ISBN 978-85-8439-219-3

  1. Ficção norte-americana I. Título.

21-68751 CDD-813

Índice para catálogo sistemático:
1. Ficção : Literatura norte-americana 813

Cibele Maria Dias – Bibliotecária – CRB-8/9427

[2021]
Todos os direitos desta edição reservados à
EDITORA SCHWARCZ S.A.
Rua Bandeira Paulista, 702, cj. 32
04532-002 — São Paulo — SP
Telefone: (11) 3707-3500
editoraparalela.com.br
atendimentoaoleitor@editoraparalela.com.br
facebook.com/editoraparalela
instagram.com/editoraparalela
twitter.com/editoraparalela

Para minha mãe, que me deu esta vida

2 DE MARÇO DE 2008

ROSE, VIDA 3

Ela é linda.
Fico admirada com sua perfeição. O cheiro inebriante de sua pele.
"Addie", chamo, baixinho. "Adelaide", tento de novo, um vago sussurro no ar estéril. "Adelaide Luz."
Levo a cabecinha dela ao nariz e inspiro, demorada e avidamente, ignorando a dor aguda no abdome. Sorrio admirada ao ver a penugem macia que é seu cabelo.
Como resisti a ter esse serzinho em meus braços! Antes da gravidez e do parto, eu vociferava contra a pressão para ter um bebê — para Luke, minha mãe, Jill, quem quer que ouvisse. Uma desconhecida ao meu lado no metrô, um homem desavisado na calçada. Eu tinha *tanta* raiva.
Mas agora...
A neve cai, os tufos úmidos batendo contra as janelas do quarto do hospital. À meia-luz, tudo ao meu redor ganha tons de cinza. Me inclino para a esquerda, procurando uma posição melhor. A temperatura cai, e a neve fica parecendo papel, espessa e seca como uma pasta. Ela dorme.
Meus olhos são dela.
"Como eu podia não querer você?", sussurro em sua orelhinha curva, como uma concha de pérola. "Como poderia haver uma vida em que você e eu nunca nos conhecemos? Se essa vida existe, eu não gostaria de passar por ela."

As pálpebras dela se contraem, brancas, cheias de veias, transparentes; o nariz e a testa se franzem.

"Você ouviu o que acabei de dizer, filha? É melhor ouvir só a segunda parte, sobre como a mamãe não ia querer uma vida sem você. É tudo o que precisa saber."

Parte I

ROSE, VIDA 1

Um

15 DE AGOSTO DE 2006

ROSE, VIDA 1

Luke está de pé, no meu lado da cama. Ele nunca vai para o meu lado da cama. Tem um frasco de vitaminas na mão. E o ergue.
Ele o sacode, um chocalho de plástico.
O som é pesado e moroso, porque o frasco está cheio.
Esse é o problema.
"Você prometeu", diz Luke, devagar e sem emoção.
Ih. Problemas.
"Às vezes me esqueço de tomar", admito.
Ele volta a sacudir o frasco, um maracá em tom menor. "Às vezes?" A luz que entra pela cortina forma um halo em torno da metade superior do corpo de Luke, a mão erguida com o objeto ofensivo delineado pelo sol, brilhando.
Estou à porta do quarto, indo pegar a roupa na cômoda e no armário. Coisas mundanas. Lingerie. Meias. Uma blusa e um jeans. Como em qualquer outra manhã. Eu teria colocado as roupas em um braço e levado até o banheiro, onde tomaria um banho e me vestiria. Em vez disso, paro e cruzo os braços, o coração uma mistura de mágoa e raiva.
"Você contou, Luke?" Minha pergunta é um estalo frio no ar úmido de agosto.
"E se eu tiver contado, Rose? E se tiver feito isso? Você me culparia?"
Viro de costas para ele e vou abrir a gaveta grande onde guardo calcinhas, sutiãs, combinações, regatinhas para usar

por baixo. Reviro minhas coisas, desordenando as roupas, deixando que tudo escape cada vez mais ao controle. Meu coração acelera.

"Você prometeu", diz Luke.

Pego a calcinha mais vovó que tenho. Quero gritar. "Como se promessas significassem alguma coisa neste casamento."

"Isso não é justo."

"É, sim."

"Rose..."

"E daí se eu não tomei as vitaminas? Não quero um filho. Nunca quis, continuo não querendo e nunca vou querer, você sabia disso desde antes do noivado! Te falei milhares de vezes! E te falei mais um milhão de vezes desde então!"

"Você disse que ia tomar as vitaminas."

"Eu só disse isso pra você parar de me infernizar." Lágrimas fazem meus olhos arderem, ainda que o sangue dentro de minhas veias pulse furioso. "Só disse isso para que a gente pudesse ter um pouco de paz nesse apartamento."

"Então você mentiu."

Viro para ele. Deixo a calcinha cair da mão enquanto marcho para o outro lado da cama, para confrontar meu marido. "Você jurou que não queria filhos."

"Mudei de ideia."

"Ah, tá. Claro. Nada de mais." Estou rolando ladeira abaixo, nós dois estamos, e não sei como impedir uma colisão. "Você 'mudou de ideia', mas eu menti."

"Você disse que ia tentar."

"Eu disse que ia tomar as vitaminas. Só isso."

"E não tomou."

"Tomei algumas vezes."

"Quantas?"

"Sei lá. Diferente de você, eu não contei."

Luke abaixa o frasco e o segura com as duas mãos, pressionando a tampa com uma palma, girando e abrindo. Ele dá uma olhada lá dentro. "Está cheio, Rose." Então volta a olhar para mim, a cabeça indo para a esquerda e para a direita, toda a sua reprovação voltada para mim.

Quem é esse homem à minha frente, esse homem que eu amo, esse homem com quem me casei?

Mal consigo ver a semelhança entre esse homem e aquele que costumava me olhar como se eu fosse a única mulher no Universo, como se eu fosse o sentido de sua própria existência. Eu adorava ser isso para Luke. Adorava ser tudo para ele. Luke sempre foi tudo para mim, esse homem com olhos brandos, pensativos, com o sorriso mais simpático e aberto do mundo, esse homem que eu tinha certeza de que ia amar pelo resto dos meus dias.

As palavras "Mas eu te amo, Luke" são mariposas presas, batendo dentro de mim, incapazes de encontrar a saída.

Em vez de desarmar a bomba que há entre nós, explodo em um movimento rápido, tirando as vitaminas da mão de Luke, meu braço como um taco, batendo no frasco com força e o jogando para o alto, os enormes comprimidos ovalados feito um arco de balas de um verde horroroso que depois se espalham pelo chão de madeira e pelo lençol branco na cama.

Ficamos ambos paralisados.

Os lábios de Luke estão ligeiramente abertos, deixando as bordas afiadas de seus dentes da frente visíveis. Os olhos dele seguem o rastro de vitaminas que representam o sucesso ou o fracasso da nossa relação, pequenas boias que eu deveria ingerir para manter nosso casamento à tona. Eu tinha cuspido tudo, então agora estávamos afundando. O único som no quarto é da nossa respiração. Os olhos de Luke estão arregalados. Traídos.

Ele acha que fui eu quem o traí, e que aquele frasco idiota de vitaminas é a prova.

Como não vê que foi ele quem me traiu? Que ao mudar

de ideia sobre ter filhos está me mostrando que não sou o bastante?

Luke volta à vida e vai até o canto do quarto para onde o frasco rolou até parar. Ele se inclina e o pega. Recolhe uma vitamina do chão, depois outra, pinçando-as entre os dedos e soltando-as lá dentro. Os comprimidos batem contra o fundo do frasco.

Eu fico ali, vendo Luke se inclinar e endireitar, inclinar e endireitar, até que todas as vitaminas estejam de volta a seu lugar de origem, inclusive aquelas que haviam deslizado para debaixo da cama. Luke tem que levantar a ponta do edredom para vê-las, tem que se deitar no chão para recuperá-las, esticando o braço.

Depois que ele termina, olha para mim, em acusação. "Por que eu tinha que me casar com a única mulher no mundo que não quer um bebê?"

Inspiro fundo.

Pronto.

Aí está. O que Luke vem pensando esse tempo todo, finalmente declarado. Não a parte sobre eu não querer um filho — isso ele sabe desde o começo. É o tom evidente de arrependimento em sua voz que me faz estremecer, o modo como me destaca como única, do pior dos modos.

Nós nos encaramos. Aguardo um pedido de desculpas que não vem. Meu coração bate forte, minha mente está acelerada por causa da pergunta de Luke, e minhas próprias perguntas se acumulam sobre ela. Por que não posso ser como todas as outras mulheres, que querem filhos? Por que não? Por que sou assim?

Será este o resumo da minha vida nos meus dias finais?

Rose Napolitano: *Nunca foi mãe.*

Rose Napolitano: *Não quis ter filhos.*

Luke olha para os próprios pés. Pega a tampa do frasco e o fecha, com uma batida firme.

Estendo a mão para o frasco — estendo a mão para Luke.

Dois

14 DE MARÇO DE 1998

ROSE, VIDAS 1-9

Não gosto de sair em fotos.

"Pode erguer os olhos?"

Meus olhos, minha cabeça, meu queixo, todos se recusam a atender.

Sou o tipo de pessoa que foge de câmeras, que se esconde atrás de quem quer que esteja perto. Que tampa a lente com a mão quando botam uma na minha cara. Mais um motivo para eu não estar aqui agora, sendo fotografada de beca e capelo. No que eu estava pensando?

"Hum, Rose?"

Ouço passos. Um par de tênis azul-marinho, desgastados no dedão e com cadarços velhos, aparece no chão à minha frente. Inspiro fundo e solto o ar, então ergo os olhos. O fotógrafo é jovem, talvez da minha idade, talvez um ou dois anos mais velho. Ele pisca, morde o lábio, franze as sobrancelhas.

"Desculpa", eu digo, remexendo as mãos sobre as pernas, os dedos apertando e soltando. "Devo ser a pior fotografada da história." Desvio o rosto, olhando para o lado, para a escuridão além do espaço bem iluminado onde estou sentada com um fundo cinza atrás de mim, montado especialmente para tirar retratos. Há uma pilha de caixas junto à parede, do tipo usado em mudanças. Em cima dela, uma jaqueta azul dobrada, além de um taco de hóquei largado no chão, ao longo do rodapé. "Foi uma ideia idiota", continuo. "Só pensei... tipo, eu queria... mas depois..."

"Você queria...?", o fotógrafo pergunta.

Não respondo, acho que porque não quero falar sobre o funcionamento interno do meu coração com um desconhecido. Além disso, ainda estou olhando para as tranqueiras espalhadas por toda parte. Esta deve ser a casa do fotógrafo. Ele falou em "estúdio", mas parece que mora aqui. Talvez tenha acabado de se mudar.

"O que você queria?", ele insiste.

Há algo no som da voz dele — gentil, paciente — que me deixa com vontade de chorar. A situação toda me deixa com vontade de chorar. "Eu não deveria estar aqui, não sou boa nisso." Começo de fato a chorar. "É tão constrangedor. Não gosto de sair em fotos. Sinto muito, peço desculpas." Choro ainda mais, mesmo que minha feminista interior me repreenda por pedir desculpas.

O fotógrafo — não consigo lembrar o nome dele (Larry? Não. Lou? Talvez.) — se agacha perto da minha cadeira, de modo que ficamos quase cara a cara. "Relaxa. Um monte de gente odeia sair em foto. Mas você está chorando por causa do retrato ou de outra coisa?"

Eu o avalio, reparo no modo como seu joelho direito pressiona o rasgo do jeans, a maneira como seu corpo oscila levemente por causa da posição agachada. Como ele sabe que não estou chorando por causa da foto? Ele também sentiu que na verdade se trata dos meus pais, que às vezes têm dificuldade de entender minhas escolhas? A mulher que me tornei como adulta?

Cruzo os braços, pressionando-os contra o corpo. A beca preta com acabamento em veludo é grossa e rígida. Aposto que se sustentaria sozinha se eu a apoiasse da maneira certa. Tiro o capelo da cabeça e sacudo o cabelo. Deve estar horrível, depois de aguentar o peso dessa coisa. O capelo é de veludo, da mesma cor que a beca. Fiquei tão animada quando chegou pelo correio, o símbolo de tantos anos de trabalho duro, do doutorado que estou prestes a concluir, em maio.

Meu doutorado em sociologia, que vai me transformar de Rose na professora Napolitano. Dra. Napolitano.

"De quem é aquela foto ali?", pergunto para o fotógrafo, em vez de responder à pergunta dele. Aponto para a foto, estendendo o braço para a direita.

Acima da pilha de caixas, há uma grande foto emoldurada, pendurada na parede. Parece deslocada, fixa e permanente, considerando o aspecto temporário de todo o resto. Duas pessoas, um homem e uma mulher, sentados lado a lado em uma varanda, cada um com um livro aberto na mão. E expressões tão vivas, tão envolvidas, que era como se as palavras diante de si fossem as mais empolgantes já escritas.

O fotógrafo se vira na direção que eu aponto e ri. "São meus pais. Tirei quando tinha dez anos. Ganhei minha primeira câmera de verdade no meu aniversário naquele ano. Tirava fotos de tudo à minha volta: das flores, da grama, dos veios do piso de madeira da sala. Muito artístico."

Ele se volta de novo para mim, me olha e dá de ombros. Então revira os olhos para si mesmo.

Seus olhos são verdes, com manchas castanhas.

"Tirei umas fotos excelentes do cachorro também."

Rio um pouco. Parte da tensão se alivia. "E então...?"

"Ah, claro." Dessa vez, ele não se vira. Mantém os olhos em mim. "Bom, a foto. Eu estava chegando em casa. Tinha uma borboleta voando sobre a grama alta, e eu saí correndo atrás dela, tentando conseguir a foto perfeita." Ele cobre os olhos com as mãos.

Sinto vontade de pegá-las, de tirá-las do rosto dele, de tocar sua pele morena e macia. Não quero que se sinta constrangido.

Ele deixa as mãos caírem ao lado dos joelhos. Balança um pouquinho. "Eu era muito nerd. Bom, lá estava eu, com o jeans todo sujo de grama, cansado, suado, e de repente olhei e vi meus pais lendo na varanda. E notei algo no rosto deles, que eu precisava capturar. Parei, ergui a câmera e tirei uma única foto." Ele sorri.

"Aquela?"

Ele volta a se levantar. É muito alto. "É. Foi essa foto que me fez querer ser fotógrafo. Quando eu vi, simplesmente soube. Minha mãe mandou emoldurar, para eu sempre me lembrar de quem sou e do que quero fazer, mesmo quando as coisas ficarem difíceis. Não é fácil começar nessa área." Ele deu tapinhas afetuosos na câmera que estava ao seu lado no chão, depois ergueu os ombros de novo.

Inclinei a cabeça enquanto o avaliava. "Obrigada por me contar essa história."

Ele assentiu. "Obrigado por me perguntar sobre a fotografia." Ele bateu o pé. "Agora é sua vez."

"Minha vez?"

"É, de me contar o que está acontecendo. Eu já contei uma história, então agora você tem que me contar por que está aqui."

"Hum..."

"Hum, e...?"

"Hum, tá. Tá bom."

Ele atravessa a sala para pegar uma cadeira, que coloca perto da minha, então se senta e se inclina para a frente. "Tenho bastante tempo. Você é meu único compromisso do dia."

Respiro fundo. "Antes de começar, tenho outra pergunta."

"Claro. O que é?"

Minhas bochechas ficam vermelhas. Eu me levanto, abro a beca e volto a me sentar. Estou derretendo dentro dessa coisa. "É meio constrangedora."

Ele arqueia as sobrancelhas.

"Esqueci seu nome. Como estamos contando da nossa vida um para o outro, acho que deveríamos nos tratar pelo nome. Sei que não é Larry. Será que é... Lou?"

Ele sorri de novo, ri de novo. Tem uma risada gostosa,

baixinha, mas grave, como se gostasse de rir, como se risse com facilidade. "Bem, Rose Napolitano, meu único compromisso do dia, concordo que devemos nos chamar pelo nome, e, como já sei o seu, acho que você também deveria saber o meu." Ele estende a mão, e eu a seguro.

Sinto um arrepio em toda a minha pele.

"Me chamo Luke."

Três

15 DE AGOSTO DE 2006

ROSE, VIDA 1

Minha mão paira no ar, esticada, vazia.

Em vez de me entregar o frasco, em vez de pegar minha mão, Luke devolve as vitaminas à mesa de cabeceira, onde costumo deixá-las, escondidas atrás da pilha de romances que vive do lado do meu travesseiro. Ele fica quieto.

Falo em minha defesa. "Estou tentando, Luke. De verdade." Deixo o braço cair, e a pergunta dele fica sem resposta. Quero enterrá-la, apagá-la empilhando outras palavras sobre ela, até que não possa mais ser vista. "Mas, às vezes, as vitaminas me dão dor de estômago, e você sabe que não consigo trabalhar quando me sinto mal. Não consigo me apresentar em conferências, não consigo fazer as entrevistas da pesquisa..." Espero que meu marido se junte a mim, que me ajude a nos afastar do lugar perigoso para onde a briga nos levou.

Podemos dar um jeito nisso. Meus olhos suplicam.

Luke hesita, apenas por um segundo, e coloco minhas esperanças nesse único suspiro.

Então seus olhos se estreitam. "Não quero mais saber do seu trabalho, Rose. Estou cansado de te ouvir falar do trabalho e de como, por causa dele, não podemos ter um filho."

Aí está, outra vez. Exposto. O problema que não conseguimos resolver.

Meu impulso de tentar consertar tudo se transforma em cinzas. Eu o encaro. "Não é só por causa do trabalho que não quero ter um filho, e você sabe disso. Não quero um filho porque nunca quis, e é meu direito não querer! Mas, meu Deus, Luke, qual é o problema em adorar meu trabalho? Qual é o problema em torná-lo prioridade? Qual é o problema *comigo*?"

"O problema é que, mesmo que chegássemos a ter um filho, você gostaria mais da sua carreira acadêmica do que dele! O problema é que o bebê sempre viria em segundo lugar. Nem sei por que pensei que poderia ser diferente."

"Ah, como se você não amasse ser fotógrafo. Só que você pode ser tão feliz e tão obcecado quanto quiser com o trabalho, porque é homem."

Luke leva as mãos às laterais da cabeça, deixando os cotovelos bem abertos. "Para com essa chatice feminista. Estou cansado disso."

"Então para de falar como se fosse seus pais!"

Ele solta os braços ao lado do corpo, as mãos fechadas em punhos. "Tá. Estou cansado de defender você para eles, aliás."

Cerro os dentes.

Os pais de Luke preferiam que ele tivesse se casado com outra pessoa, alguém mais tradicional, alguém que desistiria de tudo para ser mãe. Alguém que colocasse um filho acima da carreira. É uma briga que Luke e os pais vivem tendo a meu respeito — o que significa que é uma briga que eu e ele vivemos tendo a nosso respeito.

No ano passado, quando descobri que seria professora titular, liguei para Luke da minha sala e ele disse todas as coisas certas: que devíamos sair para beber, jantar e comemorar. Mas, quando cheguei em casa, Luke estava no telefone com o pai. Ele não me ouviu entrar.

"É, pai, eu sei, eu sei", Luke estava dizendo. "Mas Rose..."

Parei na hora, sem fechar a porta da frente para não fazer barulho. Assim, Luke continuaria achando que estava sozinho.

"Sim, eu sei, mas Rose está mudando. Vai ficar tudo bem quando ela tiver um bebê."

Houve uma longa pausa.

Meu peito doeu, minha caixa torácica doeu, o coração dentro dela doeu. Se eu tivesse algo de vidro à mão, um prato ou qualquer outra coisa que quebrasse, teria pegado e atirado no chão. Eu queria gritar.

Finalmente, Luke voltou a falar. "Sei que você acha que o trabalho sempre vai vir primeiro, mas tenho certeza de que um filho vai mudar isso." Pausa. "Sei que você discorda, mas gostaria que desse uma chance a ela." Pausa. "Pai, ela está cansada de falar sobre isso." Outra pausa, depois um suspiro pesado e frustrado de Luke, seguido por uma explosão de raiva. "Pai, para, por favor!"

Um livro caiu da minha sacola lotada de coisas, batendo no chão com um *tum* pesado.

"Rose?", chamou Luke. "É você?"

Fechei a porta ruidosamente, para que ele pensasse que havia acabado de chegar.

"Cheguei! Estou pronta para um drinque!"

"Tenho que ir, pai", disse ele. Quando entrei na sala, Luke já tinha encerrado a ligação e colocado o celular sobre a mesa.

Ele avaliou meu rosto.

Eu avaliei o dele. Suas bochechas estavam vermelhas.

"Oi." Arrisquei um sorriso feliz, tentando invocar a animação que borbulhara dentro de mim ao longo da tarde, desde que recebera a notícia. Eu queria recuperar aquela sensação. Me sentia traída, com meu momento arruinado pela conversa de Luke com o pai.

"Quanto da conversa você ouviu?", perguntou ele.

Desisti do sorriso falso. "O bastante. Demais."

"O que você acha que ouviu?"

Coloquei a sacola numa cadeira. "Não faz isso comigo, Luke. Sei do que vocês estavam falando."

"Então me conta."

"Era outra versão da conversa que você sempre tem com seus pais. Porque eu não quero um bebê, sou uma mulher ruim e falha, e sempre vou ser."

"Não era sobre isso que estávamos falando."

"Sei. Também ouvi meu marido se recusando a enfrentar seus pais e a dizer a eles para não se meterem no nosso casamento e pararem de falar mal da esposa dele!"

"Eu defendi você."

"Tá, mas por que precisou fazer isso? Por que está conversando com eles sobre uma questão relacionada ao nosso casamento? Não é da conta deles!"

"Estou fazendo o melhor que posso! Você sabe que eles têm opinião forte. São meus pais, e eu amo os dois!"

"Bom, você sabe que eu tenho opinião forte, sou sua esposa e amo você!" Arranquei o lenço que usava no pescoço e o joguei na mesa.

Luke inspirou fundo, depois soltou o ar. "Você sabe que eu também te amo."

Tirei os sapatos de salto, que se estatelaram no chão. "Você disse aos seus pais que eu tinha mudado de ideia quanto a ter um filho."

Luke pegou o lenço e começou a dobrá-lo, passando a mão pelo tecido delicado. Tinha me dado de presente no ano anterior, e era meu preferido. Luke o estendeu para mim. "Eu só estava tentando fazer os dois sossegarem", disse ele, baixinho.

Não peguei o lenço. Não me movi.

"Rose, por favor", disse Luke. "Não vamos fazer isso agora. Deveríamos estar comemorando uma conquista incrível. Vamos sair."

Meu olhar ficou mais duro. Tudo em mim endureceu. Meus músculos, minhas células, meus membros e especialmente minhas bochechas, que se calcificavam enquanto eu ficava ali, olhando para meu marido com algo que parecia

ódio. E talvez fosse mesmo. As sementes do ódio. Que brotariam e cresceriam como trepadeiras, até nos sufocar. "Por algum motivo, perdi a vontade de comemorar, Luke."
"Não seja assim."
"Assim como? Uma mulher ruim? Uma mulher difícil? Uma mulher *raivosa*?"
Minha voz cresceu até que eu me vi gritando. Eu só queria ficar ali, gritando. Soltar um grito interminável de raiva, que liberaria o sentimento reprimido que aprisionava tudo na minha vida. Queria deixá-lo sair, exorcizá-lo, mas não o fiz.
Em vez disso, fui para o quarto, batendo os pés, como uma criança petulante. E, uma vez ali, bati portas de armário e gavetas enquanto trocava a roupa do trabalho por um moletom e aquelas meias grossas e feias que parecem sapatilhas.
Parabéns para mim, pensei, furiosa.

"Isso é impossível", Luke diz agora, quebrando o silêncio. "Você é impossível."
Fico olhando enquanto ele passa por mim, a caminho da porta do quarto, e ouço seus passos atravessando a sala, os pés descalços batendo contra os tacos de madeira. Ouço quando ele abre o armário na entrada do apartamento. Quando ele volta, seus passos são acompanhados pelo som de rodinhas, baixo e constante. Uma mala.
Ele passa por mim uma segunda vez, arrastando a mala atrás de si, a maior que temos, grande o bastante para um cadáver, como sempre brincamos. Luke para diante das gavetas em que guarda suas roupas, dobradas, limpas, organizadas, muito diferentes das minhas gavetas, que estão sempre transbordando, pijamas e sutiãs embolados, em uma miscelânea de seda e cetim. Luke põe a mala sobre a cama e ouço o som do zíper dando a volta nela, seguido pelo de

suas mãos puxando uma gaveta de madeira, mãos que há algum tempo eu adorava sentir em toda a minha pele, mãos que transferem pilhas altas de camisetas, jeans e cuecas para a mala aberta. Ele esvazia uma segunda gaveta, depois uma terceira, meias, mais cuecas, em seguida o armário cheio de camisas e malhas, até que não há espaço para mais nada, nem mais um pedaço de Luke. Ele já pegou tudo que pode carregar.

Ele não me encara.

Meus olhos vão para minha foto na mesa de cabeceira dele. Tenho a cabeça caída para trás, a boca aberta, um riso no rosto. A neve brilha em minha blusa cinza e grossa, no meu cabelo escuro — Luke tinha acabado de me surpreender com uma bola de neve. Ele tirou a foto no dia em que ficamos noivos. É minha foto de que mais gosta.

Luke não a toca, nem olha para ela.

Penso nas outras fotos que tirou de mim, de nós, em como me transformou de uma pessoa que odiava ser fotografada em alguém capaz de desfrutar aquilo — bem, desde que o fotógrafo fosse ele. Penso na primeira vez que ele tirou uma foto minha, em como a sessão deveria durar meia hora e acabou se tornando um dia inteiro juntos, um único dia que se estendera por uma vida inteira de dias. Minha fúria, minha raiva, começa a derreter.

Eu queria dar um presente especial de formatura a meus pais, algo físico, algo que eles pudessem pendurar na parede de casa, algo que pudesse iniciar uma conversa sobre meu doutorado. Escolhi Luke como fotógrafo porque ele era barato e porque o estúdio ficava perto do meu apartamento. Durante a sessão, começamos a conversar. Ele estava tentando me fazer relaxar para a câmera, e acabou me convencendo a lhe contar o verdadeiro motivo pelo qual tinha começado a chorar.

Contei a ele.

Contei a Luke que, depois de defender minha tese e

encaderná-la, presenteara meus pais com um exemplar; eles olharam para ela, leram o título na capa e pararam. Contei que minha mãe havia dito a coisa certa: "Meus parabéns por essa conquista, Rose! Agora temos uma doutora na família!". Mas, sob as palavras, eu sabia que ela não entendia muito bem o que representava esse tipo de doutora em que eu havia me tornado. Contei que meus pais tinham dificuldade em entender por que eu queria tanto me doutorar, quando um diploma universitário deveria ser o bastante, especialmente considerando que meu pai, que era marceneiro, não tinha sequer feito faculdade. Contei que, embora meus pais e eu fôssemos próximos e nos falássemos e víssemos com frequência, minha pós-graduação era algo que não discutíamos muito. Sempre que eu mencionava o que estava estudando, minha mãe a princípio ouvia com interesse, mas então sua atenção diminuía, e ela parecia constrangida e dizia algo como: "Não entendo metade das palavras que você está usando, Rose". Contei a Luke que amava meus pais, que eles também me amavam, e que eu queria que aquilo que havia se tornado uma parte muito importante de quem eu era nos ligasse de alguma forma. No entanto, essa ligação permanecia ilusória. Eu queria encurtar a distância entre nós, por isso estava no estúdio dele, tirando aquelas fotos, que talvez pudessem servir de ponte.

"Tenho uma ideia", disse Luke, quando cheguei ao final da história.

Ele pegou a beca e a pendurou no armário, deixou o capelo sobre a cadeira e pediu que eu o levasse ao lugar onde estudara.

"Tá bom", falei. *Por que não?*, pensei.

Era uma tarde razoável, não muito bonita, mas seca, apesar de meio fria e nublada. Luke me disse que as nuvens forneciam melhor iluminação para fotos que sol direto. Me senti meio esquisita passeando com ele pelo campus.

"Quero que me mostre tudo", Luke pediu. "Todas as salas de aula, seu lugar preferido na biblioteca, seu banco preferido no pátio, a sala em que defendeu sua tese. Quero fazer o grande tour da experiência de Rose na pós-graduação e entender por que ela curtiu tanto."

Quanto mais tempo passávamos lá e mais conversávamos, mais eu conseguia abstrair o fato de que Luke estava tirando fotos. Nossa sessão durou quatro horas, e terminou em um jantar — por minha conta. Eu insisti.

Há fotos minhas daquele dia, andando pelos corredores do meu departamento, olhando para a estante onde ficavam as monografias do corpo docente, abraçando minha tese na sala em que a defendi, procurando livros na seção de sociologia da biblioteca, falando com alguns dos meus professores preferidos, e uma foto linda e feliz com minha orientadora. São fotos bobas, divertidas, a minha cara. Mal acreditei quando as vi. Luke colocou as melhores em um álbum com uma inscrição na capa dizendo: *Para meus pais, com amor, dra. Rose Napolitano.*

Meus pais se sentaram no sofá com o livro. Fizeram perguntas sobre cada foto, e contei tudo a eles.

"Esta é minha preferida", disse meu pai, apontando para a foto com minha orientadora. "Podemos separar essa e eu faço a moldura dela para pendurar na sala."

Levei Luke para jantar de novo, como agradecimento por seu trabalho árduo, por ter criado algo tão especial, por ajudar meus pais a entenderem melhor em quem sua filha havia se tornado. E porque, bem, eu queria vê-lo de novo. Quando contei que meus pais tinham amado o álbum, que tinham me feito um monte de perguntas sobre a pós-graduação, Luke assentiu.

"Nunca fui muito fã de retratos", disse ele. "Acho que as melhores fotos são aquelas em que estamos apenas vivendo, em lugares onde podemos ser nós mesmos. E você é muito mais você na universidade, Rose."

Olhei para Luke no mesmo instante. Já o amava.

* * *

Luke coloca um último jeans em cima de tudo e fecha o zíper da mala.

"Aonde você vai?", consigo dizer. As palavras saem secas e empoeiradas da garganta. Meu corpo cede, pendendo todo para o chão, os ombros curvados, o pescoço dobrado.

Ele está olhando para a mala, para o brilho do vinil azul-marinho. "Não posso, Rose. Não consigo."

"Não pode o quê?"

"Não posso ficar. Neste casamento."

Eu me endireito, com um movimento repentino, joelhos, ombros, vértebras ao longo da espinha, cotovelos, pulsos e dedos. "Vai me deixar por causa de um frasco de vitaminas?"

Ele se vira para mim, com os olhos cortantes. Vi essa expressão muitas vezes no último ano. A integridade, a determinação, a tragédia de ter se casado com uma mulher que se recusa a ter um filho, qualquer que seja o custo.

O custo, agora sei, é ele.

"Não. Vou deixá-la porque quero um bebê e você não, e não sei outra maneira de resolver isso."

"Costumávamos nos entender", digo, com a voz vazia. Derrotada. "Você costumava me entender."

Luke engole em seco. Em seguida, balança a cabeça de maneira quase imperceptível.

Ele desce a mala da cama para o chão, com um baque alto. Então pega a alça, inclina a mala e sai do quarto, passando por mim.

Sigo atrás dele, ou flutuo, não tenho certeza, meu corpo e meu cérebro estão desconectados. Mas eu me movo, disso tenho certeza. Me movo como Luke se move, atravessando a sala, passando pela ilha da cozinha que fizemos há dois anos, porque eu adoro cozinhar, porque precisava de mais espaço para picar e fazer os preparos.

Luke acaba chegando ao corredorzinho que leva à porta da frente. Enfia os pés nos sapatos, leva a mão à maçaneta e a gira, produzindo um ruído alto e agudo.

"Tchau, Rose", diz ele, de costas para mim, o azul-claro de sua camisa de manga comprida uma bandeira de rendição, sinalizando que é o fim. A batalha acabou.

"Para onde você vai?", pergunto de novo.

"Não importa", é tudo que ele diz.

Então vejo Luke sair pela porta de metal do nosso apartamento, fechando-a atrás de si. Ouço o som da lingueta, o elevador chegando ao andar, as portas se abrindo, Luke entrando, o zumbido da descida para o térreo, seguido pela quietude, pelo silêncio sem fim. Nada de passos, de zumbido, de malas de rodinha deslizando por tacos de madeira e corredores de concreto. Esse é o barulho de estar sozinha, de ser abandonada pelo marido, de ser deixada entregue ao trabalho. É o som de não ser mãe, de recusar a maternidade, o antirruído da vida que está por vir. Vou demorar para me acostumar com ele.

Quatro

22 DE SETEMBRO DE 2004

ROSE, VIDAS 1-9

"Rose, preciso falar com você."
Luke diz isso depois de colocar um sushi de atum na boca, já mastigando e com os palitinhos preparados para pegar outro. É o preferido dele. *Hot roll* ou simples, com o peixe por fora ou por dentro. Às vezes, Luke só pede isso. "Um apimentado, um normal, outro normal", diz ele ao garçom. Eu sempre tiro sarro dele por causa disso, e nós rimos. É uma dessas coisas bobas que você acaba amando no outro, só porque ele também é a pessoa que você mais ama no mundo.
Estou tão envolvida com minha própria variedade de sushis — muitos de salmão, alguns de enguia, alguns de olho-de-boi — que não registrei o tom de voz sério de Luke. "Você precisa dividir um pouco do atum comigo", digo, distraída, apontando para a comida dele com os palitinhos. "Você tem uns vinte aí."
Luke escolhe um *hot roll* e coloca no meu prato. "Rose, você ouviu o que eu disse?"
Sorrio. "Hum, ouvi?" Estou relaxada, curtindo o jantar de comemoração. Na semana passada, Luke teve sua primeira foto publicada por jornais de todo o país. Desde então, convites para trabalhos mais importantes têm surgido. "Desculpa, pode falar."
"Ando pensando bastante em filhos", diz ele.
Recosto o corpo na cadeira. "Filhos?" Fico chocada, co-

mo se a mera menção a tais criaturas equivalesse a avistar um unicórnio em meio aos clientes do restaurante. Inacreditável.

Luke apoia os palitinhos na molheira de shoyo. "Você acha que um dia pode vir a mudar de ideia? A gente talvez pudesse ter algo mais na vida, além de trabalho e amigos, sabe? Achei que talvez a gente pudesse... hum... rediscutir essa questão."

Ele diz isso de maneira acidentada, com o tipo de prolixidade que, se eu visse no trabalho de um aluno, sinalizaria, pedindo que reescrevesse para deixar mais claro.

A pior parte é que odeio esse tipo de pergunta.

Luke sabe quanto odeio.

Sempre que digo às pessoas que não quero filhos, que Luke e eu não planejamos ter, olham para mim de um jeito estranho. Depois dizem algo condescendente, como que só vou descobrir meu verdadeiro propósito na vida depois de virar mãe. Como se as mulheres fossem, por definição, mães à espera. Como se virar uma mulher adulta fosse sinônimo de virar mãe, uma espécie de condição genética latente que só aparece quando a pessoa chega a uma certa idade. De repente, as mulheres percebem o que sempre esteve ali, apenas sem se manifestar.

Isso me deixa louca.

As pessoas nunca dizem esse tipo de coisa a Luke.

Minhas sobrancelhas se arqueiam, posso senti-las empurrando a testa para cima. "Mudar de ideia quanto a ter filhos?" Minha voz sobe uma oitava. "Você não me conhece?" Rio. Minha brincadeira fica sem resposta. Mais uma vez percebo que Luke está falando sério. "Por quê? *Você* mudou?"

Ele demora para responder. O bastante para meu estômago se revirar, para eu também pôr os palitinhos de lado e, na pressa, permitir que um escape e caia no chão. Nem me dou o trabalho de me agachar para pegar.

"Bom, ando pensando que talvez eu fosse gostar de ter um bebê", diz Luke.

Meus lábios se abrem. O ar que entra e sai começa a secar minha língua, meus dentes. "Talvez?"

Ele dá de ombros. "Fico preocupado que a gente fique velho e se arrependa de não ter tido filhos." Luke fala devagar, pronunciando cada sílaba com cuidado.

O garçom passa e coloca outro conjunto de palitinhos na mesa. Meu corpo esquenta. Não sei o que dizer a Luke. Ou melhor, sei, mas se disser vamos começar a brigar.

Só que, quando vejo a tristeza no rosto do meu marido, estendo a mão sobre a mesa. "Você sabe como me sinto em relação a isso, Luke. Não quero acabar discutindo esta noite." Olho nos olhos dele. "Te amo tanto."

"Rose." Luke suspira tão pesado que acho que vai desabar sobre a mesa. "Também não quero brigar."

O que eu queria dizer era para deixarmos o assunto de lado. Mas Luke parece ter entendido outra coisa.

"Você não pode só pensar sobre isso? Sobre ter um bebê? Sobre mudar de ideia? Quando a gente namorava e eu disse que não queria ter filhos, acreditava mesmo nisso. Nunca pensei que poderia mudar de ideia. Mas aí Chris teve um", Luke prossegue, explicando como ver o melhor amigo da faculdade se tornar pai o afetou. "Fora que eu tenho feito sessões de fotos para outros amigos que também estão tendo filhos. Só consigo pensar em como seria ter um bebê com você, Rose. Não seria maravilhoso conhecer nosso filho? Não acha que teríamos um bebê incrível juntos?"

Não, não, não. Porque eu nunca quis isso.

"Você não quer isso também?"

Não. De jeito nenhum. Nunca.

Estou me esforçando muito para ouvir meu marido, para levar em conta seus argumentos explicando por que mudou de ideia. E eles parecem muito razoáveis. Porque são mesmo. Compreendo que uma pessoa acredite em uma coisa aos vinte anos e se dê conta de que quer algo completamente diferente mais adiante na vida.

O problema, claro, é que Luke precisa que eu compreenda seus motivos de uma maneira que me faça voltar atrás em todos os motivos que me dizem para fazer o oposto. O problema é que, para Luke realizar seu sonho recente de ter filhos, preciso me tornar a pessoa que tem esses filhos para ele.

Eu devia saber que essa conversa estava a caminho. Tinha havido sinais antes desta noite. Bastante evidentes. Mas o que eu fiz? Fechei os olhos, claro. Ao mesmo tempo, a mudança em Luke foi gradual. Sutil o bastante para permitir que eu vivesse em negação, e foi isso que fiz. É o que venho fazendo há um tempo. Luke tocou no assunto de filhos indiretamente, mantendo-o a uma distância suficiente de nossa realidade para que eu pudesse decidir ignorá-lo — como fiz. Mas acabei agindo como alguém que decide que, se ignorar o câncer que se espalha pelo corpo, não vai morrer dele.

Eu me lembro de quando Luke e eu passeamos de mãos dadas por Trastevere, em Roma. Precisávamos daquelas férias. Restaurantes com terraços encantadores ao ar livre se espalhavam pelas ruas, os clientes bebendo vinho e comendo pratos de massa deliciosos. Estava quente e úmido, mas eu não me importava. Luke e eu ficávamos nos esbarrando, daquele jeito agradável que acontece com os casais quando estão passeando, sem pressa, aproveitando a tarde.

O apartamento em que estávamos era pequeno e ficava no último andar de um prédio. Era praticamente só terraço, e adoramos aquilo. Fazia alguns anos que estávamos casados, e foi bom ter um descanso do trabalho, não fazer nada além de relaxar ali, com livros e revistas, comendo e bebendo a tarde toda, até estarmos cheios e tontos de satisfação. Um pouco mais cedo naquele dia, eu estava lendo um romance de mistério, estirada na sombra, quando Luke veio se juntar a mim. O beijo que ele me deu levou a outros e depois a sexo. A princípio, ficamos preocupados que alguém nos visse, mas então deixamos de nos importar com aquilo.

Era como se estivéssemos de volta à nossa lua de mel.

"Deveríamos fazer isso mais vezes", comentei enquanto passeávamos pela rua. Fazia muito tempo que Luke e eu não ficávamos daquele jeito. Eu estava pensando que era exatamente por isso que tínhamos feito aquela viagem: para nos reconectar, para fazer amor no meio do dia se tivéssemos vontade — talvez para que *tivéssemos* vontade. "Deveríamos fazer isso todas as tardes."

Os olhos de Luke brilharam. "Os vizinhos podem não gostar."

"Podemos ser discretos. Fomos discretos!"

"Precisaríamos ser mais discretos", disse Luke, mas eu sabia que tinha gostado da ideia. Que tinha adorado.

Demos uma olhada num cardápio exposto do lado de fora de um restaurante, seguimos em frente e olhamos outro. Minha barriga já estava roncando à espera do macarrão do fim do dia; minha boca, sedenta pelo vinho que iríamos tomar.

"Olha só", disse Luke de repente. Ele estava apontando para um grupo de crianças, só meninos, de uns sete ou oito anos, jogando futebol no meio da rua. "As crianças não fazem mais isso nos Estados Unidos. Brincar assim."

"Acho que não", concordei.

E não disse mais nada.

Luke parou diante de um banco. "Quer sentar um pouco?"

"Pode ser", falei, embora na verdade quisesse comer.

Uma leve apreensão havia entrado em minha corrente sanguínea no momento em que Luke começara a falar sobre os meninos jogando futebol. Os pais dele estavam pressionando para que tivéssemos filhos — quanto mais ele tentava fazê-los desistir da ideia, mais pressão eles faziam. Por um tempo, Luke reclamara comigo a respeito, dizendo como eles estavam sendo irritantes, mas então seus relatos daquelas conversas pararam. A princípio, presumi que ele tivesse conseguido se fazer ouvir, que os dois tivessem desistido e finalmente decidido respeitar nossa decisão de não ter filhos — eles sabiam que não queríamos ser pais desde o começo, antes mesmo do nosso casamento.

O que nenhum de nós tinha percebido na época era que os pais de Luke não haviam nos levado a sério. Eles acreditavam que mudaríamos de ideia. Acho que a mãe de Luke, Nancy, imaginava que eu iria acabar querendo um bebê, e tentava me instilar essa necessidade quando os visitávamos. Mas eu fechava a porta, explicando para ela — convictamente, veementemente — que não, aquilo não estava aberto a discussão. Como não cedi, ela e o marido, Joe, passaram a se concentrar no filho.

A princípio, foi um alívio. Achei que seria mesmo melhor se apenas Luke tivesse de ouvir aqueles tratados sobre as alegrias de ter filhos. Mas, depois de um tempo, comecei a me perguntar se todos os argumentos e toda a pressão estavam de fato fazendo com que ele mudasse de ideia.

Luke começou a comentar sobre as crianças à nossa volta, sobre os pais delas, o que faziam, como interagiam. Estava sempre tentando obter comentários meus em resposta. Ele queria falar sobre crianças, educação, sobre como os pais criavam os filhos. Será que estavam felizes com os filhos? Com a maneira como os filhos se comportavam? O que eu achava de tudo isso? Concordava com a maneira como eles falavam com os filhos, como permitiam que agissem?

Quando Luke fazia isso, eu sentia que estava lançando a isca, soltando a linha dentro do meu corpo, do meu cérebro, tentando ver o que poderia arrancar de mim. Eu não gostava de vê-lo cutucando com seu anzol afiado uma posição já definida. Eu torcia para que, se não respondesse, uma hora ele ia se dar conta de que não ia chegar a lugar nenhum. Estava determinada a acreditar que Luke não faria aquilo comigo.

Ficamos sentados naquele banco por um bom tempo, Luke vendo as crianças jogarem futebol, eu observando os adultos nos restaurantes, tomando vinho, comendo macarrão. Eu tentava evitar uma sensação desconfortável dentro de mim, mas então uma mãe passava com o bebê no canguru, depois outra, com uma criança em cada mão. De repente, havia mães e bebês em toda parte. Fechei os olhos.

"Você acha que seria melhor criar um filho aqui ou nos Estados Unidos?", perguntou Luke. "Em teoria, se tivéssemos um filho."

Toda vez que ele fazia algo do tipo, eu reagia imediatamente, me fechando por completo; nossa tarde de amor foi apagada e substituída por uma necessidade urgente de me afastar de Luke. Ele não percebia que estava me afastando? Que aquele era o único motivo pelo qual não tínhamos mais tardes de sexo gostoso? Por que ele não notava o quanto aquilo me deixava distante? O que ele estava fazendo comigo, com a gente?

Balancei a cabeça para ele, mas não disse o que de fato pensava. *Não quero criar um filho em lugar nenhum, e você sabe disso, porque simplesmente não quero ter filhos e ponto-final.*

"Talvez fosse diferente se morássemos no interior", prosseguiu Luke. "Mais fácil. Se vivêssemos em uma cidade mais parecida com as cidades em que fomos criados."

Ainda assim, não. "Hum..."

Eu me recusava a responder direito. Luke sabia como eu me sentia a respeito do assunto, não era preciso eu ficar me repetindo. Ou, pelo menos, eu achava que não.

Mas, pelo visto, estava errada.

"Não sei se a fotografia é o bastante para mim", diz Luke. "Sabe?"

Por fora, confirmo com a cabeça. Mas por dentro, estou balançando-a em negação o tempo todo. *Não, não, não. Não, não sei.* E: *Achei que* eu *bastasse pra você, Luke.*

A expressão de Luke se alivia, se *ilumina*. Parece que ele

volta a respirar. "Fico tão feliz que você entenda, Rose. Que esteja disposta a cogitar a ideia."

Meus olhos estão arregalados. "Tá, tá", eu digo, como uma idiota. "Vou pensar a respeito." *Não. Não. Nunca.*

"Obrigado", diz ele, comendo o último sushi. "Obrigado."

Minha comida permanece intocada. Assinto de novo, levemente. Quase não consigo me mover. Tenho vontade de vomitar.

"Então você acha que tem uma boa chance de conseguir uma bolsa de pesquisa?", ele pergunta, feliz, mudando de assunto. "Isso é ótimo!"

Procuro as palavras. E acabo encontrando. "Sim. Parece que sim. Seria ótimo." Pareço um robô.

A conversa continua, truncada da minha parte, Luke tendo de fazer todo o trabalho para sustentá-la. Depois que pagamos a conta e vamos para casa, ele fala sobre o trabalho, sobre uma viagem a Boston que vai fazer no fim da semana, sobre como adora o atum daquele restaurante, sobre como o peixe lá está sempre fresco.

"Rose, estou tão feliz por termos conversado", diz ele, quando vamos para a cama.

Eu o encaro, e noto o canto da foto na mesa de cabeceira dele, o arco de seu corpo inclinado cortando meu rosto feliz. Luke espera que eu diga algo. Que concorde com ele, imagino. De novo, tudo que consigo fazer é assentir levemente antes de apagar a luz. Meus olhos continuam abertos na escuridão. Me sinto sozinha, mesmo com Luke deitado ao meu lado. Como se o nosso futuro estivesse determinado, como se ele e eu já tivéssemos decepcionado um ao outro e ele já tivesse ido embora.

Cinco

2 DE FEVEREIRO DE 2007

ROSE, VIDA 1

"Professora Napolitano?"

"Sim?" Paro de arrumar a papelada e os livros e levanto o olhar da mesa. Acabei de dar uma aula sobre metodologias feministas na sociologia. São vinte alunos matriculados, quase todos mulheres, entusiasmadas, envolvidas, sérias. Às vezes, tenho vontade de formar um grupinho com elas e gritar palavras de encorajamento e força antes de deixá-las sair para o mundo menos sincero lá fora.

Jordana, uma aluna, está diante de mim. "Eu estava me perguntando se você pensou em..."

Escuto as palavras, mas ao mesmo tempo não as escuto, não o bastante para compreender o que significam. Estou pensando em Luke, em nosso casamento. Ele ainda não voltou para casa, e esse pensamento sempre me vem à cabeça quando terminam as aulas, no momento em que qualquer distração acaba. Estou sempre pensando nisso.

Jordana franze as sobrancelhas enquanto aguarda pela resposta, mas não tenho ideia do que me perguntou. Seus grandes olhos de coruja parecem ainda maiores por trás dos óculos também grandes.

"Professora?"

Viro para as janelas para não a encarar, para me recompor. Os galhos nus de um bordo, vermelhos até o outono, tocam o vidro, a melancolia cinza das nuvens de chuva preenche o resto da paisagem. O pai de Jordana morreu no ano passado. Eu me lembro de quando aconteceu, de como podia ver em seus olhos depois, a morte dele, a mácula bem no meio deles. Luto, perda, dor, a permanência daquilo tudo.

Eu me forço a olhar para ela. Ali está, ainda posso ver. A tristeza. Um acréscimo permanente, mesmo quando Jordana está envolvida com outras coisas, como a aula.

Será que isso está claro no meu rosto também?

"Está tudo bem?", ela me pergunta.

Abro e fecho a boca. Não sei o que dizer.

A professora Napolitano não está bem. A professora Napolitano volta para sua sala todos os dias depois da aula, fecha a porta com cuidado e chora à mesa. Passou a ter grandes caixas de lenço escondidas nas gavetas. Não aquelas caixinhas de lenço quadradas e simpáticas, pensadas para o choro amador, mas caixas compridas, retangulares, de tamanho econômico, que deveriam vir com as seguintes instruções do lado, em letras grandes: *O acompanhamento perfeito para quando o seu marido te deixa.*

"Muita gentileza sua em perguntar, Jordana. Mas estou bem." *Não estou. Nem um pouco.* "De verdade. Obrigada. Mas o que você estava dizendo mesmo?"

Mais tarde, estou na minha sala, lendo trabalhos dos alunos, me esforçando ao máximo para me concentrar, quando o número de Luke aparece na tela do celular.

Atendo na hora. "Oi", quase sussurro.

"Oi, Rose", diz ele, igualmente baixo.

"Como você está?", pergunto.

"Estou bem. Como *você* está?"

Hesito. Então digo: "Sinto sua falta".

"Eu sei." Ele hesita. Então diz: "Também sinto a sua".

"É?"

Silêncio do outro lado.

Eu espero. Espero que Luke confirme. Sim, Rose, estou morrendo de saudade de você. Sim, Rose, percebi que não posso viver sem você. Sim, Rose, vou voltar para casa, não aguento esperar nem mais um dia. Quero que Luke volte a ser o homem que costumava ser, o homem que só precisava de mim, e não de um filho, o homem com quem eu achava que tinha me casado. Quero muito isso. Então, continuo esperando que ele volte para mim, a Rose que ele tanto amava. Ainda estou aqui, bem aqui.

Em agosto, depois que Luke deixou o apartamento, passei por toda a preparação para o novo semestre, fechei o programa da disciplina e tirei cópias antes do primeiro dia de aula, quando a copiadora fatalmente quebra, depois quebra de novo. Comecei a dar as aulas, continuei dando as aulas, indo do apartamento vazio para minha sala e voltando todas as noites para dormir sozinha. Então, em janeiro, fiz tudo de novo. Fechei o programa, fiz as cópias. Ainda esperando que Luke e eu conseguíssemos nos entender. Fevereiro começou e nada tinha acontecido. Não ainda.

Em muitas ocasiões, retornei à nossa briga e às vitaminas, repassando tudo na cabeça, fazendo algo ligeiramente diferente a cada vez, com resultados, é claro, ligeiramente diferentes. Na maior parte das vezes, Luke não vai embora. Mas, em quase todas as versões, o motivo pelo qual fica, o motivo pelo qual se convence, é a minha capitulação. Eu digo que sinto muito, que vou tomar as vitaminas, que vou ter o bebê com o qual ele sonha.

Mas eu faria isso? De verdade? Faria isso comigo mesma em troca de ter meu marido de volta em casa?

Talvez. Talvez eu fizesse. Talvez eu devesse fazer.

Luke finalmente responde, depois de uma longa espera e de um suspiro pesado. "Preciso lhe dizer uma coisa, Rose."

Sinto um buraco no estômago. As palavras são quase as mesmas de quando ele me confessou pela primeira vez que queria um bebê. O som de sua voz — gentil, mas firme;

triste, mas determinado — me assusta. Não consigo falar nada. Conheço a voz dele. Conheço *essa* voz. A voz que ele usa quando vai me contar alguma novidade.

Então Luke diz: "Conheci alguém. Estou namorando".

"Namorando?" Pronunciar essa palavra tão simples faz com que uma grande bola de aço se aloje no meu pescoço.

"Isso."

"Quem?"

"Não importa quem."

"Como não importa? Você está apaixonado?" A bola vai até o fundo da minha garganta.

"Sei lá, Rose. O que eu sei é que quero um bebê, tanto quanto você não quer. E quero encontrar alguém que queira ter esse bebê comigo. E a pessoa com quem estou quer ter um filho."

"Mas..."

"Você não quer ter filhos, nós dois sabemos disso", diz Luke. "Seria infeliz. Você já disse isso um milhão de vezes."

Ele está certo. Eu já disse isso. Pelo menos um milhão de vezes.

Começo a chorar.

Luke também chora. Posso ouvi-lo do outro lado da linha.

"Mas eu disse tudo isso antes de saber que isso significaria perder você", sussurro. Posso ouvir Luke respirando, pensando.

"Sei que não acredita em mim agora, mas um dia você vai acordar e ficar feliz por eu ter ido embora." O tom de voz de Luke é pesaroso. Ele funga. "Não sou bom para você. Faz bastante tempo que não. Você vai ficar bem. Nós dois vamos."

"Não."

"Sim."

"Nunca vou ficar feliz por você ter ido embora", digo, depois de um longo silêncio. "Somos o amor da vida um do outro. Soubemos disso no momento em que nos conhecemos."

"É", diz ele, com a voz falhando. "Eu realmente achava. Você sabe disso."

Achava. No passado.

"Não quero desistir, Luke."

"Nem eu. Mas preciso. E vou."

Parte II

ENTRAM MAIS ROSES, VIDAS 2 E 3

Seis

15 DE AGOSTO DE 2006

ROSE, VIDA 2

Luke está de pé, no meu lado da cama. Ele nunca vai para o meu lado da cama. Tem um frasco de vitaminas na mão. E o ergue.
Ele o sacode, um chocalho de plástico.
O som é pesado e moroso, porque o frasco está cheio.
"Você prometeu", diz Luke.
"Às vezes eu esqueço de tomar", admito. Dou um passo para mais perto dele.
Os ombros de Luke caem. "Rose. Você *prometeu*."
"Eu sei."
"Então por que não está tomando?"
"Eu tomo. Mas não todo dia."
Luke sacode o frasco de novo. "Está quase cheio." Ele abre e dá uma olhada dentro.
Vou até a cama e me sento na beirada, uma esposa exausta, com a questão da futura maternidade sempre pairando, sempre no horizonte. Os tacos de madeira no chão refletem a luz. "Acho que só tomo de vez em quando."
Luke vai até a cama e se senta comigo, fazendo o colchão ceder com seu peso e nos aproximar. "Achei que fôssemos tentar, Rose."
"Eu disse que ia tomar as vitaminas. Foi tudo que eu disse."
"Mas achei que isso significasse que você estava aberta à possibilidade de ter um bebê."

"Eu estava tentando me abrir."

Luke me encara. Sinto seu olhar, quente no meu rosto já quente.

"Eu estava tentando por *você*", deixo mais claro. "Aí parei de tentar."

"Por que não me contou?"

Eu pisco. Uma mecha de cabelo de Luke se destaca de um jeito que eu sempre adorei. A visão faz meu coração doer. Quero acariciá-la, como também sempre adorei fazer. Mas não faço isso. Não agora. "Fiquei com medo de contar. Sabia que você ficaria chateado. Estava preocupada com o que diria."

O suspiro de Luke é pesado, longo e algo mais. Compreensivo? Frustrado? Desesperado? O frasco de vitaminas continua em suas mãos. "O que vamos fazer?", ele pergunta.

"Não sei."

"Sabe, sim."

Dessa vez, é fácil detectar o que há na voz de meu marido: raiva, sarcasmo.

"Não seja assim", eu digo.

"Assim como?", ele retruca.

De repente, estou dividida. Sou uma mulher, uma esposa, partida em duas. Um lado de mim quer arrancar o frasco das mãos dele e jogar contra a parede com toda a força. O outro quer reparar esse problema que cresce entre nós e é irreparável, esse vão que nem eu nem Luke encontramos uma maneira de cruzar desde que começou a se abrir.

Um lado vai vencer o outro.

Estico o braço e pego a mão de Luke. Posso sentir, no momento em que nos tocamos, no momento em que *eu* o toco, que a raiva dele diminui.

A esperança, ainda que um fiapo, ressurge entre nós.

"Não fica pensando que vai me convencer", repeti a Luke pelo que parecia ser a milésima vez. Naquela época, estávamos namorando fazia mais de um ano. "Nunca quis filhos e não vou mudar de ideia." Eu queria deixar aquilo claro — inconfundível e irrevogavelmente claro.

Estávamos na casa dos pais dele. Lá em cima, no pequeno quarto de visitas, que também servia de escritório. Não era minha primeira vez ali, e sempre que voltávamos minha relação com Luke parecia um pouco mais séria, um pouco mais perto do para sempre. Estávamos prestes a descer para o jantar, que seria divertido e maravilhoso, porque naquela época os pais dele gostavam de mim.

"Também não quero filhos", disse Luke. Ele também já havia me dito aquilo muitas vezes.

"Mas você tem que ser sincero."

"Estou sendo sincero!"

"Está mesmo?"

"Estou. Para de duvidar de mim, Rose. É irritante." Ele parecia aflito. "Fora que a fotografia é importante para mim. Se tivéssemos um filho, talvez eu precisasse fazer outra coisa. Já está difícil o bastante pagar as contas como fotógrafo... você sabe disso."

"Isso seria inaceitável", falei. "Você mudar de carreira."

"Sim, por isso você precisa parar de falar sobre isso. Tem que confiar em mim."

Estávamos de pé no espaço acarpetado entre a escrivaninha e a bicama. Eu não queria que aquilo evoluísse para uma briga, mas, sempre que tocava no assunto, algo tomava conta de mim, uma onda de raiva que subia pelo meu corpo e se alojava na minha garganta, até que eu a pusesse para fora. "Não é que eu duvide de você, Luke. Mas, depois de tantos anos, sei que ninguém acredita em mim quando digo que não quero ter filhos. É tipo a porra do *Papel de parede amarelo*. Ninguém acredita no que as mulheres dizem!"

"Rose, não fica irritada..."

"Tem gente que tem a coragem de me dizer que talvez eu ainda não tenha encontrado a pessoa certa, se não quero ter um filho com você! Mas tenho cem por cento de certeza de que não quero ter filhos *e* de que você é a pessoa certa para mim!"

O rosto de Luke ficou vermelho, daquele jeito que indicava que estava feliz. "Sou a pessoa certa para você", disse ele. Uma declaração, uma proclamação de pura confiança.

Estávamos ambos tão confiantes.

"É sim", confirmei. "Você é a única pessoa certa para mim."

"Isso é tudo que importa", disse Luke, sorrindo. Radiante.

O que me fez ficar radiante também.

Luke enlaçou minha cintura. Eu olhei para ele. Se eu soubesse a facilidade com que a adoração podia se transformar em ressentimento... Isso teria nos ajudado? Ou teria impedido até mesmo que nos casássemos?

"Te amo tanto", falei, bem quando a mãe dele nos chamou para o jantar.

Ficamos noivos dois dias depois.

Se. *Se.*

Se amor fosse tudo que importa.

Tontos. Fomos tão tontos.

Ou só eu fui tonta? Por que Luke acreditaria no que eu dizia que queria quando ninguém mais acreditava? Por que seria a única exceção?

Luke se inclina e coloca o frasco de vitaminas no chão, no espaço entre a cama e a parede. Ele parece esquisito ali, fora do lugar. Solitário. "A culpa é minha", diz ele.

"Do quê?"

"Eu prometi a você."

Meus olhos se voltam para o perfil de Luke, sua bochecha, o único olho que consigo ver naquele momento. *Você prometeu, Luke. Você prometeu.* "O que você prometeu?", pergunto. Sou uma pessoa terrível por querer que ele diga isso em voz alta? Por querer que se lembre de todas as conversas que tivemos antes de ficarmos noivos?

"Eu prometi que não queria filhos. Que entendia que você não ia mudar de ideia depois que nos casássemos."

Fico perfeitamente imóvel, esperando, prendendo o fôlego, precisando que Luke diga mais, que siga em frente, que volte ao ponto em que costumávamos estar, o ponto em que nosso casamento começou, quando concordávamos que eu não precisava ser mãe para que nosso relacionamento funcionasse, nem ele precisava ser pai.

"E sei que não foi justo pedir para você mudar de ideia", prossegue Luke. "Mas fiz isso mesmo assim, e agora isso está acabando com a gente."

A palavra "acabando" me faz recuar. Dou as costas para Luke, com os olhos baixos, e o frasco solitário entra no meu campo de visão, aquela ilhazinha de plástico, à deriva, vulnerável. Eu poderia esticar o pé e chutá-lo, virá-lo de cabeça para baixo.

"Você acha que estamos acabados?", pergunto, em um sussurro.

Luke fica em silêncio por um longo tempo. Tempo demais. O bastante para minhas costas começarem a se curvar, vértebra por vértebra, até meus ombros caírem. Luke se vira e estica um braço para o porta-retrato em sua mesa de cabeceira. Ele o pega e se vira, segurando minha foto entre nós.

Será que é uma provocação? Será que é o seu jeito de demonstrar tudo que perdemos? Meu estômago se revira. Será esse o momento em que Luke e eu terminamos, muito embora, ao nos casarmos, vivêssemos dizendo um ao outro que essa era uma das melhores partes do casamento, saber que nunca mais precisaríamos terminar com alguém?

Então Luke diz: "Não. Não acho que estamos acabados".

Viro para ele, para o perfil que sempre admirei, com a testa se curvando ligeiramente para a inclinação suave do nariz. "Não?"

Ele balança a cabeça. Seus olhos estão fixos em mim, suplicantes. "Desculpa, Rose. Pode me perdoar? Pode ser paciente enquanto tento voltar ao que costumava pensar em relação a filhos?" Seu olhar se volta para minha foto. Ele passa um dedo pela moldura do porta-retrato, com todo amor. "Talvez seja minha vez de mudar de ideia de novo, e não você."

Enquanto Luke fala, eu assinto. Uma lágrima escorre pela minha bochecha esquerda. "Posso, claro. Posso fazer tudo isso. Posso ser paciente. Eu te amo. Te amo muito."

Luke se vira para mim. "Também te amo, Rose."

Ele deixa o porta-retrato de lado e me envolve com os braços. É o abraço mais apertado que damos em muito tempo. O fiozinho de esperança que senti por um momento se alarga, se transformando em um rio.

Sete

20 DE DEZEMBRO DE 2012

ROSE, VIDA 3

"Addie, pega sua banqueta."

Fico observando enquanto minha filha de quatro anos — determinada, séria — vai até o canto onde fica a banqueta que ela usa para me ajudar na cozinha, ao lado da estante lotada de livros e com uma pilha bagunçada de revistas ameaçando cair. Devagar, Addie arrasta até a ilha a banqueta que meu pai fez especialmente para ela — pintando a madeira de rosa, sua cor preferida, por mais que eu e Luke tivéssemos tentado convencê-la de que azul, verde e lilás eram cores tão bonitas quanto o fúcsia e os tons pastéis que sempre a atraíam. O cabelo de Addie brilha sob a luz — é castanho-escuro, como o meu, e tem um halo de fios arrepiados, como o de Luke. Resisto à vontade de acariciá-lo, porque sei que ela vai responder com um sonoro "Mamãe!", em protesto. A vontade de tocá-la é muitas vezes incontrolável.

Um saco grande e pesado de farinha nos aguarda na bancada, assim como o jarro de água morna e os ovos em temperatura ambiente.

"Tá, mamãe", diz ela. "Pronto."

Addie coloca as mãozinhas gorduchas — cada dia menos gorduchas — sobre a ilha de madeira. É cedo; Luke ainda está dormindo, e Addie e eu estamos de pijama. A estampa do dela é de girafas cor-de-rosa, porque Addie adora girafas. Toda vez que vê uma na televisão, dá um gritinho e ri. Ela tem girafas por todo o quarto, uma das quais bem grande, cujo pescoço serve de cabideiro. Foi um presente da mãe de Luke, em março, quando fez quatro anos. Música natalina toca ao fundo. A expressão de Addie é de profunda concentração. Seus olhos castanhos estão focados, seus lábios vermelhos franzidos, sua respiração faz barulho ao sair pelo nariz.

Ela é uma criança séria.

Just hear those sleigh bells jing-a-ling...
"Você lembra o que fazemos primeiro, nhoquinha?" O apelido que minha mãe havia dado a Addie realmente pegou.

"A gente tem que... tem que fazer... o *buraco*." Ela enunciava bem cada palavra, com a voz aguda e baixa.

"Isso, muito bem! E como é que se faz?"

Ela se estica sobre a bancada, o máximo que consegue, tentando pegar o saco de farinha. Antes que o derrube, eu o puxo para mais perto. Addie enfia a mão dentro dele e tira um punhado de farinha. Joga sobre a bancada e começa a girar, como me viu fazendo centenas de vezes. Enfio a mão no saco também, pego a farinha e espalho sobre a bancada, o que faz Addie me olhar na mesma hora: NÃO.

"*Eu consigo* fazer, mamãe."

"Sei que você consegue. Está bem." Levanto as mãos enfarinhadas e me afasto. Acho graça no jeito como Addie se esforça para preparar o espaço onde vamos fazer a massa do macarrão. Ela vai para a frente e para trás, para a frente e para trás, incrivelmente devagar, acrescentando farinha até formar uma montanha, com pico e tudo. *Jack Frost nipping at your nose*, Frank Sinatra canta, fornecendo a trilha sonora para o trabalho de Addie.

Nunca fui uma pessoa paciente, uma das coisas que achei que faria de mim uma péssima mãe. Mas é estranho, você descobre recursos dentro de si quando de repente há uma criança, e ela é sua. Quando uma pessoa se torna mãe ou pai, tudo relacionado a quem ela é, a sua personalidade, sua individualidade, seu corpo, parece ser sacudido e jamais voltar ao que era. Se qualquer outra pessoa demorasse todo esse tempo para pegar a farinha para fazer o macarrão, eu a teria interrompido e terminado o trabalho eu mesma. Mas, como se trata de Addie, eu apenas fico ali, com o avental escrito "Dra. Chef" que Luke me deu no Natal passado, observando minha filha fazer as menores e mais insignificantes coisas, como se tivesse toda a paciência do mundo.

"Acho que já temos farinha o bastante, nhoquinha. Bom trabalho! Agora deixa a mamãe fazer o buraco."

Everybody knows a turkey and some mistletoe...

"Quero ajudar."

"Você super pode ajudar." Eu a levanto — ela está ficando tão pesada — e a inclino sobre o monte Everest de farinha. "Use as duas mãos, retas, Addie, retas, isso, assim, e pressione pra baixo, pra farinha começar a se espalhar. Isso, muito bem! Assim mesmo. Agora as laterais. Boa! Agora eu vou te colocar de volta na banqueta e vou fazer o resto."

"Mas..."

"Nhoquinha, você precisa olhar pra mamãe com muita atenção, pra da próxima vez fazer essa parte sozinha, tá bom?" Referir-me a mim mesma na terceira pessoa, como "mamãe", era outro item da lista de coisas que eu dizia que jamais iria fazer.

Addie dá um suspiro longo e pesado. Então faz que sim com a cabeça.

Começo a trabalhar, salvando a farinha dos tortuosos esforços de Addie. A música preferida dela começa a tocar. "Addie, canta comigo! *Ohhh, way up North, where the air gets cold!*"

"Mas e se a gente acordar o papai?", ela me interrompe. Está sorrindo, porque gosta da ideia de fazer barulho de manhã, quando ainda tem gente dormindo.

"Ah, não se preocupa com o papai. Ele não vai acordar", eu digo. "Ele não acordaria nem se uma bomba explodisse."

* * *

Luke é um bom pai. De verdade.

Ou tenta ser. Quer ser.

Mas, estranhamente, ele, que estava tão desesperado, que queria tanto um filho, não é o homem que eu esperava que fosse agora que finalmente tem um. Eu o amo, ele é maravilhoso, está sempre de bom humor e trabalha duro, mas a verdade é que nunca está muito disponível.

Praticamente todas as manhãs desde que Addie nasceu, tenho que batalhar para tirá-lo da cama, para que me ajude com ela.

"Luke... *Luke*", eu dizia, então inspirava profundamente, frustrada. "*Luke!*" Essa era eu, pouco depois, gritando no ouvido dele, usando as duas mãos para sacudi-lo, desejando ter uma daquelas cornetas que os torcedores usam nos jogos de futebol.

"Hum..." Esse era ele, quase sempre, incapaz de abrir os olhos, letárgico, totalmente alheio ao fato de haver um bebê na casa, um bebê que logo começaria a engatinhar e que agora se tornara uma aluna vibrante e falante da escolinha, uma criança que nunca irá embora, que precisa de cuidado e atenção, que *sempre* vai precisar.

Quando finalmente concordei em tentar engravidar, combinamos de dividir o trabalho. Luke prometeu que faria mais do que a sua cota para compensar o fato de que, independentemente do que fizéssemos, seria eu a carregar a criança. Ele jurou que ia compensar.

Mas ninguém, nada é capaz de te preparar para a realidade do primeiro ano. A mulher faz tudo. Afinal, é o corpo dela. E isso dá o tom de tudo que vai vir. Todos os meses de gravidez, o caos do parto, um borrão intenso e estridente, seguido pela realidade implacável de que se acabou de passar pelo maior trauma físico que uma mulher pode vivenciar, e praticamente no segundo seguinte você se vê responsável por cuidar de uma pessoinha indefesa, que quer *se alimentar de você*.

Eu insisti que não ia amamentar, *de jeito nenhum*. Luke e eu vivíamos brigando por causa disso. Ele me fornecia todos os argumentos, de todos os jornais e revistas que encontrava, explicando por que a amamentação era essencial, por que era quase um crime não amamentar. E eu só dizia: não, de jeito nenhum, nem pensar, a criança vai sobreviver. Nós dois havíamos sido criados à base de fórmula, e tínhamos ficado bem. Mas, quando vi Addie, mesmo depois de toda aquela loucura — uma cesariana depois de vinte horas de trabalho de parto —, senti o estranho e inesperado impulso de amamentar. Quem poderia imaginar?

Se aquele momento em que olhei no rostinho enrugado e perfeito de Addie e concordei em amamentar não tivesse existido, talvez eu tivesse dado um jeito de dividir as coisas meio a meio. Mas, como o momento existiu, isso não aconteceu. Enfim, Luke é um bom pai, mas não tão bom quanto achei que seria.

Logo depois que Addie nasceu, ele começou a fazer muitas viagens de trabalho. Quando comentei a respeito, ele riu e disse: "Não é verdade. Você está imaginando coisas, Rose. Deve ser a falta de sono". Eu estava diante do fogão, de olho no brócolis e no alho na frigideira. Ele se aproximou e beijou meu pescoço. "Você sabe que eu te amo. Muito."

"Também te amo", falei, porque era verdade. Mas não se tratava apenas de falta de sono. Eu sabia que ele estava viajando mais do que antes.

Quando o confrontei a respeito novamente alguns meses depois, ele respondeu de maneira menos amorosa:

"Nem todo mundo é promovido toda vez que publica alguma coisa. Estou tentando sustentar essa família, tá?"

"Sei que você trabalha bastante", respondi. "Mas preferia que ficasse em casa com a gente. Não é fácil lidar sozinha com Addie."

Ele abriu a boca para dizer alguma coisa, mas pareceu mudar de ideia. "Você é tão boa com ela. Melhor do que eu." Luke riu, mas foi uma risada triste.

"Luke", protestei, a frustração diminuindo. "Você é ótimo com Addie. De verdade." *Quando está por perto*, acrescentei mentalmente.

"Eu tento", disse ele.

Não o bastante. "E não é uma competição. Você só precisa passar mais tempo com a gente. Precisa passar mais tempo comigo." Não pude resistir a acrescentar aquilo. "Nós quase não temos passado tempo juntos."

Ele não respondeu. Apenas falou: "Vou na confeitaria para comprar bagel. Quer alguma coisa?".

Fiz que não com a cabeça.

Ele se afastou, pegou o casaco e saiu.

Fui para o quarto e fiquei olhando por um bom tempo para as duas fotografias na mesa de cabeceira de Luke — uma minha, rindo na neve, que está ali desde sempre, e a segunda, mais recente, de Addie comigo, rindo na neve. Um conjunto. Luke olha para elas todas as noites, antes de dormir. Diz que o deixam contente com a vida que tem, que o fazem lembrar das coisas boas. Quando olho para elas, tento me lembrar que tenho um marido que nos ama o melhor que pode.

Mais tarde na mesma noite, Luke pediu desculpas, disse que ia tentar ficar mais em casa. No dia seguinte, chegou extravasando animação, com um buquê de peônias, minhas flores preferidas. Ele me beijou e explicou que tinha pedido aos pais para cuidarem de Addie no fim de semana, para que pudesse me levar a um lugar especial, onde ficaríamos só os dois. Tinha se dado conta de que não passávamos um fim de semana fora de casa desde que Addie nascera, e precisávamos daquilo. De que seria bom para nós sair um pouco, voltar a ser Rose e Luke, e não Rose, Luke e Addie.

Sim, eu pensei. *Sim.*

A pequena pousada em que nos hospedamos ficava em frente ao mar, para o qual nosso quarto tinha vista. Estávamos tão perto da água que parecia que sentíamos as ondas o tempo todo. Ficamos no bar como dois adultos sem filhos, tomando vinho, conversando, rindo dos velhos tempos; o jantar foi maravilhoso, longo e suntuoso; depois fomos para a cama e fizemos amor com o tipo de liberdade que costumávamos ter antes do nascimento de Addie — sem nos preocupar em ser interrompidos, em não fazer barulho demais. Lembrei-me das coisas que amava no homem com quem me casei, coisas que se pode perder de vista ao se ter um filho. Acho que ele também se lembrou de coisas que amava em mim. Assim espero.

Os pais de Luke não nos ligaram nem uma vez.

"Aproveitem", disse Nancy, a mãe de Luke, quando partimos.

Fiquei tão grata a ela que fiz algo que não fazia havia anos: a abracei. Nancy ofegou quando meus braços envolveram seu corpo pequeno, claramente surpresa. Depois retribuiu meu abraço, com vontade.

Nunca me recuperei direito do modo como os pais de Luke me trataram enquanto eu resistia a ter filhos. Agora nos damos relativamente bem, porque eles são avós de Addie, mas, tirando ela, meu relacionamento com os dois é no máximo um coquetel de camarão — frio e não tão bom quanto se esperava.

No entanto, naquele momento, a faísca de generosidade de meus sogros provocou uma onda de calor em mim, e não pude evitar abraçar também Joe, o pai de Luke.

Assim, nosso fim de semana começou com um sorriso no rosto de Luke. Era sempre uma questão complicada entre nós, minha raiva dos pais dele, minha "recusa a perdoar", como ele dizia, sem notar que Nancy e Joe continuavam agindo de maneira estranha comigo.

E o fim de semana só melhorou a partir dali.

Quando as coisas ficam difíceis, tento me lembrar do tempo que passamos juntos naquela pousada à beira-mar; quando parece cada vez mais impossível tirar Luke da cama para levar Addie ao parque, como prometido, digo a mim mesma que só precisamos de um fim de semana para resolver tudo. Puf!

A campainha toca.
"Quem é, mamãe?"
Addie e eu estamos cobertas de farinha, com as mãos e os antebraços grudentos de massa. Ela tem um pouco na bochecha e no cabelo, também. Parece que rolou sobre a bancada. "Fica aqui", eu digo. "Não mexe em nada."
Acabamos de desfazer o buraco, um momento perigoso no processo de fazer o macarrão. Mariah Carey está cantando minha música de Natal preferida. Eu a canto enquanto lavo as mãos na pia — não é fácil tirar massa de macarrão. Mais tarde, quando for dormir, vou encontrar grumos nos antebraços, no pescoço e no pé.
A campainha toca de novo, e de novo. "Já vou, já vou!" Fecho a torneira e seco as mãos ainda sujas. Tenho pedaços de massa nas palmas e nos dedos, descascando como pele de zumbi.
"Podem ser presentes de Natal", diz Addie, esperançosa. Ela está de pé na banqueta, rebolando ao som de Mariah. Luke e eu conseguimos convencê-la de que às vezes o Papai Noel manda seus ajudantes entregarem os presentes com alguma antecedência. Eles não parecem elfos porque estão disfarçados de entregadores.
Ao abrir a porta, vejo minha melhor amiga, Jill, professora de psicologia da universidade em que trabalho, do lado de fora, segurando uma grande sacola de compras. "Tentei te ligar, mas você não atendeu!" Ela olha para meu corpo enfarinhado, meu avental e diz: "Dra. Chef!".

"Deixei no silencioso."

Ela entra e imediatamente calça os chinelos que deixa no meu apartamento para quando vem visitar. "Aaah, Mariah Carey! Minha preferida! *I just want you for my own, more than you could ever know!*"

Eu a sigo, achando graça em seu canto desafinado, alto e exuberante. "Além do mais, não estou exatamente em condições de pegar o celular", digo, mas Jill não está ouvindo.

Ela deixa a sacola na mesa da cozinha. "Oi, minha nhoquinha!", diz, e dá um abraço apertado em Addie, apesar da sujeira, fazendo-a rir. Jill não tem filhos. Não quer ter, como eu. Como eu *costumava* não querer. "Sinto muito por interromper a sessão de culinária, mas tenho um negócio importante para falar com sua mãe." Jill dá um beijo estalado na bochecha de Addie, depois faz um movimento de quadril ao som da música e vira para mim. "Cadê o Luke? Ainda dormindo?"

"Onde mais?" Fico olhando enquanto Jill tira coisas da sacola. Continua dançando. Uma caixa de donuts. Chocolate. Um saco engordurado de croissants da minha padaria preferida.

"O que é isso?", pergunto. "Vai ter festa?" Em seguida, vem suco de laranja, seguido de champanhe. Sinto um tremor por dentro. "O que está acontecendo?"

"Você não entrou na internet hoje, né? Não viu seu e-mail?"

"Não. Fala."

Jill está sorrindo. Ela abre o suco de laranja.

"Ai, meu Deus. Eu consegui? Consegui?"

Depois de uma pausa, Jill bate no tampo da mesa, como se fossem tambores rufando. "Sim, você conseguiu a bolsa de pesquisa! A lista saiu hoje de manhã!"

"Puta que pariu!" Estou gritando. Tapo a boca com uma das mãos quando vejo a cabecinha de Addie virando para mim. "Nossa. Isso é incrível! Puta merda!"

"Mamãe!"

"Desculpa, amor. Não vai acontecer de novo."

Jill pega o champanhe e, com toda a experiência, abre a garrafa. O barulho faz Addie dar um grito agudo de surpresa. Pego três taças no armário. Provavelmente não é boa ideia dar uma a Addie, mas não consigo me conter, e ela só vai tomar suco. Ponho as taças uma ao lado da outra na ilha coberta de farinha, e Jill começa a preparar duas mimosas.

"É refrigerante?", pergunta Addie, referindo-se ao champanhe. Está inclinada para a frente, entretida com a garrafa.

"É o refrigerante da mamãe", diz Jill.

"Ah..." Addie parece decepcionada. A infância é cheia de decepções terríveis, uma série interminável de: *não, você não pode experimentar, não pode dizer isso, não pode fazer isso*. Addie está sempre reclamando. *Por que a resposta é sempre não?*, pergunta. Minha mãe gosta de me lembrar que eu costumava perguntar a mesma coisa. Aquilo também a deixava louca, ela diz, com um sorriso satisfeito no rosto.

Jill pega sua taça do outro lado da ilha. A massa de macarrão pela metade é uma grande pilha entre nós, em meio a uma explosão de farinha. "Saúde, Rose!"

Pego minha taça e ajudo Addie a pegar a dela. Ela tem um pouco de dificuldade, inclina a haste longa, derrama suco na bancada.

"Uhu!"

Addie ri enquanto brindamos.

Batemos as taças. Addie derrama um pouco mais de suco na ilha, dessa vez sobre a massa de macarrão, mas não me importo. Sinto a champanhe borbulhando da ponta dos dedos da mão aos dedos dos pés.

"Saúde, nhoquinha!" Cutuco Addie. "É você, filha."

Ela sorri, e pedacinhos de massa caem de suas bochechas.

Rosno de brincadeira para ela, com a boca encostada na testa dela.

"Mamãe!", ela protesta, e se afasta.

Se alguém me perguntasse cinco anos atrás o que aconteceria se eu tivesse um filho, eu teria dito que acabaria com minha carreira. De fato, no primeiro ano, achei que nunca mais me sentiria descansada. Estava sempre exausta.

Então, certa noite, alguns meses depois da longa alucinação que foi o primeiro ano de Addie, não consegui voltar a dormir depois de amamentar. Abri o laptop e comecei a escrever. O que saiu foi toda a minha ansiedade sobre me tornar mãe depois de ter resistido por tanto tempo. O "antes" me tornava uma mãe ruim? O "antes" importava, agora que eu tinha me firmado no depois? As pessoas me julgavam mais, me viam com suspeita? Preocupavam-se pela minha filha, porque a mãe dela podia não servir para aquilo? Porque *eu* podia não servir para aquilo? Havia outras mães relutantes no mundo, como eu, com preocupações similares? Ou eu estava sozinha?

Jill veio me ver certa noite, prometendo não reparar na mancha de vômito na minha malha. Trouxe vinho, uísque para depois do vinho e coisinhas para comer. Eu já tinha tirado o leite, como era de se esperar de uma boa mãe, para poder beber com ela. Sempre pedia vinho no jantar quando estava grávida — tomava apenas uma taça, olhando para as pessoas que me julgavam com um sorriso desafiador no rosto. Luke e eu também brigávamos por causa daquilo. Os pais dele ficavam loucos. Os chiliques de Joe e Nancy e os olhares feios dos outros só me deixavam com vontade de tomar uma segunda taça e virar uma dose de tequila depois.

Expliquei a Jill que vinha escrevendo um pouco, elaborando uma lista de perguntas ansiosas. Contei a ela que andava me perguntando se era a única que pensava daquele jeito — que, por não ter desejado ser mãe, era inevitável que eu seria péssima na criação de Addie.

Algo se acendeu nos olhos de Jill. "Bem, professora Napolitano, por que não tenta descobrir?"

"Como?"

"Acho que são perguntas muito boas para investigar, Rose."

"Acha mesmo?", perguntei, com os reflexos entorpecidos pela exaustão. Então, de repente, tive um vislumbre daquela velha sensação, aquela que sempre me fazia lembrar da razão por que decidira cursar o doutorado. Era uma sensação vaga, mas familiar. Excitante. "Ai, meu Deus. Posso fazer uma pesquisa baseada nessas perguntas. Posso pesquisar essas questões!"

Jill assentiu.

Ela estava certa.

Aquela noite parecia ter acontecido muito tempo atrás, e tinha mesmo. Levei um bom tempo para conseguir elaborar meu projeto, mais do que o normal. Mas elaborei. E agora, aqui estou eu, comemorando na cozinha, bebendo champanhe e comendo donuts e chocolate. Addie já comeu pelo menos quatro caramelos. Suas bochechas estão sujas de doce, além de massa de macarrão.

"Estou tão feliz", digo para Jill, provavelmente pela décima vez. "Não consigo nem acreditar."

Então Luke surge do quarto, esfregando os olhos e usando seu roupão azul. "No que você não consegue acreditar, Rose?"

"Bom dia, amor!"

"Oi, Luke", diz Jill.

"Oi, papai!"

"Ih." Luke pega Addie da banqueta e dá um abraço nela, depois se vira para mim. "Você nunca me chama de 'amor' de manhã. O que aconteceu?"

"Consegui a bolsa de pesquisa, Luke. Consegui!" Não consigo evitar dar gritinhos, e Jill se junta a mim. Pulamos as duas sem sair do lugar, e o resto de nossas mimosas gira nas taças, espirrando no chão.

"Nossa. Isso é incrível, Rose! Parabéns! Você conseguiu!"

Ainda estou olhando para Jill quando Luke diz isso, quando exclama com energia. Viro a cabeça para ele na hora. Avalio meu marido. Um pouco da animação e todo o ar dentro de mim são arrancados do meu corpo. Olho para Luke, vejo o sorriso em seu rosto, ouço-o dizendo todas as coisas que um marido orgulhoso deveria dizer. E, no entanto, sob as palavras certas, por trás do sorriso orgulhoso, percebo, pela sua expressão, que está mentindo. Ele não está feliz por mim. É bem o contrário. Eu sei. Uma esposa sempre sabe.

Oito

19 DE SETEMBRO DE 2008

ROSE, VIDA 2

Luke está tendo um caso.
Tenho certeza.
É uma punição, não é?
É o que eu recebo por não querer filhos. Por privar meu marido e os pais dele de um filho e de um neto. De fincar o pé, de não me dispor a mudar de ideia. Eu tinha um marido amoroso, uma vida feliz. Agora, por causa das minhas escolhas, meu marido amoroso está apaixonado por outra.
E como eu sei disso?
Bem.
A pergunta certa é: como eu não saberia?
Como qualquer esposa não saberia, quando está acontecendo com ela?
Não que Luke esteja recebendo ligações suspeitas ou algo do tipo. É mais um pressentimento que tenho quando estou com ele. O comportamento recente dele. Não, o modo como olha para mim. Ou melhor, o modo como *não* olha para mim.
A distância. Há uma distância entre nós, desde aquela briga idiota por causa das vitaminas, que terminou com ele prometendo parar de me pressionar. As coisas melhoraram por um minuto, e então...
Ele está sempre distraído, mas não fazendo algo no apartamento, ou trabalhando, ou vendo e-mails. Luke se perde em pensamentos, onde não posso alcançá-lo. E, quando tento, ele retorna de onde quer que estivesse de um jeito

meio exagerado. Há uma alegria forçada, um afeto repentino da parte dele. Um *excesso* de afeto.

Ele diz coisas bem intensas, como: "Rose, você é a única mulher que eu já amei. Você sabe disso, né?". Isso depois que eu pergunto algo tão inócuo quanto "Luke, você viu minha camiseta preferida por aí?", ou "Luke, o que acha de risoto de funghi para o jantar?".

Culpado. Ele se sente culpado.

É como se um odor permeasse nosso apartamento. Um perfume desagradável, envolvendo o corpo de Luke, seguindo-o, como se ele fosse o Chiqueirinho, o amigo do Charlie Brown. Todos esses indícios amorfos e, bom...

A foto.

Não *aquele* tipo de foto.

Um tipo diferente. Muito pior. Mais revelador.

Vi de passagem no celular dele. Luke queria me mostrar uma foto que havia tirado de um gato gordo estirado que o fez rir. Ele estava sempre tirando fotos de gatos, o que nos levava sempre a discutir sobre termos ou não um — um prêmio de consolação pelo filho que nunca viria. Eu queria um gato e estava pressionando para que pegássemos um. Eu às vezes brincava, e Luke também, dizendo que um gato certamente preencheria o buraco em nosso casamento sem filhos. Mas isso nunca funcionava, nunca parecia desarmar a granada que era jogada de um lado para o outro em nossas vidas, ameaçando explodir.

Luke passava pelas muitas fotos em seu celular.

E eu olhava por cima de seu ombro.

Ele já estava rindo, garantindo que eu ia morrer de rir também, quando visse o gato.

Meu dedo disparou na direção da tela do celular, tentando segurar uma imagem, parar ali, para poder ver melhor. "Quem é essa?"

"Quem?"

"Essa mulher. Na foto que acabou de passar."

"Mulher?" Luke tentou passar as fotos, mas meu dedo estava travando a tela. Ele inclinou a cabeça para mim, com as sobrancelhas erguidas. "Não vou conseguir achar se você não deixar."

"Ah." Tirei o dedo. A julgar pelo seu tom de voz, Luke estava irritado. "Desculpa", falei, mas mantive os olhos na tela. Eu não queria deixar a foto passar, não queria que Luke fingisse que não havia nada ali. As fotos passaram depressa demais para que eu as visse claramente. "Mais devagar! Acho que já passou."

Luke voltou as fotos, daquela vez em ritmo de tartaruga. Eu pensei: *Vamos começar a brigar. Eu não queria que isso virasse uma briga.* A princípio, foram fotos do trabalho que vi na tela. Uma coletiva de imprensa com o prefeito, fotos de noivado no fim de semana anterior, então uma série de imagens aleatórias. Luke estava sempre tirando fotos na rua, em lojas, sempre que via algo interessante.

Meu dedo disparou de novo. "Essa."

"Ah, Cheryl?" Luke falou o nome dela com indiferença, como se eu a conhecesse, talvez para transmitir a ideia de que era normal ter uma foto dela no celular. Mas, assim que ele revelou que sabia o nome da mulher, que o nome Cheryl podia sair de sua boca tão facilmente quanto Rose, percebi que tinha se arrependido. "Acho que era esse o nome dela", acrescentou.

"Que *era* esse o nome dela? Ela morreu?"

Ele me encarava. "Não, Rose. Mas por que eu saberia, por que me importaria? É uma mulher qualquer." Luke bateu o dedo na miniatura, e a imagem preencheu a tela. Ele inclinou o aparelho para que eu pudesse ver melhor, como se não tivesse problema algum em me mostrar, como se aquela foto fosse tão inocente quanto todas as outras.

Um buraco se abriu no meu estômago enquanto eu avaliava o rosto da mulher, sua expressão, a postura do corpo. Não foi só a beleza dela que abriu uma caverna dentro de mim, seu cabelo ruivo, comprido e ondulado, sua pele translúcida, marcada pelas sardas que todas as ruivas têm. Era o fato de que ela estava rindo, o *modo* como ela estava rindo, com a cabeça jogada para trás, o cabelo cascateando além dos ombros, os olhos semicerrados, os lábios vermelhos abertos em um O redondinho, alegre e totalmente à vontade.

Era como a foto preferida que ele tinha de mim.

"Quem é ela?", perguntei, já me afastando e entrando na cozinha enquanto falava. Eu fazia o meu melhor para parecer despreocupada, abrindo a torneira, passando uma água na louça, começando a encher a máquina. "Acho que você nunca a mencionou antes. Cheryl." Agora que eu tinha ouvido o nome, queria dizer o tempo todo.

"Eu já falei, é só uma pessoa que vi no parque." Luke foi até a prateleira onde ficavam as bebidas, pegou uma garrafa de uísque e um copo. Abriu a garrafa e se serviu uma dose. Ele nunca bebia uísque, mas de repente ia beber. "Pensei em usar a foto no site, para ajudar a conseguir mais trabalhos como retratista. Só sei o nome dela porque assinou um termo de liberação de uso de imagem. Não acha que é uma boa foto?"

Eu arrumava e rearrumava os pratos, tigelas e canecas, tentando fazer com que encaixassem melhor na lava-louça. "É uma foto ótima."

"É, eu também achei", disse Luke, como se eu tivesse sido a primeira a notar aquilo, e ele estivesse apenas concordando. Então veio na minha direção, com o copo de uísque na mão, quase transbordando. Deu um golinho. "Deixa que eu faço isso."

Dei um passo para o lado, e ele me entregou o copo. Em seguida, se debruçou sobre a lava-louça, mudou uma tigela de posição, colocou outra onde havia mais espaço, acrescentou sabão e fechou a porta. Ligou a máquina, olhou para mim, estendeu a mão para pegar o uísque e riu.

O copo estava vazio.

Enquanto ele mexia na louça, eu tinha virado.

Olho para o relógio. Luke deve estar no estúdio a essa hora, no intervalo do almoço.

Pego o celular e ligo para ele.

O telefone toca até cair na caixa de mensagens. Outro sinal de que está tendo um caso. Ele costumava atender sempre que eu ligava. Eu preferiria nunca ter visto a porra da foto. Agora, tudo que ele faz parece um sinal de que está me traindo.

"Oi, Luke", começo a dizer. "Liguei só para dar um oi e porque estou com saudade. Eu estava pensando: quer jantar algo especial hoje à noite? Me liga de volta ou manda uma mensagem dizendo o que quer comer. Sei que está ocupado. Te amo muito!" O tom meloso da minha voz me dá dor de barriga e de cabeça. É açúcar demais em uma única dose.

É por isso que as pessoas piram e contratam investigadores particulares.

Ligo para Jill em seguida.

Ela atende no primeiro toque. "Oi! E aí?"

Pelo menos alguém no mundo ainda quer falar comigo. "Será que você podia vir aqui?"

"Na sua sala ou no apartamento? Achei que fosse trabalhar de casa hoje."

"Estou. Bem, estava. Mas não estou. Não muito. Não consigo me concentrar. Preciso de você. Por favor." Me sinto patética dizendo essas coisas, e odeio isso.

Um longo silêncio se faz. "O que aconteceu, Rose?", pergunta Jill por fim, a voz baixando, meu nome saindo grave e arrastado.

Respiro fundo. Ainda não externei minha preocupação

em voz alta, porque isso vai fazer com que seja verdade. Mas digo agora. "Luke está tendo um caso."

Dessa vez, Jill não me faz esperar. "Já estou chegando", diz, e desliga o telefone.

Quando abro a porta, Jill me puxa em um abraço.

"Vamos tomar um chá", diz, ao entrar no apartamento. Vai direto para o armário da cozinha onde guardamos as canecas e põe duas sobre a ilha, depois pega dois saquinhos de chá de camomila e põe um em cada. Levo a chaleira ao fogo, para me ocupar.

Enquanto esperamos a água ferver, Jill diz: "Chá ajuda a acalmar os nervos".

"Eu não disse que estava nervosa."

Jill me olha de um jeito que indica que não acredita em mim.

"Tá. Estou apreensiva, ou não teria ligado."

"Por que acha que Luke está tendo um caso? Encontrou alguma coisa? Um recibo de hotel? Uma mensagem?"

"Não exatamente."

Jill cruza os braços. Está usando uma blusa azul-marinho que combina com seus olhos. "O que foi, então?"

"Bom." Tento decidir como descrever o que estou sentindo. "Luke tem agido... diferente. Anda distante. Não sempre, mas às vezes."

"Maridos ficam distantes. Esposas ficam distantes. Maria fica distante o tempo todo." Maria é a companheira de Jill. "Isso não significa que estão tendo um caso."

"Eu sei. Mas..." Faço uma pausa, respiro. "Ele fica distante, e logo em seguida o oposto de distante. Fica carinhoso demais, como se estivesse tentando compensar alguma coisa. Como se estivesse se sentindo culpado. E encontrei uma foto."

Jill arqueia as sobrancelhas. "Ih." Ela tira os sapatos, vai até a parede calçar os chinelos e depois volta para a ilha. "Me conta mais sobre essa foto."

"Sabe aquela foto minha que Luke tirou, em que estou rindo na neve?"

Ela faz que sim.

"Bom, ele estava passando pelas fotos do celular outro dia e percebi que tinha tirado uma foto quase igual, de uma mulher que eu nunca vi. Ele disse que o nome dela é Cheryl."

"Cheryl! Então não é uma pessoa qualquer."

"Ele disse que era. Mas acho que falou o nome no automático, sem pensar. Depois tentou dar uma disfarçada."

A chaleira começa a apitar. Jill enche as duas canecas e me entrega a minha. O saquinho de chá flutua, e eu o empurro para baixo com a colher.

Jill pega a própria caneca com ambas as mãos. O vapor sobe e envolve seu rosto. "Talvez você esteja interpretando mal. Talvez ele tenha tirado a foto porque o fez lembrar de você, e estivesse melancólico. Talvez tenha sido só saudade."

Faço que não com a cabeça. "Tem outra coisa que me faz achar que ela é importante." Suspiro. "Você vai me achar maluca."

"Pode falar."

"Luke sempre deixou o porta-retrato com a minha foto virado para ele, para poder me ver antes de ir para a cama e ao acordar de manhã."

Agora Jill tem um ar zombeteiro. "É um sinal de que ele te ama, Rose, não o contrário. E de que ele é um romântico patético."

Continuo falando. "Outro dia, notei que a foto estava virada para o outro lado, e desvirei. Na manhã seguinte, ela estava virada para o outro lado *de novo*. Luke deve ter feito isso de propósito. Não queria olhar para a minha foto antes de ir dormir aquela noite. Mexeu nela para não ter que me encarar!"

"Você não pode ter certeza disso. Talvez ele tenha batido nela sem querer e seja só coincidência. Talvez ele esteja entrando na cama de outro jeito."

"Você está forçando a barra", retruquei, ainda que quisesse acreditar nela. "É mais provável que ele esteja se sentindo culpado por ter um caso com uma mulher chamada Cheryl."

Jill puxa o saquinho de chá da caneca, o aperta com a colher e o coloca em um pratinho. "Provas", diz em seguida. "Se ele estiver mesmo tendo um caso, e eu disse 'se', vamos acabar encontrando provas."

"Vamos?"

"Ah, sim. Vamos começar a investigar agora mesmo. Quando Luke chega?"

"Depois das sete."

"Perfeito. Vamos ter bastante tempo." Com a caneca na mão, ela segue para o escritório, onde Luke e eu temos uma escrivaninha cada um.

Respiro fundo e vou atrás dela.

Jill já está revirando as gavetas de Luke. "Onde você acha que ele guardaria algo que não quer que você encontre? Ou que queira manter por perto?"

Por um momento, fico presa em uma espécie de vertigem, como se, com qualquer movimento — para trás, para a frente ou para o lado —, fosse despencar de um penhasco. Vou mesmo fazer isso? Mexer nas coisas do meu marido? Procurar provas de que está tendo um caso?

Sim, decido. Porque talvez encontremos algo definitivo, e aí vou saber que não estou louca. Ou talvez consigamos provar que é tudo coisa da minha cabeça, e aí vou poder deixar para lá.

Pego um livro da mesa de Luke. Folheio. Ponho de volta no lugar. "Não tenho certeza. Acho que vamos ter que olhar tudo."

Vasculhando as coisas de Luke, pilhas de correspondências, recibos para o imposto de renda, de repente me sinto como uma daquelas mulheres que vão a programas da tarde de TV e revelam todas as coisas desesperadas que fizeram quando suspeitaram que o marido estava tendo um caso. Ao mesmo tempo, baixar a guarda e ceder aos meus piores impulsos é libertador. Começo a rir.

"Por que está rindo?", pergunta Jill, abrindo uma gaveta e dando uma olhada.

"Por minha causa. Por causa de nós duas. Por causa de tudo isso." Pego uma pilha de papéis de uma prateleira e dou uma olhada. "Tipo, qual é a diferença entre fazer isso e contratar um detetive particular? Quase nenhuma, né? Só falta a teleobjetiva e a câmera. É meio engraçado", digo.

"Bom, só vai ser engraçado até acharmos alguma coisa", Jill responde, e eu paro de rir.

Eu me lembro do momento em que descobri que estava apaixonada por Luke, irremediável e desesperadamente apaixonada; de como parecia que meu coração havia sido sequestrado.

Foi dez anos atrás. Eu estava em um retiro para escrever com minhas amigas da pós, Raya e Denise, que tinham me arrastado com elas para que extraíssemos artigos de nossas teses a fim de nos posicionarmos melhor no mercado de trabalho.

Na verdade, minhas amigas tinham me arrastado para longe de Luke.

Fazia apenas três meses que Luke e eu estávamos saindo, mas, desde nosso segundo jantar, éramos inseparáveis. Íamos andar de bicicleta juntos, íamos caminhar no parque juntos, íamos ao mercado juntos. De alguma forma, isso intensificava tudo, inclusive coisas mundanas como comprar leite e cereal. Tudo que fazíamos parecia significativo, como se estivéssemos tendo um vislumbre do futuro que compartilharíamos, das infinitas tardes de vida doméstica que acabariam se tornando normais, como se as tivéssemos tido desde sempre.

Denise, Raya e eu tínhamos passado a tarde toda tentando trabalhar, sentadas na varanda da casa que havíamos alugado, quando de repente me levantei do sofá, fui até a poltrona onde Denise estava lendo e anunciei: "Não consigo me concentrar em nada!".

Lembro como Denise ergueu o olhar do livro e sorriu para mim. "Você não consegue se concentrar porque não consegue parar de pensar no Luke", disse.

"Não é verdade!", reclamei, mas sorria, porque ela estava certa.

Luke sempre estava lá, em algum lugar da minha mente. Eu o imaginava parado em meio às minhas vias neurais, dando tchauzinho sem parar. Havia momentos em que aquilo me assustava, como se eu pudesse me perder completamente se não tomasse cuidado. Mas, na maior parte do tempo, eu tentava me permitir desfrutar do sentimento, ser levada pela corrente, com a segurança de que, lá no fundo, sempre seria eu mesma.

Naquele exato momento, o telefone tocou dentro da casa, e eu corri para atender. Ouvi Denise e Raya rindo na varanda. Todas sabíamos que era Luke. "Alô?", atendi, sem fôlego. Era um telefone velho, com fio.

"Oi", disse Luke.

"É tão bom ouvir sua voz", falei.

"Estou com saudade", disse ele.

Senti certa vertigem. "Eu também."

"Escrevendo muito?"

"Mais ou menos. Bom. Estou meio distraída."

"Ah, é? Por quê?", Luke perguntou, mas dava para perceber o sorriso em sua voz.

"Você sabe."

"Eu sei."

Ambos sabíamos. Ele não tinha que dizer nada para que eu soubesse também.

"O que anda fazendo?", perguntei.

"Tentando conseguir trabalho. O de sempre."

"Vai ficar mais fácil."

"Vai?"

"Você não pode desistir", falei. "Um dia, vamos nos lembrar dessa época e rir, porque eu vou estar empregada e você ter mais trabalhos do que consegue dar conta, e não só casamentos, mas trabalhos de que realmente gosta.

"Isso parece bom", disse ele. "Principalmente porque você disse 'vamos nos lembrar dessa época'. Falando assim, parece que você acha que vamos ter uma longa vida juntos."

Atravessei a sala para ficar perto da janela, estendendo o fio do telefone ao máximo. "Eu acho mesmo", falei. "Você não?"

"Eu também."

No silêncio que se seguiu, nosso tempo juntos começou a passar pela minha cabeça: como Luke se sentava à mesa da cozinha do minúsculo studio que eu alugava, repassando fotos no computador, enquanto eu trabalhava em artigos que queria publicar; como, às vezes, sem motivo, parávamos o que estávamos fazendo e transávamos com urgência e paixão, como se aquela pudesse ser a última vez, como se um de nós pudesse morrer à noite ou ser assassinado na rua, de modo que precisávamos aproveitar ao máximo; como eu ao mesmo tempo amava e odiava aqueles sentimentos. Como poderia sobreviver sem aquele homem, se o perdesse? Como a sensação de que minha vida não estaria completa sem ele tinha vindo tão rápido? Na maior parte do tempo, eu só amava. Amava *Luke*.

Eu o amava.

"Ei", disse Luke. "Cadê você, Rose?"

"Estou aqui. Só estava pensando."

"Espero que coisas boas."

Eu sorri. "Sim, coisas boas."

"Coisas que pode me contar?"

"Coisas que prefiro contar pessoalmente." *Coisas como: eu te amo, Luke.*

"Tá." Ele pareceu decepcionado.

"Logo, logo eu volto."

"Não tão logo quanto eu gostaria."

"Você pode viver sem mim por mais alguns dias."

"Não sei. Posso?"

Nós rimos. Olhei para a varanda para ter certeza de que Raya e Denise não estavam ouvindo. Elas haviam tirado sarro de mim o dia todo por causa de uma conversa melosa com Luke na noite anterior, antes de ir para a cama. "Preciso ir. Tenho que escrever artigos, sair para correr com Denise e Raya, enfim, um monte de coisas."

Eu me lembro de como Luke ficou quieto. De como ambos ficamos quietos.

Eu te amo, era o que eu não estava dizendo.

Eu também te amo, era o que eu tinha quase certeza de que Luke não estava me dizendo.

Mas isso estava no ar, para nós dois. Eu podia sentir que essas palavras haviam se instalado nas câmaras mais profundas de nosso coração.

Meu amor por Luke continuava aninhado no meu coração. Mas e quanto ao amor dele por mim? Será que alguém o havia desalojado daquele espaço privilegiado em seu corpo, fazendo-o rolar para tão longe que ele nem conseguia mais vê-lo ou senti-lo?

Jill e eu não encontramos nada.

Quero deixar minhas suspeitas para lá, mas não consigo. Sei que ele está me traindo. Sinto isso em cada molécula, assim como sempre soube que a maternidade não é para mim. Como se fosse uma verdade básica.

Ou talvez o problema seja eu. Talvez eu ainda não acredite que Luke tenha realmente deixado de lado o desejo de ter um filho. É que parece inverossímil, depois de uma briga estúpida por causa de vitaminas, o jeito como ele passou de desesperado para ter um bebê para "Desculpa por ter te torturado e quase destruído o nosso relacionamento, Rose, mas vou parar agora". Aquilo quase me fez perder o chão, e eu não confiava mais nas bases do nosso casamento, cheias de fendas, ribanceiras e terra por ruir.

Será que Luke e eu só adiamos as coisas?

Ou encontramos uma maneira de resolver a questão de vez?

Algo dentro de mim diz que não, não resolvemos nada.

É tudo em que consigo pensar desde que Jill foi embora, dizendo a caminho da porta: "Rose, não há nenhuma prova! Nada! Pare de se preocupar!".

Mas Cheryl é real. Talvez não haja provas em nosso apartamento, mas tenho a sensação de que ela está aqui de qualquer maneira, passando por nós, como um fantasma no ar. Ela deve ser do tipo que quer um filho. Deve ser obcecada pela ideia, e foi isso que atraiu Luke. Argh.

Pego o celular e passo pela lista de contatos até achar o que procuro.

Thomas.

Aqui está. Sem sobrenome. Só de ver, meu coração já pula.

Meu dedo paira acima da tela, depois a toca.

Começo a digitar.

Sei que faz um tempo, mas ainda quer beber alguma coisa?

O cursor pisca depois do ponto de interrogação, esperando que eu escreva mais ou envie a mensagem. Faço isso? Ouso ir por esse caminho, dar esse próximo passo?

Sim, *sim*, Rose. Faça isso.

Thomas e eu nos conhecemos em uma conferência. Estávamos em um coquetel, e ele conversava com Devonne e outras pessoas do meu departamento. Vinho era servido em taças grandes, acompanhado de enroladinhos de salsicha, queijo e torradas. Formamos uma rodinha e ficamos bebendo e comendo, conversando sobre nossas pesquisas. Eu era a única mulher, o que não é incomum, porque o número de homens na sociologia é muito superior.

Falei com Thomas a noite toda. Ele me pareceu divertido, inteligente, interessante, atraente. Tentei não pensar muito nessa última parte, mas foi difícil, já que estávamos de frente um para o outro, e ele tinha um rosto muito bonito. Thomas também era uma distração, e eu precisava de uma. Não havia dormido na noite anterior, porque tudo em que conseguia pensar era em como Luke provavelmente estava fazendo sexo em nossa casa com a mulher da foto. Em Cheryl em nossa cama, os dois muito felizes com a minha ausência, fazendo bebês em nossos lindos lençóis brancos.

Por algum motivo, achei que Thomas fosse de Chicago, que provavelmente nunca o veria de novo, então não importava que nossa conversa durasse horas, enquanto todos os outros seguiam seus caminhos, indo a outros coquetéis e nos deixando a sós.

"Foi divertido", disse ele, quando enfim decidimos nos despedir. Suas palavras foram casuais, mas não o seu tom.

"Foi mesmo", respondi, incapaz de reprimir o sutil reconhecimento do clima que havia entre nós.

"Devíamos nos encontrar de novo", disse ele.

Sorri. "No ano que vem?"

Ele riu. "Não. Bom, sim, mas eu estava pensando que podíamos ir a um bar, quando voltarmos para casa."

"Você não mora em Chicago?"

"Não, dou aula em Manhattan."

Meu estômago se revirou. Eu não tinha contado a Thomas que era casada. A necessidade de revelar esse fato importante, de mencionar o nome de Luke na conversa, me incomodara a noite toda, mas mesmo assim eu segurara a informação. Talvez ele tivesse notado minha aliança, talvez não. Talvez para ele não importasse se eu era casada. De repente, me vi diante de um precipício, com uma queda infinita a centímetros dos pés, enquanto ele continuava ali, esperando que eu dissesse sim. Sim, Thomas, seria ótimo ver você de novo.

Meu corpo balança um pouco na cozinha de casa, enquanto olho para o nome de Thomas na tela do celular, que brilha.

Toco na tela. Apago a mensagem.

Não consigo. Simplesmente não consigo.

Eu amo Luke.

Nove

10 DE NOVEMBRO DE 2007

ROSE, VIDA 1

"Rose, você está bem?", Devonne me pergunta, se materializando à porta da minha sala. Eu estava olhando para o nada, para o corredor, através dele, na verdade. Mas não o notei até que falasse.

"Hum... o quê?" Forço meus olhos a focarem, e Devonne ganha forma, a cintura arredondada, os dentes visíveis por causa do sorriso amplo, claros em contraste com a pele.

Devonne é um homem corpulento, doce e generoso. O departamento inteiro o adora, e adora a esposa dele. Os dois estão sempre fazendo jantares e convidando todo mundo, ou combinando de sair para beber. Sociólogos e acadêmicos em geral podem ser umas cobras — insensíveis, mesquinhos —, mas esse não é o caso de Devonne.

Ele entra na minha sala e apoia as mãos no encosto de uma das cadeiras que ficam do outro lado da minha mesa. "O que está acontecendo? De verdade. Você não parece a mesma ultimamente."

Tenho que parar de vagar pelas profundezas sombrias do meu cérebro quando as pessoas estão falando, parar de pensar na imagem dos documentos do divórcio na mesa da cozinha, sob a pilha de correspondências que tento ignorar quando chego em casa à noite. Quero voltar a ser eu mesma. A Rose normal. Não a Rose se divorciando, não a Rose perdida. "Não sei, Devonne. Eu só... eu estou bem."

Ele me olha por um momento — de um jeito firme,

como se não acreditasse em mim. Meus colegas de trabalho ainda não sabem de Luke. Tenho evitado contar a eles. Devonne solta o ar, pesadamente. "Bom, vai ter um happy hour com o pessoal do departamento na quinta."

Isso me faz rir. Não era o que eu esperava que ele dissesse. Seu "bom" parecera pesado, como se algo sério estivesse prestes a sair de sua boca, e não um convite para beber alguma coisa. "É? Eu não sabia. Acho que ando meio distraída."

"Você devia ir. Por que não vamos juntos? Eu passo aqui e..."

"Sei o que você está fazendo, Devonne."

"O que eu estou fazendo?"

"Você está fazendo a mesma coisa que fazemos com os alunos quando estamos preocupados com eles. Para ter certeza de que eles recorram ao centro de apoio, nós os acompanhamos até lá. E você quer me acompanhar até o happy hour."

É a vez de Devonne rir. "Pode ser. Mas você parece estar precisando sair, sabe? Se divertir. Talvez te faça bem."

Por um segundo, uma onda de esperança se espalha pelo meu corpo. Tenho um desses momentos preciosos em que a possibilidade de uma *nova vida* se abre dentro de mim, brilha como o sol, aquecendo meu corpo. Então ela é imediatamente apagada pela dúvida que sempre se segue, a dúvida de que posso voltar a ser feliz sem Luke, a dúvida que tenho em relação a mim mesma depois do fracasso do meu casamento — uma dúvida que é muito mais forte que os breves momentos de esperança, e mais poderosa, como um supervilão que construiu seu covil nas profundezas da minha mente.

O sorriso no rosto de Devonne — bondoso, esperançoso o bastante para nós dois — me dá a motivação necessária para o que digo a seguir. "Tá bom. Vou te esperar aqui na minha sala na quinta. Você me pega e vamos."

O sorriso de Devonne se espalha pelo rosto, destacando suas bochechas. Ele brilha, como uma fonte de luz, um farol, e eu penso: *Por que não? Por que não seguir essa luz amistosa? Nunca se sabe, Rose Napolitano. Coisas boas podem estar à espera na próxima esquina.*

Mas então, quando Devonne se vira e se despede com um "A gente se vê na quinta" por cima do ombro, já saindo da minha sala, o supervilão à espreita dentro de mim volta a se revelar, dando uma risada maligna de autossabotagem, e toda a luz que vinha de Devonne se apaga.

Na quinta o restaurante do happy hour está lotado. Fico mudando de opinião o tempo todo, sem saber se cometi um erro ao deixar Devonne me trazer aqui.

"Oi, Rose!" Meu colega Jason, especialista em comportamento de grupos religiosos e outros cultos, acena com a cerveja na minha direção quando chegamos ao balcão de mármore do bar. "Onde foi que se escondeu este ano?"

Devonne me envolve com um braço e aperta meu ombro. "O que quer beber?", diz, me salvando de ter que responder à pergunta de Jason.

Fico em dúvida. Nunca bebo quando estou triste, porque isso só me deixa mais triste. De modo que quase esqueço o que costumo pedir. "Um old-fashioned, acho."

Devonne assente e se debruça no balcão para chamar a atenção do atendente.

Jason continua me olhando, à espera de uma resposta, imagino. "Já volto", digo a ele, e vou para o banheiro feminino.

Meu celular está cheio de mensagens não lidas, provavelmente da minha mãe. Ela está preocupada comigo, me liga todo dia para saber como estou. Parei de retornar as ligações, porque a resposta é sempre a mesma: estou triste, me sinto sozinha e angustiada. Ligo para Jill, que não atende. "Jill, se estiver livre, venha me resgatar no Maison's, por favor. Deixei Devonne me convencer a vir a um happy hour do departamento e já me arrependi. Acho."

Mulheres entram e saem das cabines do banheiro. Olho para o espelho grande com moldura dourada à minha frente, inclinada sobre a pia, e tenho uma visão que gostaria de poder engarrafar e beber quando estou especialmente desanimada. Vejo refletida ali uma mulher atraente — ou melhor, bonita —, cujo cabelo está num bom dia, e que pode até ser uma professora, mas uma professora estilosa. Sem refletir muito, pego o batom no fundo da bolsa e passo nos lábios, depois saio para o bar, onde Devonne, Jason e agora Brandy, Sam, Winston e Jennifer, todos colegas queridos, estão conversando em uma rodinha, com um homem que não conheço.

Coloco um sorrisão no rosto. "Oi, gente. Que bom ver vocês!"

Segue-se um coro de "Oi, Rose!", e Devonne me entrega minha bebida. Dou um bom gole, e a sensação de calor na garganta parece confirmar que, sim, Rose, você estar aqui neste bar é uma coisa boa. Você saiu para o mundo e está agindo como uma pessoa normal! Alguém que usa batom! Que encontra os colegas! Uma professora estilosa!

Devonne acena com a cabeça para o homem que não conheço, me fazendo dar uma boa olhada nele. "Vocês dois se conhecem?", pergunta.

Algo se espalha pelo meu corpo, uma sensação familiar, mas tênue, uma lembrança muito antiga tentando vir à tona. Por um segundo, não sei o que é, mas, ao absorver a visão daquele homem, seu cabelo escuro ondulado, o brilho de seus olhos castanhos, percebo do que se trata. Estendo a mão para ele. "Não, não nos conhecemos. Sou Rose."

O homem sorri, na verdade dá um sorriso de lado, o canto esquerdo da boca se erguendo, uma expressão descontraída e furtiva nos olhos. Ele aperta minha mão. "Sou o Oliver", diz, com um sotaque britânico maravilhoso.

"Oliver é de Londres, como deve ter percebido", explica Devonne.

Oliver ri, eu rio, nós dois rimos, como se Devonne fosse o cara mais engraçado do mundo.

"Ele tirou uma licença sabática", prossegue Devonne, "e veio dar aula no departamento de literatura."

Oliver é lindo, meu cérebro acrescenta, meu corpo acrescenta, e essa é uma noção estranha, proibida, porque se trata de um homem que não é Luke. A esse pensamento se seguem outros, mais encorajadores: *Tudo bem achar esse homem lindo, Rose. Você está se divorciando. Deveria mesmo achar esse tipo de coisa.*

Esses pensamentos se demoram, se transformam em algo mais duradouro, algo que começa a crescer, a tranquilizar, a curar, mesmo depois que o aperto de mão chega ao fim.

Dez

10 DE OUTUBRO DE 2008

ROSE, VIDA 2

"Mãe?", eu pergunto.
Minha mãe tira os olhos do livro. Está usando uma malha cor de abóbora, porque é outono e ela sempre se veste conforme as estações do ano e os feriados. Está em meio a seu "relaxamento" diário, que em geral envolve um livro ou o jornal e uma taça de vinho branco sobre a mesinha que fica ao lado da poltrona da sala. O vinho é quase decorativo. Ela gosta da ideia da taça acompanhando o livro mais do que da bebida em si.
"Sim, querida?"
"Posso te perguntar uma coisa?"
Ela vira a cabeça com agudeza, fixando os olhos castanhos em mim, por cima dos óculos de leitura. Posso ver que despertei seu interesse pela posição de seu rosto, por seu olhar intenso e focado, ainda que tente parecer casual. Ela cruza e descruza as pernas, depois volta a cruzar, então decide se sentar em cima delas. Pega a taça de vinho e se acomoda. "É claro que pode. É para isso que servem as mães!"
Faço que sim com a cabeça, mas, por dentro, me pergunto: *É mesmo? É para isso mesmo que servem as mães? Esse é o trabalho delas?*
O cheiro de madeira da sala, com o baú de cedro avermelhado e os outros móveis — cortesia do meu pai, o marceneiro —, é familiar e me consola. É o cheiro de casa. Eu me sento no sofá e me preparo para fazer a pergunta,

reunindo coragem. "Alguma vez você sentiu que... o papai talvez estivesse querendo te deixar?", pergunto, depois engulo em seco. "Tipo, se divorciar? Por causa de outra mulher?"

Minha mãe apoia a taça fora do porta-copo, fazendo-a tinir. "Por que está me perguntando isso?"

Ih. O horror e o julgamento em sua voz deveriam me dissuadir de seguir em frente. Mas isso não acontece. "Porque... é que Luke, não sei... Acho que talvez ele possa estar infeliz. Comigo", acrescento.

"Querida. Ele nunca a deixaria. Nunca poderia amar outra pessoa. Ele ama você."

"Mas você e o papai nunca tiveram... dificuldades?"

"Claro que sim. Todo casamento passa por problemas. Mas a gente resolve. É o que se deve fazer."

"Bom, como você e papai resolveram as coisas?"

O cabelo escovado dela balança ligeiramente, pendendo para o queixo conforme ela muda de posição. "Esse não é o ponto, Rose. Você não deveria se preocupar comigo e com seu pai, se você e Luke estão com problemas. Deveria se preocupar com o que pode fazer para deixar seu marido feliz..."

"Mas você acabou de dizer que ele me ama."

"... e nós duas sabemos o que é, ainda que você não queira falar a respeito. Não acha que chegou a hora de enfrentar essa questão? Quer mesmo perder seu marido por pura teimosia? Faz um bom tempo que você não fala sobre o assunto comigo."

"Mãe..."

"Um bebê. Você precisa ter um *filho*, Rose. Como acha que seu pai e eu resolvemos nossos problemas ao longo dos anos? Foi por sua causa. Nós éramos, e ainda somos, totalmente dedicados a você, ao seu bem-estar, ao seu futuro. Você é a cola que nos une."

Inspiro profundamente, com alguma dificuldade. A vontade de me curvar e colocar a cabeça entre os joelhos é forte.

"Mãe, não vou fazer isso. E Luke mudou de ideia. Ou pelo menos foi o que ele disse. Além do mais, essa não é a vida que eu quero, nunca foi. Você sabe disso."

Minha mãe não para de piscar.

Ah, não. Eu a fiz chorar? "Mãe..."

"Fui uma mãe tão ruim assim?"

Pronto. De alguma maneira, eu sabia que terminaríamos aqui, motivo pelo qual sempre evito o assunto. Desde que Luke e eu nos casamos e minha mãe se deu conta de que o que eu havia dito ao longo de todos aqueles anos sobre não ter filhos era sério, ela não consegue afastar a ideia de que minha resistência à maternidade de alguma forma é uma resistência ao modo como ela me criou.

"Rose, você está atrasada."

Eu tinha dezesseis anos e havia acabado de entrar pela porta da frente depois de ter saído com Matt, o namorado com quem vivia terminando e voltando durante o ensino médio. Minha mãe estava sentada à mesa da cozinha. Era pouco mais de meia-noite, e tínhamos ficado nos beijando. Meu pai devia estar dormindo. Eu esperava que sim. Odiava quando minha mãe ficava à minha espera. "Tipo, dois minutos."

"Precisamos falar sobre a ordem das coisas", disse ela, como se eu já devesse saber o que aquilo significava.

Eu me aproximei, morrendo de medo. Minha mãe tirou os óculos de leitura e os pôs de lado. Virou o livro para baixo, aberto na página onde tinha parado. Na capa, um homem de cabelos compridos abraçava uma mulher seminua. Argh. Eu odiava ter que testemunhar minha mãe lendo romances picantes. Ela tinha uma pilha deles em uma caixa debaixo da cama. Eu sabia disso porque os descobrira aos doze anos, quando comecei a querer saber mais sobre sexo. Por algum motivo, ela lia aquele tipo de livro, mas não os guardava na estante, junto com obras mais aceitáveis, como sua coleção de romances de Jane Austen. Era como se eles simplesmente desaparecessem depois que ela acabava de ler.

Minha mãe deu dois tapinhas na cadeira ao seu lado. "Senta aqui." Ela afastou a própria cadeira alguns centímetros, deixando-a na diagonal em relação à mesa, depois fez o mesmo com aquela em que eu deveria me sentar.

"Tá, vamos falar sobre a ordem das coisas então." Olhei feio para ela, para deixar claro que não queria estar ali, à meia-noite, tendo aquela discussão. Eu me sentei e cruzei os braços.

Minha mãe pareceu mais animada quando começou a falar. "Rose, você sabe que seu pai e eu queremos que você tenha uma boa vida, mais fácil do que a que nós dois tivemos."

Assenti. Conhecia aquela história. Já a tinha ouvido antes, muitas vezes. Apoiei um cotovelo na mesa e uma bochecha na mão, entediada.

"Seu pai não fez faculdade, e eu também não fiz faculdade de verdade."

"Aham."

"Seu pai abriu a marcenaria sem qualquer ajuda das nossas famílias, e por anos sobreviveu de bicos, fazendo o que quer que aparecesse, enquanto eu dava aulas na escola, recebendo uma miséria."

"Eu sei, mãe." Meu tom era monótono. No entanto, sempre que a ouvia dizendo aquele tipo de coisa, principalmente se envolvia meu pai, eu sentia uma fisgada por dentro. Odiava pensar nele em dificuldades.

"Mas, com você, vai ser diferente", minha mãe continuou falando. "Você vai para a faculdade. Para uma boa faculdade, uma faculdade de verdade. Vai estudar administração, se formar e conseguir um emprego na área de finanças."

Minha mãe estava convencida de que, porque eu era boa em matemática, tinha que trabalhar com finanças. Nunca me perguntou se eu queria trabalhar na área.

"E, depois que isso acontecer, vai passar bastante tempo dando duro, fazendo carreira e economizando." Ela parou de falar e me encarou, como se eu não estivesse escutando.

"Eu ouvi, mãe. Quando vamos chegar à ordem das coisas?"

"Já estamos falando disso."

"Ah. Achei que você só estava falando de como a minha vida vai ser diferente da vida de vocês."

"É parte da história."

"Bom, você pode ser um pouco mais específica? Não estou entendendo direito." Dei um belo bocejo para enfatizar que ficava cada vez mais tarde e eu estava com sono.

Minha mãe puxou a cadeira para mais perto da minha. "Rose, a ordem das coisas é: *primeiro* você entra na faculdade, *depois* se forma, *depois* consegue um bom emprego, *depois* se dedica a ele e economiza bastante, *depois* conhece alguém, *depois* se apaixona, *depois* se casa, *depois, e só depois*, faz sexo e tem filhos."

Enquanto minha mãe falava, senti uma risada se formando dentro de mim. Mas, no segundo em que ela mencionou sexo e filhos, meus olhos saíram dela e passaram pelo restante da cozinha, pelo velho telefone de disco que estava na parede desde que eu nascera, o rádio e toca-fitas que ficava perto da pia, o móbile de conchinhas que até hoje fica dependurado no meio da janela. "Mãe, por favor, me diz que essa não é a sua versão de uma conversa sobre sexo."

Ela começou a sacudir a cabeça.

Não? Sim? Eu não sabia dizer.

"Só preciso que você entenda que não quero que se apaixone por algum menino da escola e engravide, ou não vai ter uma vida melhor que nós. Isso não pode acontecer até que você tenha feito muitas outras coisas."

Meus olhos estavam fixos na fruteira na beirada da ilha da cozinha. Montes de maçãs, bananas e laranjas. Sempre tínhamos muita banana em casa. "Não precisa ficar preocupada, mãe. Não vou engravidar de jeito nenhum."

"Rose, não diminua a importância do que estou dizendo! Meninas engravidam o tempo todo, mesmo não querendo! E então" — ela estalou os dedos tão alto que até me assustei — "é o fim de todos os sonhos que tinham!"

Meus olhos voltaram para minha mãe. "Bom, o que estou dizendo é que você nunca vai precisar ficar preocupada com a possibilidade de eu engravidar, porque não quero ter filhos. Já decidi. Fim da história."

Minha mãe recuou na cadeira na mesma hora, como se eu tivesse acabado de confessar um assassinato, ou como se tivesse ameaçado bater nela. "Rose, você não está falando sério!"

"Estou, sim."

"Mas você é jovem demais para tomar essa decisão!"

"Não sou, não", falei. Minha mãe ficou em silêncio, observando minha expressão. Eu me endireitei na cadeira. "Mãe, você não pode ter tudo. Não pode decidir que você e o papai querem uma vida diferente para mim, com todas as oportunidades que vocês não tiveram, e aí decidir meu futuro por mim."

"Mas filhos são uma parte da vida! Toda mulher tem filhos quando tem idade suficiente. *Depois* de se casar, claro. E *depois* de ter se firmado na carreira."

"Isso é o que você acha. Mas você também está sempre me dizendo que as mulheres da minha geração têm a chance de fazer diferente. Por que não em relação a isso também?"

"Mas eu não estava me referindo a filhos, quando falei de fazer diferente!"

Bufei. "Tá bom."

"Sei que você pensa desse jeito agora, Rose, mas vai mudar de ideia."

Ela parecia tão segura. Aquilo me deixou brava. "Não vou. Pode acreditar."

Minha mãe deu risada, como se soubesse mais que eu. Tive vontade de pegar seu livro idiota da mesa e atirá-lo para o outro lado da cozinha. "Você vai mudar de ideia. Um dia vai se virar para mim e dizer: 'Você estava certa, mãe. Sempre soube o que ia acontecer!'."

Eu me levantei da cadeira. "Vou pra cama", anunciei.

Quase dava para ver o coração da minha mãe batendo acelerado dentro do peito. A expressão em seu rosto sugeria uma espécie de preocupação frenética. Fiquei me perguntando se ela ia me segurar e levar as mãos aos meus ombros, numa tentativa de transferir o desejo da maternidade do seu corpo para o meu. Mas ela apenas pegou o livro de volta, e o momento passou. Minha mãe desviou os olhos. "Boa noite, Rose", foi tudo que disse.

Fiquei pensando se a tinha magoado. Mesmo quando ficava brava com a minha mãe, eu não queria magoá-la. Assim que segui para o quarto, suas últimas palavras da noite me alcançaram.

"Se você não quer ter filhos, Rose, é melhor parar de ficar rolando no chão a noite toda com Matthew."

Lágrimas rolam pelo rosto da minha mãe.

Engulo em seco. "Mãe?"

Ela desvia o rosto. "O que foi, Rose?"

Eu a magoei de novo, e odeio isso. Às vezes esqueço que ela não é inatingível.

Os amigos da minha mãe sempre a descreveram como "durona". E ela é mesmo casca-grossa. Quem não a conhece bem provavelmente não percebe como ela é sensível por dentro, a facilidade com que pode se machucar. Talvez aquilo que eu mais admire nela seja o seu ardor, seu jeito ardoroso de amar. Por isso, ela às vezes é possessiva e autoritária, mas também protetora e determinada. Quando eu tinha dezesseis anos, jamais teria dito a ela que a admirava, ou o quanto a estimava. Eu tampouco sabia na época que minha mãe receberia minha decisão como uma crítica pessoal. Que, ao esconder minha admiração e o quanto desejava ter a aprovação dela, um vale ia se abrir entre nós, cada vez maior.

"Acho que você não se dá conta, talvez porque eu não diga isso o bastante, ou talvez porque nunca tenha dito" — fecho os olhos, talvez para que as palavras saiam mais fácil —, "mas você é uma ótima mãe. Uma mãe maravilhosa. Sempre foi."

"Fui? Sou?" Ela parece surpresa.

"Sim. E quero agradar você. Sempre quis. Quero que tenha orgulho de mim. Mas tem uma coisa que eu não posso fazer, e preciso que você me escute. Não posso ter um filho." A casa fica em completo silêncio. "Não quero ter um filho, nunca quis... não tenho isso em mim. E não posso ter um bebê só para agradar ao Luke, por mais que queira fazer isso." Minha voz vai ficando cada vez mais baixa. Os últimos vestígios da luz do sol brilhando através do carvalho na frente da casa desaparecem. Um cobertor de escuridão cai sobre o jardim, as janelas, os móveis se tornam sombras ao nosso redor.

Ela enxuga o rosto com um lenço. "Mas por quê, Rose? Por que você não quer ter filhos?"

Fico surpresa. É a primeira vez que minha mãe me faz essa pergunta, em vez de simplesmente se colocar contra mim. Mas o que posso dizer a ela? "É difícil explicar."

"Tente. Por favor."

Assinto, devagar. "Bom, tem os motivos que você já pode imaginar. Gosto da minha vida como ela está. Minha liberdade, meu trabalho, meus amigos, meu marido."

"Mas essas coisas não precisam mudar se você tiver um bebê..."

Olho para minha mãe, séria, e ela para de argumentar. "Desculpa. Estou ouvindo."

"Não é só isso, mãe. Tem algo muito mais profundo."

Solto o ar. Seus olhos estão arregalados, e ela me observa com toda a atenção. "Todo mundo está sempre falando que as mulheres têm um instinto maternal", começo a explicar. Minha mãe assente. "Bom, é como se eu não tivesse. Acho que nasci sem ele. Todas as minhas amigas, inclusive Jill, falam do instinto maternal como se soubessem exatamente do que se trata. Mesmo as que decidiram não ter filhos parecem entender esse desejo. Mas eu não. Não tenho isso em mim. Parece que ficou de fora da minha biologia." Eu paro. É isso. A verdade. Não sei outra maneira de explicar.

"Mas, Rose, talvez você só descubra o seu instinto maternal depois que tiver um filho!"

"Parece uma aposta ousada demais, mãe."

"Ter um filho é sempre uma aposta", ela insiste. "É um salto de fé, mesmo quando você está morrendo de vontade de ter um, mesmo quando acha que ser mãe é seu destino."

Eu me viro para o abajur perto do sofá. "Talvez seja uma aposta de qualquer maneira. Talvez eu esteja apostando que não fui feita para ter filhos, enquanto a maior parte das mulheres aposta que foi."

"Talvez", diz ela. "Mas acho que muitas mulheres se sentem como você, Rose. Mais do que você imagina. Mas elas seguem em frente e têm filhos mesmo assim, e depois ficam felizes por terem tomado essa decisão."

Encolho os joelhos contra o peito. Inclino a cabeça de lado e observo minha mãe. Ela parece estar sendo sincera. "Sei que você quer um neto, mãe. Não é que eu não queira te dar um. Se pudesse, eu daria. Espero que saiba disso. E espero que continue me amando se eu não lhe der, porque acho que a verdade é que provavelmente não vou dar..."

"Ah, Rose, eu..."

"Eu gostaria muito que o mundo fosse diferente", continuo, interrompendo-a. Sinto lágrimas se acumulando nos meus olhos. "Que as pessoas achassem tão normal uma mulher não querer ter filhos quanto querer. A pressão que eu sinto para ser alguém que não sou às vezes é forte demais. Eu sei que poderia fazer isso, se precisasse. Poderia dar um bebê a Luke. Mas tenho certeza de que não é o que quero. Eu gostaria de não sentir que essas são as escolhas que tenho à minha frente: fazer algo que não desejo para ficar com meu marido ou... deixar que meu casamento chegue ao fim."

"Rose, meu bem! Sinto muito que tudo isso tenha sido tão difícil para você. E que eu tenha tornado as coisas ainda mais difíceis." Minha mãe se levanta da poltrona e se senta ao meu lado no sofá. "Eu gostaria de poder voltar no tempo e ter te ouvido melhor. Gostaria de poder fazer algo para consertar isso."

Essas palavras. Venho esperando para escutar algo assim dela há uma eternidade. "Tenho medo de perder Luke por causa disso, mãe."

Sinto dedos nas minhas costas, traçando círculos. "Querida", minha mãe diz, com uma voz tranquilizadora, a que sempre usava quando eu era criança e me chateava, ou quando eu caía e machucava o cotovelo ou ralava o joelho. "Estou aqui. Não importa o que aconteça." Deixo que suas palavras sejam como um cobertor ao meu redor. "Eu te amo muito, Rose. Vou te amar não importa o que aconteça, prometo. E, se Luke não se der conta da mulher incrível que tem, com ou sem filho, é ele quem perde", diz, parecendo indignada nessa última parte.

Enquanto ela fala, meu corpo se endireita, e de repente estou sentada com as costas eretas, mergulhada em sua voz, no modo como olha para mim.

"Você é dona de si mesma, Rose, e isso me dá muito orgulho."

"Você tem orgulho de mim?"

"Ah, meu bem. É claro que sim. Você conquistou tanta coisa. Quem poderia imaginar que seu pai e eu teríamos uma filha doutora? Talvez eu só não diga isso o bastante." Minha mãe estica o braço, pega um lenço de papel da caixa sobre a mesinha e assoa o nariz, fazendo barulho. Ela seca os olhos e começa a rir, depois dá um gole no vinho branco. "Agora que estou pensando a respeito, acho que é melhor você não ter filhos. Dá muito trabalho. A gente comete erros demais!"

"Mãe."

"É verdade, Rose. Falhei quando você mais precisou de mim. Sou péssima!"

"Não diga isso. Você não é péssima. É meu porto seguro."

"Ah, Rose! Está falando sério?"

"É claro." Começo a chorar, mas rio também. Minha mãe puxa outro lenço da caixa e me entrega.

Ficamos ambas quietas. No silêncio, minha mãe de repente parece tão pequena, tão frágil. Sua malha é ridícula, a calça parece grande demais para ela, as costas de suas mãos têm rugas e veias azuis se destacando. Notar tudo isso me deixa triste e preocupada, como se eu pudesse perdê-la a qualquer minuto. Ela me faz sentir que não estou sozinha. Não enquanto ela caminhar pela terra.

Nesse exato momento, meu pai entra pela porta. "Como estão minhas meninas?" Ele está usando roupas de trabalho, a blusa suja de serragem e aparas de madeira. "Ih", diz, quando vê as marcas das lágrimas em nossas bochechas.

"Estamos bem", minha mãe o tranquiliza. "Só estamos tendo um momento."

"Um bom momento", eu digo.

"É bom ouvir isso." Meu pai se inclina para beijar minha mãe, depois dá um beijo na minha bochecha e se endireita. "É preciso aproveitar esses momentos quando eles aparecem."

Onze

19 DE JANEIRO DE 2009

ROSE, VIDA 2

Ouço a porta do apartamento se abrir e fechar.
"Eeeeeiii", digo do quarto, sedutora.
Bom, ou pelo menos tentando ser sedutora. Não tenho certeza de que vou atingir o efeito desejado, principalmente considerando que não estou me sentindo muito sedutora. Estou mais para consternada e com raiva. Até minha lingerie é um pouco colérica, em um tom de vermelho forte e vivo, vermelho-fogo, vermelho-ódio. Sou uma mulher furiosa de lingerie.
"Rose?" A voz desconfiada de Luke viaja pelo apartamento.
"Estou aqui! No quarto! Vem! Não vai se arrepender!"
Reviro os olhos para mim mesma.
É claramente o fim. O fim de tudo. O *meu* fim.
"Só um minuto", diz Luke, alheio aos prazeres sexuais que o aguardam na cama, isto é, sua esposa, no momento enrolada em uma manta de vovó com listras multicoloridas. Meu plano é tirá-la logo antes de ele entrar no quarto, como se eu estivesse perfeitamente feliz deitada seminua na cama no meio de janeiro, em pleno inverno. Está fazendo um frio da porra. Eu devia ter ligado o aquecedor, mas agora é tarde demais. Não vou me esgueirar até o termostato na sala vestida desse jeito. Além do mais, estragaria a surpresa.
Posso ouvir meu marido verificando a correspondência, largando suas coisas na mesa da cozinha, abrindo um enve-

lope e tirando a papelada lá de dentro. Ele lê em silêncio. Então o processo recomeça. Talvez ele nunca chegue aqui. Talvez decida dormir no sofá, sem nem entrar no quarto.

Seria tão terrível assim?

Tento não responder à pergunta, me distraindo com outras coisas. O início do semestre está chegando, mas ainda não fechei o programa da disciplina. Sempre começo a folga de dezembro com a intenção de fechar logo o programa, o que nunca acontece. Cinco minutos depois de entregar as notas dos alunos, entro no modo festas de fim de ano. E, nos últimos dois meses, mal avancei em minha pesquisa ou escrevi o que quer que fosse. Suspeitas de traição por parte do marido podem atrapalhar bastante a produtividade acadêmica de uma mulher.

Ouço outro envelope sendo rasgado, outra carta sendo aberta, em seguida o silêncio de Luke lendo o que quer que tenha nas mãos. Enrolo a manta com mais força no corpo.

Faz um bom tempo que eu e Luke não transamos. Meses. Quando Luke voltou atrás no desejo de ser pai, fiquei esperando por um recomeço, pensei que dias melhores viriam. Mas, ultimamente, parecemos seguir em direções opostas, nos afastando cada vez mais. Fora a vida normal, que se coloca entre nós. Dar aulas, trabalhar na pesquisa, sair para jantar com amigos, as viagens a trabalho cada vez mais frequentes de Luke. E não é que ele ande atrás de sexo, não é que eu esteja dizendo não. Faz muito tempo que ele não toma a iniciativa.

Talvez porque esteja fazendo sexo com outra pessoa.

Mas talvez ele esteja esperando que eu dê o primeiro passo, que reintroduza o sexo na nossa vida de casados, que reconheça o quanto nos afastamos e promova nossa reconciliação. Que eu faça dele, e do sexo, uma prioridade. Luke parou de me pressionar quanto a ter filhos, e agora era minha hora de dar um passo na direção dele. Na direção de um *nós*.

Há uma foto minha com Luke pendurada na parede do meu lado da cama, no dia do nosso casamento. Eu me inclino para beijá-lo na boca, e seus olhos brilham. Estamos tão felizes. É nossa felicidade que torna tão difícil olhar para essa foto agora. É doloroso pensar em como nos afastamos tanto daquilo, a ponto de chegar aqui. Eu me lembro do exato momento em que a foto foi tirada, logo depois da retrospectiva exibida para os convidados, pouco antes de cortar o bolo. Luke havia montado a retrospectiva, claro, como o fotógrafo oficial da nossa vida.

Ele me conduziu até as duas cadeiras no meio da pista de dança, posicionadas ali para que tivéssemos a visão desimpedida e para que todos os convidados pudessem observar nossa reação a nossas próprias fotos. Duas priminhas de Luke correram para ajeitar a cauda do meu vestido em volta da cadeira, como vinham fazendo o dia inteiro. Soltaram a música, e a retrospectiva começou. Luke sussurrou: "Sou o homem mais sortudo do mundo, Rose".

Conforme as fotos se seguiam — desde algumas do dia em que nos conhecemos até uma tirada na semana anterior, de nós dois com nossos pais, os seis comendo pizza depois de ter discutido os últimos detalhes do casamento —, eu pensava em como costumava não gostar de câmeras. No entanto, de alguma maneira, por causa daquele homem que estava sentado ao meu lado, ali estava eu, sorrindo, rindo, muito à vontade. Pensei em como Luke conhecia a verdadeira Rose, quem eu era lá no fundo, e sabia como trazê-la à tona, como capturar minha verdadeira essência. Pensei em como, desde o momento em que ele me entregou o álbum da minha vida na pós para presentear os meus pais, nunca mais olhei para o passado, certa de que não podia haver um homem melhor no universo, um homem melhor com quem passar a vida. Minha vida.

A retrospectiva foi perfeita, a nossa cara. Quando terminou, eu me inclinei, virei para meu marido e disse: "E eu sou a mulher mais sortuda do mundo, Luke. Te amo. Você me conhece melhor que ninguém".

"Eu sei disso", ele falou, virando para mim. "Como você me conhece também."

Eu o beijei. Ainda estávamos nos beijando quando as luzes se acenderam, e foi então que tiraram a foto que vive na nossa parede desde então. A foto para a qual estou olhando agora. A magnitude absoluta de nossa felicidade nessa imagem, quando me permito encará-la, me deixa com vontade de chorar sua perda.

Será que Luke pode voltar a se sentir assim a meu respeito?

Será que posso voltar a me sentir assim a respeito dele?

Ouço a torneira. Luke está enchendo um copo de água.
"Ei", eu grito. "Não esqueça que estou esperando!"
"Um segundo!"
Ouço os passos de Luke na cozinha, depois na sala.
Tiro a manta e jogo no chão. Assim que fica descoberto, meu corpo inteiro se arrepia.

Mais cedo, experimentei posições diferentes de sedução. Deitada de lado, o cotovelo apoiado na cama e a cabeça na mão; deitada de bruços, com os pés no alto, os cotovelos apoiados na cama e a cabeça nas mãos; deitada de costas, opção que logo descartei, porque parecia que estava numa mesa de operação, esperando que abrissem meu corpo.

Ouço os passos de Luke se aproximando do quarto. Finalmente.

Estou tremendo de frio quando ele me vê. Mas também estou tremendo de nervoso, talvez um pouco de medo. É este o momento em que iniciamos o trajeto de volta à felicidade abençoada? Será o começo dessa jornada?

Será?

Luke para ao me ver. Não está sorrindo, não dá risada.

Só tem uma expressão de espanto e não muito satisfeita no rosto. "Rose, o que é isso?"

A ideia era que ele entrasse no quarto e seu rosto se iluminasse com um sorriso, que seus olhos brilhassem como quando me desejava, como eu adorava ver, mas não via há muito tempo.

"Hum... o que você acha que é?" Não é a mais sedutora das respostas, mas eu me consolo dizendo que o que importa é o meu esforço. Considerando o que estou usando, e o fato de estar esperando meu marido nua na cama há uma hora, esse esforço deveria ser evidente.

Luke se aproxima da cama e a contorna. Pega a manta do chão e a joga para mim. "Você está congelando."

Fico vermelha na hora. Cubro da barriga aos pés. "Queria fazer uma surpresa."

"Rose." Luke suspira. Em seguida, se senta na beirada da cama — bem distante, o suficiente para não conseguir me alcançar, mesmo estendendo o braço. "Acho que não consigo fazer isso hoje."

Isso o quê? Sexo?

Fazer sexo?

Será que todas as pessoas casadas acabam se sentindo assim em relação ao sexo? Será que acabam por considerar uma atividade que já foi prazerosa e conectiva uma espécie de tarefa a cumprir, como lavar a louça ou aspirar a casa? Não algo gostoso, mas algo que precisa ser feito?

Luke me olha como se preferisse estar em qualquer outro lugar que não na cama com a esposa querendo sexo. Eu estava errada em pensar que podíamos salvar nosso casamento? Que podíamos salvar nossa relação? Será tarde demais?

"Eu andei pensando, sabe?" Eu me aproximo dele, imprudente. "Talvez eu esteja errada, Luke. Talvez devêssemos tentar."

O que você está fazendo, Rose?

Seus olhos parecem céticos. Até um pouco frios. "Tentar o quê?"

"Você sabe... ter um bebê." Estou desesperada. Claramente.

Luke se levanta da cama na mesma hora. "Não." Ele parece bravo.

Eu o encaro, incapaz de me mover, uma pilha de manta, lingerie e esposa rejeitada. "Como assim, não? Por que não? Faz anos que você me atormenta por causa disso. Quando finalmente digo sim, você diz não?"

"Você está brincando comigo, Rose? Está de brincadeira comigo?"

Abro a boca, depois fecho. Deveríamos estar nos reconciliando, reacendendo a chama, mas é um desastre. Droga.

Pela expressão fria nos olhos de Luke, é como se, ao fazer isso hoje, me oferecendo para transar, de repente aceitando o bebê, depois de todo esse tempo, esse bebê que ele tanto queria, ou costumava querer, de alguma forma eu tivesse transformado esse desejo numa ofensa para ele.

Incapaz de evitar, faço outra pergunta, a pergunta que tem ocupado minha mente nos últimos meses, mas que não ousei dizer em voz alta.

"Você está saindo com alguém?", pergunto ao meu marido.

O silêncio dele é infinito.

Doze

3 DE MAIO DE 2009

ROSE, VIDA 1

"Hum..."

O bolo é delicioso. Memorável. Como mais um pouco. Estou comendo um bolo memorável, acompanhado de um café delicioso e memorável também. O lugar em que estou é lindo. Espaçoso, com mesas altas e brancas, e banquetas brancas combinando. Uma música tranquila toca nos alto-falantes. O chão é de cimento-claro queimado, os janelões têm uma moldura fina de metal branco. Branco e cinza-claro, cinza-claro e branco. Sereno. Limpo. Relaxante. Novo.

Eu deveria estar participando de uma conferência em Long Island, mas, depois de uma manhã de mesas e palestras entediantes, me peguei indo embora, descendo a rua, passeando pela bela cidadezinha e entrando neste café. Dou uma bela garfada no pão de ló e coloco na boca, deixando que derreta na língua e sentindo a maciez e o açúcar antes de engolir e depois dar um gole no delicioso café Americano que pedi para acompanhar. Uma sensação de paz e bem-estar se espalha a partir do meu estômago para a garganta e o resto do corpo. É uma sensação estranha, que cheguei a me perguntar se voltaria a experimentar. Se voltaria a experimentar *sozinha*.

Minha mãe prometeu que sim. Jill. Denise e Raya também.

Mas foram as ligações tarde da noite de Frankie, irmã do meu pai, ao longo do último ano, que me ajudaram a deixar o desespero para trás e voltar a ter esperança. Frankie é pintora e mora em Barcelona há quinze anos, com seu companheiro, Xavi. Eles se apaixonaram rápido, e Frankie se apaixonou por Barcelona também. Ela jura que os dois nunca vão se casar, e eles não têm filhos. Frankie fez com que eu me sentisse menos sozinha no mundo, mas nunca tanto quanto depois que Luke foi embora.

Faz um ano e meio que tenho saído com outros caras, ou tentado. Namorei Oliver por um tempo, mas não deu certo. Eu não estava preparada, era pegajosa demais, e ele teve que voltar para Londres. Quando isso aconteceu, fiquei mal de novo. Depois de alguns meses chafurdando na solidão, voltei a sair com outros caras, mas nunca era muito bom. Eu estava voltando para casa certa noite, andando pela cidade depois de um encontro especialmente deprimente com um cara muito egocêntrico chamado Mark, quando decidi ligar para Frankie.

Ela atendeu no primeiro toque.

"Oi!" Dava para perceber seu entusiasmo, mesmo do outro lado do oceano. Frankie pintava até tarde, por isso eu costumava pegá-la acordada, apesar da diferença de fuso. Ela me jurou que não haveria problema mesmo se eu ligasse depois que tivesse ido para a cama, porque deixava o celular no mudo para que nem ela nem Xavi acordassem.

"Que bom que você atendeu", falei.

"É claro que atendi!"

"Mas é tão tarde aí."

"Eu durmo tarde. Você sabe disso."

"Está trabalhando?"

Ela riu. "Estou sempre trabalhando, mas você ligou na hora certa, porque preciso fazer um intervalo. Como estão as coisas?"

Olhei para os dois lados e atravessei a rua. "Sabe como é, tive outro encontro ruim."

"Sério?"

"Sério."

"Ah, Rose. Vai melhorar."

"Vai mesmo?"

"Sim, eu prometo."

"Vou te cobrar isso depois, Frankie."

"Tudo bem."

Diminuí o ritmo para atrasar meu retorno ao apartamento vazio que me aguardava. "Queria te fazer uma pergunta meio intensa."

"Adoro perguntas intensas. O que foi?"

"Você e Xavi estão felizes de não terem tido filhos?"

Ouvi o barulho de uma cadeira sendo arrastada no estúdio de Frankie. Era minha tia se preparando para uma conversa longa. Eu queria poder visualizá-la melhor. Tinha visto fotos da casa, mas nunca fora visitá-la em Barcelona, apesar dos repetidos convites. Luke e eu chegamos a pensar em ir lá na lua de mel. Ainda bem que não fomos. Eu gostava da ideia de que a cidade que minha tia havia adotado permanecia intocada pelo meu casamento.

"Estamos, Rose. Só que é mais fácil dizer isso agora, passado tanto tempo desde a nossa decisão."

Virei à esquerda, descendo um quarteirão iluminado pelas vitrines de lojas luxuosas, observando os vestidos elegantes enquanto passava. "Falando assim, parece que vocês não tinham certeza. Sempre achei que tivesse sido uma decisão bem pensada."

"E foi. Mas isso não significa que não tivemos nossos momentos de dúvida. Não é fácil fazer uma escolha que ninguém mais à sua volta faz. Xavi e eu passamos por tudo isso nos perguntando se iríamos nos arrepender da nossa decisão, se estávamos cometendo um erro. Acho que nenhuma mulher está imune a esses questionamentos."

Parei diante de um vestido longo coberto de flores cor-de-rosa e senti uma pontada de desejo. Tentei me agarrar a ele tanto quanto pude. O desejo, mesmo brando, tinha se tornado algo raro na minha vida. "Tenho inveja desse seu 'nós', Frankie."

Ela soltou o ar. "Foi sorte Xavi e eu nos sentirmos do mesmo jeito. Sei que deve ser difícil tomar essa decisão sozinha, Rose. Mas você foi muito corajosa."

Continuei andando. "Não sei se ser corajosa é uma coisa boa. Essa coragem acabou levando ao meu divórcio. À minha solidão. Ao casamento do meu marido..." Parei e me corrigi. "Ao casamento do meu *ex*-marido com outra mulher, que deve estar prestes a engravidar. Ou talvez já esteja grávida."

"Rose, uma hora tudo isso vai parecer muito distante." A voz de Frankie subia cada vez mais, ganhando força. "O que eu ainda não disse é provavelmente o que você mais precisa ouvir: agora que eu e Xavi não temos mais a possibilidade de ter filhos, é um alívio não ter nenhum! Amamos nossa vida. Ter filhos é uma boa escolha para algumas pessoas, provavelmente para a maioria delas, mas não ter filhos é uma escolha igualmente boa, mesmo que todos à sua volta a façam questionar essa decisão. Tenho certeza de que você vai chegar a esse ponto, de que vai sentir o mesmo tipo de alívio que eu. Gostaria de poder te trazer para cá agora mesmo, vupt!"

Sorri um pouco. "Eu também, Frankie."

"Ah, eu te amo, querida", disse ela.

Frankie vivia dizendo que me amava, enchendo nossas conversas com seu amor por mim, pela vida, pelo mundo, por Xavi e pelo trabalho. Seu amor chegava a mim do outro lado do oceano, do outro lado da linha, e eu tentava deixar que me engolfasse. Durante as conversas noturnas com minha tia, descobri o quanto gostava de ouvi-la falando sobre o trabalho, descrevendo o que estava fazendo e por quê. Havia sempre uma animação em sua voz quando entrava no assunto, uma paixão que era fácil de detectar, com seu tom de repente passando a uma melodia.

Mas também havia algo que me levava de volta a outra

época da minha vida, uma época anterior a Luke, quando eu era independente, quando meus interesses e minhas dúvidas nem sempre giravam em torno dele ou de ter ou não um filho, ou em torno do que significava seguir em frente agora que estávamos divorciados. Às vezes, eu pensava nas conversas com minha tia como uma cauda a que eu podia me agarrar e deixar que me levasse para o futuro, onde descobriria que a velha Rose ainda estava dentro de mim, como uma amiga havia muito perdida. Os comentários de Frankie sobre cor e composição, pinceladas, representação e emoção tinham o poder de persuadir aquela Rose a sair e a voltar para a vida dos outros, lembrando-a de que haveria todo um mundo à espera quando ela estivesse pronta.

Eu costumava gostar de ficar sozinha.

Ser filha única faz isso com a pessoa, faz com que aprenda a brincar sozinha, comer sozinha, sair sozinha. Mas então o amor, morar com alguém, se casar com alguém, de certa forma apaga essa parte da pessoa e permite que flutue para longe. Depois que Luke e eu nos divorciamos, passei a odiar ficar sozinha, a temer, a sofrer com isso, e a me perguntar se um dia voltaria a desfrutar da solidão. Esforcei-me muito para ficar bem. Mas, sempre que acho que estou finalmente chegando lá, alguma coisa surge e me arrasta de volta para a tristeza.

Como meu último pedaço de bolo e observo as pessoas entrando e saindo do café, em grupos, sozinhas, carregando copos altos e saquinhos com guloseimas.

A atendente se aproxima, olhando para as migalhas no meu prato. "Quer mais um pedaço?"

As pontadas de desejo, que costumavam ser tão raras, tão passageiras, têm surgido cada vez mais ultimamente. "Quero." *Eu quero!* Vou comer bolo. Bolo para me recuperar do divórcio. Mais e mais bolo!

"Bom pra você", diz ela, e vai até a bela vitrine onde estão as sobremesas.

Bom pra mim!

Deixo o livro de lado e pego o celular. Ligo e ouço tocar duas vezes.

"Rose!" Minha mãe sempre fica muito feliz quando sou eu que ligo. Em geral, é ela que me liga.

"Oi, mãe."

"Está tudo bem?" Seu tom de repente parece muito preocupado. Já me acostumei a essa preocupação comigo.

"Sim, tudo bem. Não posso ligar só porque fiquei com vontade?"

"Claro que pode", diz ela. "Mas em geral não liga."

A atendente volta e desliza o prato pela mesa, na minha direção. Eu sorrio para ela, que assente. A fatia é duas vezes maior que a anterior. "Talvez eu deva tentar ligar com mais frequência, então."

"Eu ia gostar."

"Desculpa por não ligar."

Há um longo silêncio. "Rose, sua voz está *ótima*."

"Você parece tão *cética*, mãe."

"Não", diz ela, rapidamente. E depois: "Bom, faz um tempo que sua voz não parece ótima".

"Eu estou bem, mãe." Pego uma bela garfada de bolo, mastigo, engulo, depois pego outra bela garfada e enfio na boca. "Estou comendo um bolo delicioso", digo a ela, falando de boca cheia.

Minha mãe ri, com leveza. "Bolo faz bem pra alma. E a conferência?"

"Normal. Na verdade, estou perdendo a maior parte."

"É mesmo? Não é do seu feitio."

"O tempo está bom. A cidade é bonitinha, fica à beira da água. Tem um monte de restaurantes e cafés fofos. Decidi curtir a viagem. Fiquei com vontade de passear, então fiz isso. Estou fazendo."

"Rose, você parece tão diferente. Como se tivesse virado a página."

"Quem sabe", digo, mas então sinto um nó sombrio no peito, pequeno, mas perceptível, se agitando, pairando, me lembrando de que está dentro de mim, sempre. Então, tão rápido quanto surgiu, ele desaparece. "Talvez seja passageiro", acrescento.

"Tudo bem", diz minha mãe. "Aproveite enquanto durar. Antes que você perceba, essa alegria vai vir de novo."

"Vou aproveitar." O tom de voz da minha mãe me faz sorrir. O jeito como ela fala comigo, acredita em mim, me encoraja. Agarro-me a isso, confio nisso como poderia confiar em um ser divino. Minha mãe está sempre aqui quando mais preciso dela. "Te amo, mãe. Espero que saiba disso."

"Também te amo, meu bem. E sei que você me ama. Mas é sempre bom te ouvir dizer isso."

A praia está deserta.

Com o crepúsculo, o céu passa a cor-de-rosa e laranja. A areia é suave, como tudo nesta cidade: o clima, o calor, o sol, a brisa. Tiro as sandálias e as seguro pelas tiras com um dedo. Elas pendem da minha mão enquanto caminho e paro de vez em quando para olhar uma concha bonita, uma pedra branca e lisa, para a metade quebrada de uma bolacha-do--mar. Ondas leves se formam e se quebram, se formam e se quebram. Encontro um punhado de conchas de madrepérola, algumas mais alaranjadas, outras de um tom mais amarelo. Guardo três no bolso, para levar para casa. São as preferidas da minha mãe. Então me aproximo da água, afundo os dedos na areia molhada e aproveito a brisa ainda fresca da primavera. O aroma no ar indica que o verão está chegando.

Fico ali, olhando a água, por um bom tempo.

Um fardo me deixa. Sinto que ele é tirado dos meus ombros, seu peso diminuindo, ficando cada vez mais leve,

até que não está mais lá. Lágrimas fazem meus olhos arderem e começo a chorar, mas não de tristeza.
Não tenho que ser mãe.
A água passa pelos meus pés, fresca e agradável, conforme a maré chega.
Não preciso ter um bebê se não quiser. E não quero. Nunca quis. Nunca.
Graças a Deus.
Graças a Deus Luke foi embora. Graças a Deus ele não está mais comigo. Graças a Deus o homem que estava tentando me forçar a ser alguém que eu nunca quis ser não está mais na minha vida, no meu apartamento, na minha cama toda noite. Ele decidiu que eu não era o bastante para ele. Mas talvez a verdade seja que ele não era o bastante para mim.
A libertação dessa nova realidade desperta dentro de mim. Finalmente, *finalmente.*
Quando volto a me mexer, quando volto a caminhar pela praia, algo mudou dentro de mim, algo permanente, acho. Espero. Volto para o hotel, para o pequeno bangalô que não fica muito longe da água. Pinto as unhas dos pés.
É verdade, eu hoje estou bem. Bem de um jeito diferente, suave, flexível, quente, como uma bola de massa fresca. Aconchego-me sobre mim mesma e me acomodo em um lugar profundo e confortável.
Pode ser que não dure.
Mas pode ser também que sim.

Parte III

ENTRAM MAIS ROSES, VIDAS 4 E 5

Treze

15 DE AGOSTO DE 2006

ROSE, VIDAS 4 E 5

Luke está de pé, no meu lado da cama. Ele nunca vai para o meu lado da cama. Tem um frasco de vitaminas na mão. Ele o ergue e sacode. O som é pesado e moroso, porque o frasco está cheio.
"Você prometeu", diz ele.
"Às vezes esqueço."
"Às vezes?" Seu tom é raivoso. Acusador.
Aceito a acusação. Sou culpada.
Ambos sabemos disso.
"Não estou tomando como disse que tomaria, tá bom?" Admito o crime, para acabar logo com aquilo.
Luke fica quieto. Então diz: "Está na cara que você não quer tomar".
"Não", eu digo, em outra confissão. "Está na cara que não quero."

Minha força de vontade está se esgotando.
Posso sentir, meu corpo todo como um ovo cozido rolando contra um pano de prato para que a casca se solte.
Luke e eu não estamos nos falando. Faz quase uma semana que nos evitamos, ficamos no mesmo ambiente e mal reconhecemos a presença um do outro. Nossas únicas conversas são por educação — "Quer mais café ou posso beber esse restinho?". Ou envolvem logística — "Vou chegar tarde hoje, tenho um evento do departamento".

Ao mesmo tempo, dia após dia, a raiva fria e rígida que se estabeleceu entre nós depois da briga foi se abrandando, como se deixada fora do congelador por tempo suficiente para derreter. Não sei dizer o que resta de raiva, ou no que ela se transformou. Nossas interações mínimas ficaram um pouco mais simpáticas, um pouco mais delicadas, às vezes até um pouco afetuosas. Isso me permitiu entrever o futuro, e nosso futuro se bifurca em dois caminhos distintos. Em um caminho, ficamos juntos e temos um bebê — ficamos juntos *porque* temos um bebê. No outro, não temos um bebê e nos separamos — nos separamos *porque* não temos um bebê.

Seria tão ruim assim ter um filho? Posso fechar os olhos e me convencer a fazer isso? A ter um bebê e permitir que os sonhos do meu marido se tornem realidade? Salvar meu casamento?

Talvez fique tudo bem. Talvez seja ótimo. Talvez eu recorde esse momento da minha vida e pense: *Ah, Rose, você era tão boba! Ter um bebê foi a melhor coisa que você já fez! Como poderia ter perdido isso?* Não é isso que todas as mães pensam depois de ter filhos? Que é sua maior realização e tudo o mais, como em *A menina e o porquinho*?

Talvez metade das mulheres minta. Talvez só digam esse tipo de coisa porque precisam dizer, porque, depois que o filho vem, o que se pode fazer? Não dá para devolver na loja.

O fato de eu ter acabado de comparar um bebê a algo que se comprou na Bloomindgale's ou na Nordstrom e que se pode devolver é um sinal? Uma placa luminosa avisando: *Rose Napolitano, você não serve para ser mãe se está pensando em devolver um bebê para a Bloomingdale's!* É claro que a Nordstrom seria a melhor opção. É melhor comprar um filho em um lugar que sempre aceita devoluções — não é essa a política da loja?

À noite, deitada na cama ao lado do homem com quem me casei, mantenho esses pensamentos dentro de mim. No silêncio, a tristeza cresce, um reconhecimento, acho. Luke e eu estamos em uma encruzilhada. Em algum momento, um de nós vai ter que tomar uma decisão.

"Eu desisto", digo.
"Do que você está falando, Rose?"
Luke está só de toalha diante do espelho do banheiro, se barbeando. Metade de seu rosto está coberto de espuma, a lâmina cuidadosamente passada deixando listras na bochecha. Estou no corredor, do outro lado da porta aberta. A luz do banheiro é forte.
"Vamos tentar, tá bom?"
"Tentar o quê?", Luke pergunta. Mas há esperança, uma vivacidade em seu tom de voz que não ouço há muito tempo.
O fato de querer que eu diga em voz alta, de precisar ouvir a palavra "bebê", vamos tentar ter um "bebê", faz minha boa vontade acabar. "Nada, Luke. Argh! Esquece. Não vamos tentar nada, nem agora nem nunca."
Ele apoia a lâmina de barbear na pia. A espuma branca que havia nela forma uma nuvenzinha no granito. Luke sabe que errou. "Só responde à pergunta. Por favor."
Balanço a cabeça. Vou escorregando pela parede até estar sentada no chão.
"Rose?"
Antes que eu possa impedi-las, minhas mãos estão cobrindo meu rosto e estou chorando. Logo Luke está agachado ao meu lado. Ouço sua voz baixinha e grave — uma voz que eu costumava amar, mas será que ainda amo? — dizendo: "Rose, qual é o problema? Fala comigo". É o primeiro sinal de preocupação verdadeira da parte dele desde a nossa briga.
Quero desfrutar disso, mas não consigo. Sei que Luke só está demonstrando preocupação porque sabe que cedi, sabe que vou lhe dar o que quer. Porque ele ganhou. Es-

tamos pairando nesse limiar precário há muito tempo, e as coisas estão prestes a se encaminhar do jeito que ele deseja. Talvez por trás dessa preocupação em sua voz também haja um pouco de medo de que, bem no momento em que eu estava prestes a dizer que sim, uma pergunta errada tenha estragado tudo.

Levanto os olhos, lembrando que sou eu quem tem o poder de dar ou negar o que ele quer. A mulher sempre tem. O homem não pode fazer nada para mudar isso. Motivo pelo qual sempre encontram outras maneiras de nos punir pela única coisa que temos e eles não.

"Você sabe qual é o problema", digo. "Nós somos o problema, Luke."

Ele puxa o tapetinho do banheiro e se senta nele de pernas cruzadas, olhando para mim.

"A gente era tão feliz", digo.

"Eu sei."

"E olha só agora."

Luke se inclina para a frente, piscando. "Um bebê mudaria isso, Rose. Tenho certeza. Um bebê nos levaria de volta ao ponto de partida."

Olho para ele, absorvendo o que acabou de dizer, e o momento que escolheu para dizer. Luke não consegue se segurar, nem mesmo por alguns minutos, nem mesmo comigo chorando. Ele está convicto do que quer, e tem que conseguir isso de mim. O que ele quer é um bebê, porque não sou mais o bastante para ele. Será que percebe isso? A mensagem implícita que manda para a esposa, com tamanho desespero?

Seus olhos parecem um pouco desvairados agora, um pouco frenéticos.

Tenho que fazer uma escolha, e faço. Parece a única opção real, porque a outra me deixaria sozinha.

"Tá bom", eu digo, soltando o ar. "Vamos tentar, Luke."

Catorze

25 DE SETEMBRO DE 2007

ROSE, VIDA 4

Meu pai trabalha na garagem da casa em que eu cresci. Eles não estacionam lá dentro há anos, deixando os carros na entrada ou, quando há previsão de neve, sob a copa do enorme carvalho na extremidade do jardim. Minha mãe sempre reclama, porque eles têm que limpar os carros depois de tempestades, tirar o gelo do para-brisa, correr até a porta da frente quando está chovendo. Mas ela não fala muito a sério. Tem orgulho do talento do meu pai. Ele faz coisas lindas.

"Pai? Posso entrar?" Abro uma fresta da porta lateral.

"Rose? Filha? É você?"

Um corredorzinho coberto liga a casa à garagem, e é onde me encontro. Abro um pouco mais a porta. "Oi, pai."

Ele olha para mim, sua figura alta debruçada sobre a mesa, luvas nas mãos e um pedaço de lixa sob uma palma. Pó de madeira cobre o chão. Ao seu lado, há uma bancada onde deixa as ferramentas. Na parede atrás dele, chanfros especiais, onde pendura cadeiras em andamento e outros móveis inacabados. Do outro lado da garagem há um armário grande de metal cheio de latas de verniz, e, ao lado dele, pilhas de madeira. Meu pai está usando jeans largo e uma camiseta verde de manga curta, Seu cabelo brilha grisalho sob a luz. "Vem dar um abraço no seu velho." Ele se endireita e tira as luvas de trabalho.

Seus braços me enlaçam, me apertam com força e me

tiram do chão. "A que devo a honra da visita? Não tem aula hoje?"

"Não. Este semestre só dou aula de terça a quinta."

Meu pai sorri. "Que vida dura, hein?"

Eu o cutuco. "Levo a vida na flauta, pai." Ele sabe o quanto me dedico ao trabalho, por isso suas brincadeiras não me incomodam. Meus pais e eu percorremos um longo caminho desde a época em que eles tinham dificuldade de entender por que eu queria fazer doutorado e lecionar. Gosto que agora possamos brincar a respeito da minha carreira, e valorizo o orgulho genuíno que ouço na voz deles quando me perguntam de trabalho. "Eu não queria interromper. Pensei em me sentar para conversar um pouco enquanto você trabalha."

"Você nunca interrompe." Meu pai vai pegar a cadeira que mantém no canto da garagem. É do mesmo tom de azul de uma hortênsia, quase violeta, e é minha cadeira desde pequena. Ele a pintou dessa cor só para mim. É maior que uma cadeira normal, mais larga. Minha mãe fez uma almofada grossa e florida, que pode ser amarrada no encosto, mas cujas cores desbotaram.

Meu pai a posiciona perto da bancada de trabalho. "Pronto, filha." Ele volta a pôr as luvas e pega a lixa. "Vamos lá, me atualize. Como estão as coisas? Como foram as primeiras semanas de aula? Algum aluno precisando de uma chamada?"

Rio. "Ainda não, mas é bom saber que posso contar com você." Conto a ele sobre as aulas, o departamento, o novo projeto de pesquisa que espero desenvolver.

Sempre adorei ver meu pai trabalhando e fazer companhia a ele. Quando era pequena, às vezes levava um livro comigo e passava horas ali, nós dois lado a lado, ele trabalhando, eu lendo em silêncio. Meu pai não é muito falante, mas é um bom ouvinte, uma presença tranquilizadora. Às vezes, ouvimos música juntos. Quando eu era pequena, ele me apresentou suas músicas preferidas dos anos 1960 e 1970, e conforme fui crescendo forcei meu gosto adolescente aos seus ouvidos. Meu pai aguentou bem, porque aquilo significava passar mais tempo juntos.

Nos dias bonitos de primavera e outono, ele abre a porta da garagem enquanto trabalha, para poder respirar o ar fresco e ouvir os pássaros, mas hoje ela está fechada e o ar-condicionado está ligado. Já é fim de setembro, mas continua quente como se fosse verão.

"E você, pai, o que tem feito?", pergunto a ele depois que o atualizo, sem ter mencionado o verdadeiro motivo da minha visita e aparentemente incapaz de fazê-lo.

"Ah, sabe como é. O mesmo de sempre. Faço móveis para as pessoas, e no final do dia como a comida que sua mãe cozinhou."

"Recebeu alguma encomenda interessante?"

Essa pergunta o anima. Meu pai me conta de uma série de armarinhos especiais que está fazendo para um casal que traz toda a madeira do México. Não consigo nem pronunciar o nome da madeira, e ele mesmo nunca trabalhou com ela. Meu pai parece animado e me dá todos os detalhes do projeto, depois acabamos caindo em um silêncio companheiro. Fico ali sentada, vendo-o trabalhar, tentando criar coragem de dizer a ele o que vim dizer. De vez em quando, ele olha para mim, enquanto sua mão se move regularmente, para a frente e para trás, sobre o tampo da mesa.

Minhas pernas estão recolhidas, meus braços enlaçam minhas canelas. Ouço o som contínuo e familiar da lixa raspando a madeira. "Tenho uma encomenda interessante para você, pai", digo afinal.

"Ah, é? O que quer que eu faça?"

Mordo o lábio, pensando em todas as coisas que meu pai fabricou para mim ao longo dos anos. Na época do ensino médio, ele me fez uma cama com dossel, que minha mãe achou um exagero, mas eu amava. Fez porta-retratos lindos, nos quais coloquei fotos minhas e dos meus amigos nos bailes de formatura e de início de ano letivo, depois de mim e de Luke no nosso casamento. Além disso, ele fez nossas mesinhas de cabeceira e a escrivaninha onde trabalho de casa. Metade dos móveis da casa em que cresci é obra das mãos dele. Todos lindos. Todos especiais, como meu pai.

"Rose?" Meu pai parou de trabalhar e agora me encara.

Respiro fundo. "Um berço, pai", digo. "Eu estava pensando que você podia me fazer um berço."

Ainda não contei a Luke que estou grávida.

Depois de prometer a ele que ia tentar, acho que acreditei que meu corpo lutaria contra a gravidez. Eu me perguntava se era mesmo uma boa ideia ter um filho se fazia tanto tempo que as coisas estavam complicadas.

Então houve algumas mudanças em Luke — mudanças boas.

A primeira foi pequena e simples. Eu estava sentada à escrivaninha de casa, trabalhando, quando ergui os olhos do laptop e girei a cadeira. Luke estava apoiado no batente da porta, me observando.

"Acho que a gente devia sair pra jantar esta semana", disse.

"É?"

"É. Tipo um encontro."

"Você quer ter um encontro comigo?" Meu ceticismo era audível.

Luke não se abalou. "Li sobre um restaurante italiano novo. Parece que tem um ravióli caseiro muito bom. A gente podia ir no sábado."

Olhei para ele. "Adoro ravióli caseiro."

"Eu sei. Por isso pensei que a gente devia experimentar."

Ele ficou parado ali, desconfortável, esperando que eu dissesse sim ou não.

Fazia um século que a gente não saía. Éramos casados, morávamos juntos, mas havia um bom tempo éramos mais como duas pessoas dividindo um apartamento. Fazíamos sexo, sim, e aparentemente estávamos tentando ter um bebê, mas não éramos pessoas apaixonadas. Não como antes. Eu ainda amava Luke, sempre tinha amado. Mas não me sentia apaixonada por ele já fazia um tempo. Toda aquela insistência para ter um bebê, toda a pressão de Luke e dos pais dele não me davam nenhum tesão. Na verdade, acabavam com ele. Talvez ele também não estivesse se sentindo muito apaixonado por mim ultimamente.

Pessoas casadas podem voltar a se apaixonar?

"Por que está querendo sair comigo, Luke?"

É só um novo prelúdio para a tentativa de fazer um bebê?

"Precisa ter um motivo?"

"Sim", falei.

Desde que havia dito a Luke que tentaria lhe dar um bebê, eu sempre desconfiava quando ele tentava criar o clima para o sexo. Era a mim que ele desejava ou o óvulo que descia por uma trompa de falópio?

Luke enfiou as mãos nos bolsos do jeans e balançou o corpo para a frente e para trás, o peso passando dos calcanhares aos dedos dos pés e voltando. O ar-condicionado pareceu embalar, o barulho do aparelho retumbando acima de nós. "Só estou com saudade de você", disse ele. "E com saudade de nós. De quem costumávamos ser. Você não?"

Fiz que sim com a cabeça.

"Então por que sair para jantar parece tão complicado?"

Eu me levantei da cadeira e passei por Luke, a caminho da sala. Ele me seguiu, e nos sentamos no sofá. Decidi ser sincera. "Tenho dificuldade em acreditar nos seus motivos, Luke. Tudo que você faz neste casamento parece estar relacionado a sua necessidade de ter um filho. Até mesmo um convite para jantar."

Luke cruzou as mãos, olhando para elas. "Acho que mereço isso." Ele parecia prestes a acrescentar algo, mas não o fez.

"Olha", continuei, "mais que qualquer outra coisa, quero que seus motivos sejam simples, que você sugira ir a esse restaurante só porque sabe que sua esposa gosta de ravióli." A tarde chegava ao fim, e o céu começava a avermelhar. "Mas é difícil acreditar que isso não faz parte de um plano para me convencer, sei lá, a me esforçar mais para ter um bebê, a acompanhar meu ciclo com mais cuidado, a tomar mais vitaminas, dez vitaminas por dia, vinte vitaminas por dia. Ou vai ver você leu que ravióli é bom para a fertilidade ou coisa do tipo."

Luke começou a rir. "Juro que não li em lugar nenhum que ravióli é bom para a fertilidade."

Olhei feio para ele. "Você acha que é piada! Mas eu não ficaria surpresa se fosse verdade! Nem consigo acreditar no quanto você sabe sobre comidas que são boas e ruins para o bebê, e nem temos um bebê ainda. Não estou grávida, Luke!"

A risada dele morreu. "Tá bom, tá bom. Entendi. E entendo por que você se sente assim, considerando como tenho agido."

"Entende mesmo?" *Por favor, entenda. Entenda, Luke.*

Luke estendeu a mão no sofá e a deixou ali, entre nós. "Você acreditaria em mim se eu dissesse que só quero ir a esse restaurante porque sei que minha esposa, Rose Napolitano, ama ravióli tanto quanto seu marido, Luke, ama sushi? E não porque tenho segundas intenções, como engravidar essa esposa?"

Fiz uma cara cética e dei de ombros. "Talvez."

"Pode tentar acreditar?"

Avaliei meu marido sob a luz cambiante.

Eu podia?

Ele piscou, depois voltou a piscar. Tive a sensação de que Luke estava nervoso. Algo se acendeu dentro de mim, a vaga lembrança de uma época em que eu acreditava que ele era o único homem que eu amaria, o único homem que eu poderia amar. Como seria voltar a sentir aquilo, depois de tudo por que havíamos passado?

A mão de Luke me pareceu muito solitária no sofá. "Posso tentar", falei. Entrelacei meus dedos nos dele. "Vou tentar."

"Então vou perguntar de novo. Rose Napolitano, você aceita sair comigo no sábado? Só porque eu gostaria de te ver feliz e porque sou seu marido e te amo muito?" Luke levou minha mão aos lábios e a beijou.

Dei risada, e foi o bastante para quebrar a tensão. "Sim, Luke, eu aceito sair com você, por nenhum motivo além do fato de que te amo." Quando eu disse isso, senti o corpo esquentar. Pareceu uma confissão. Algo que deveria ser automático entre marido e mulher, dadas as circunstâncias, fez com que eu me sentisse vulnerável. Era como se eu tivesse revelado um segredo.

Então Luke sorriu também, mais do que eu, e disse: "Eu não tinha segundas intenções, Rose. Só queria fazer minha esposa feliz. Sério".

Ficamos os dois sentados ali, sorrindo como bobos um para o outro. Então Luke abriu uma garrafa de vinho e nos embebedamos um pouco, conversamos por horas, rimos e esquecemos, tudo de uma vez, todos os problemas que vinham atormentando nosso casamento. Quando Luke apoiou a taça na mesa de centro e me beijou com vontade, deixei que o fizesse, deixei que voltássemos a amar um ao outro sem me preocupar de onde aquilo vinha e quais eram os motivos dele. Quando fomos para a cama aquela noite, uma semente de esperança havia brotado dentro de mim, e peguei no sono feliz.

A partir daquela conversa, Luke e eu começamos uma longa e lenta jornada de reaproximação. Pouco a pouco, a felicidade voltou a se esgueirar e começou a cauterizar as feridas do nosso amor, da nossa vida, do nosso casamento.

O bastante para que, ao fazer aquele primeiro teste de gravidez e ver duas linhas aparecerem, formando um sinal de positivo, por mais que tenha ficado com medo e talvez até um pouco arrependida, também tivesse sido capaz de sentir alguma esperança. Depois de toda aquela luta e resistência, talvez ter um bebê com Luke pudesse ser bom. Não apenas para ele, ou para nós dois, mas para mim. Para mim também.

"Um berço?" Meu pai parecia incerto. Ele amassou a lixa que tinha na mão, com a força com que a segurava.

Meu pai talvez seja a única pessoa na minha vida, além de Jill, que nunca me pressionou para ter um filho, que nunca me questionou sobre maternidade e sobre os motivos pelos quais eu era tão avessa a ela.

"Não gosto de como Luke tem pressionado você", ele havia me dito pouco tempo antes, depois de minha mãe comentar com ele que vínhamos brigando quanto a ter filhos ou não.

Estávamos falando ao telefone enquanto eu voltava para casa, depois de dar aula. Carros passavam, buzinando. Pessoas passavam, recém-saídas do trem. Mas ele não teve que explicar do que estava falando. Ambos sabíamos.

"Tudo bem, pai", falei, muito embora não estivesse nada bem, motivo pelo qual Luke e eu vínhamos brigando.

"Você sabe o que é melhor para você, Rose, confio no seu julgamento. Você também devia confiar."

"Obrigada, pai", falei, e depois a conversa passou a assuntos mais tranquilos, como a tempestade que estava chegando e o fato de que ia chover forte um dia inteiro.

Agora, meu pai continua esperando que eu responda. Seus olhos buscam os meus.

"Isso, pai. Um berço." Solto o ar, e então falo, experimento pronunciar as palavras que ainda não saíram da minha boca. "Porque estou grávida."

Ele é a primeira pessoa para quem eu conto.

"Filha", diz meu pai, simplesmente.

"Estou tentando me sentir bem em relação a isso."

Suor escorre pela testa dele. Ele o enxuga com as costas da mão. "Rose, tem certeza de que quer seguir em frente com o bebê?"

Meus olhos se enchem de lágrimas. "Ah, pai." Amo que meu pai me lembre de que tenho opções, de que ainda posso decidir não ter o bebê, caso seja a coisa certa para mim. Tudo isso sem hesitar.

No momento que transcorre entre a pergunta do meu pai e minha resposta, penso no ciclo de esperança, depois dúvida, esperança, depois mais dúvida, que se repete na minha cabeça desde que fiz o teste de gravidez, depois outro, depois um terceiro. Em como continuo voltando à esperança, a um ponto onde meu marido e eu redescobrimos o amor, à nova possibilidade que é um filho.

"Vou ficar com ele", digo. "Vou ter o bebê. Pode me fazer um berço, pai?"

"Claro que sim." Ele deixa a lixa amassada de lado, tira as luvas e as coloca sobre a mesa inacabada. Então volta a estender os braços para mim. "Vou fazer para você o berço mais lindo que já fiz na vida."

Naquela noite, de volta à cidade e voltando a pé da estação de trem, decido que vou contar a Luke o que acabei de contar a meu pai.

"Luke", digo, assim que passo pela porta da frente do apartamento. Eu o encontro na cozinha, fervendo a água do macarrão. "Precisamos conversar."

Ele se vira, vê que estou sem fôlego e olha para mim de um jeito engraçado, como se não soubesse o que pensar ou sobre o que posso estar querendo conversar, quer seja uma coisa boa ou uma não tão boa.

"Fui ver meu pai hoje", continuo falando.

Luke tem uma colher de madeira na mão, pingando água. "É?"

Faço que sim com a cabeça. "E ele me disse que vai fazer um berço pra gente."

Ao ver o rosto do meu marido se iluminar, o brilho intenso que surge em seu sorriso e em seus olhos, penso por um breve momento: *Talvez tudo isso tenha valido a pena, talvez tudo acabe bem, talvez um dia eu olhe para trás, para este momento, e perceba que ter um filho foi a melhor decisão que tomei em toda a minha vida.*

Quinze

25 DE SETEMBRO DE 2007

ROSE, VIDA 5

O restaurante está lotado, há clientes por toda parte, se espalhando pela rua ao atravessar as portas de vidro que dão para a calçada. A tarde que já cede espaço para a noite está perfeita: trata-se de um daqueles dias que não são típicos do verão, nem do outono. Quentes, mas não demais, com brisa, mas não vento, o ar fresco, mas não frio. Exuberantes. O tipo de clima no qual uma pessoa deseja mergulhar, que relaxa todos os seus músculos, alivia a pele. Um clima que faz qualquer um baixar a guarda.

Minha guarda está baixando.

Aonde isso vai parar?

Eu me esgueiro por entre a multidão animada, rindo, flertando, segurando taças de vinho, cantadas indo de um lado para o outro, de mulheres para homens, homens para mulheres, mulheres para mulheres e assim por diante. Infiltram-se em mim enquanto sigo até o bar, até que me sinto ensopada, minhas células absorvendo a luxúria, um pouco fora de forma, talvez um pouco fora de controle.

O bar comprido de mármore, brilhante e largo, está cheio, a não ser por uma única banqueta ao lado de um homem sozinho. Ele tem uma revista aberta diante de si, dobrada de modo que possa ler a página sem ocupar espaço demais. Seus dedos envolvem um copo baixo e largo, contendo um líquido dourado. Bourbon ou rye? A leitura mantém seu pescoço inclinado, expondo um trecho de pele entre o colarinho da camisa e a linha do cabelo.

Vou até ele.

A banqueta está reservada para mim.

Eu me sento sem dizer nada, apenas sorrindo um pouco para comunicar a alegria de estar ali, de ocupar aquele assento em particular. Coloco a bolsa no gancho sob o balcão de mármore e cruzo as pernas, deixando uma coxa sobre a outra, os joelhos expostos sob o vestido verde sem mangas, meu corpo girando na direção dele.

Na direção desse homem que não é Luke, desse homem que não é meu marido.

Thomas.

Uma parte de mim se pergunta se estou sonhando ou alucinando.

Thomas ergue o rosto, olha em meus olhos e retribui meu sorriso.

Não. Não estou alucinando. A sensação no meu peito me pega desprevenida, como se eu tivesse sido atingida por algo poderoso e afiado.

"Você veio", disse ele, com a voz baixa e constante em meio à conversa alta e às risadas.

Tenho que me inclinar para mais perto para ouvi-lo.

A ideia era essa?

"Eu disse que viria."

"Eu sei, mas..."

"Mas?"

"Achei que pudesse mudar de ideia."

"Não. Nunca foi uma possibilidade. Eu ia vir de qualquer jeito."

Seu sorriso se amplia. "Eu também."

Estamos ambos sorrindo, como os estudantes de ensino médio que sempre vejo ao pegar o metrô depois da aula. Casais colados a paredes manchadas de água, no meio das plataformas, as bocas sedentas, chupando, lambendo, se beijando com entrega. Sempre me alegro com suas demonstrações desvairadas de afeto, com todo aquele desejo.

Isso quase me faz ter orgulho deles. Sinto falta desse tipo de vontade, do tipo que eu e Luke sentíamos no começo, mas que logo se perdeu em meio à vida adulta, à agitação do cotidiano e à necessidade de tomar decisões domésticas como quem ia regar as plantas ou tirar o lixo. Em meio à dúvida quanto a quem ficaria com o bebê, e se haveria um ou não.

"É bom ver você de novo", digo a Thomas, e começo a me dar conta do que estamos fazendo aqui. Minha animação, a energia em meu corpo com a proximidade de Thomas, está presente em cada palavra, em cada gesto. No bater dos meus cílios e no tom de flerte inconfundível da minha voz. Eu me imagino me inclinando para a frente, chegando mais perto, pressionando meus lábios contra os dele, bem ali no balcão, na frente de todo o restaurante.

Ele está imaginando o mesmo?

O atendente surge diante de mim. "O que deseja beber?"

"Tem sancerre?", pergunto a ele.

"Tenho, sim."

"Então uma taça, por favor", digo.

Nem hesito.

Mas deveria. Teoricamente, eu deveria ficar horrorizada com uma atitude casual diante da catástrofe. Mas hoje à noite me sinto imprudente, estou sendo imprudente, recebendo todas as catástrofes possíveis, a calamidade tão perto e tão longe, parte dela me encarando com um par de olhos cor de avelã, mais para verdes que para âmbar, ao alcance do braço. Ao alcance do *meu* braço.

E acabo por esticá-lo.

Os dedos roçam um ombro e descem leves pelas costas.

As costas de Thomas. Thomas, que não é Luke.

"É muito bom ver você de novo, Rose", ele responde, atrasado, como se cada movimento na direção um do outro, na direção de todas as coisas que não deveríamos estar fazendo — nos encontrando, nos sentando juntos num bar, pedindo bebidas, tocando um ao outro com os dedos, as mãos, o corpo —, como se cada um desses pequenos passos exigisse outro cumprimento, outro reconhecimento, uma aprovação bilateral.

O modo como Thomas fala, seu tom, me diz tudo que preciso saber. É claro e receptivo, uma abertura para tudo isso — ele, eu, nós dois juntos nesta noite linda, em um bar encantador —, cheia de promessa, carregando inúmeras possibilidades.

Como eu carrego um bebê.

Estou grávida.

"Acho que vou passar mal", sussurrei para ninguém, ajoelhada no chão do banheiro, com o estômago revirado, as mãos trêmulas, meu corpo todo tremendo, como se fosse inverno, embora estivéssemos no meio do verão.

Luke e eu estávamos em um chalé à beira-mar que meus pais haviam alugado para o fim de semana, as ondas lá fora rugindo em meio a uma tempestade. Elas espelhavam a sensação na minha barriga, toda aquela água branca efervescendo, girando, borbulhando ao longo da superfície, batendo e voltando, batendo e voltando. Respirei fundo, deixando o ar sair, depois respirei fundo de novo. Os azulejos do banheiro brilhavam, brancos, quase me obrigando a fechar os olhos. Uma pia antiga se erguia do chão perto de mim, majestosa e grande.

Balancei o corpo para a frente e para trás, com as mãos na barriga, quase vomitando, mas não chegando a fazê-lo. Quando ia passar? Logo? Nunca?

Ouvi uma batida leve na porta. "Rose, você está bem?"

Não havia mais ninguém no chalé, além da minha mãe. Luke e meu pai tinham ido visitar um museu de helicópteros, um dos pontos turísticos daquela cidadezinha da Nova Inglaterra. Minha mãe dera a eles uma lista de coisas que precisavam comprar no mercado depois, de modo que ficariam um bom tempo fora.

"Não sei", respondi debilmente, a respiração tão trêmula quanto minha voz.

"Posso entrar?"

"Pode."

Apoiei a testa no assento da privada. É impressionante o que uma pessoa faz quando está passando mal — deitar a cabeça no chão sujo, descansar a bochecha na privada. O barômetro de nojo da pessoa fica descontrolado.

"Ah, querida! Você está verde! Comeu alguma coisa que não caiu bem? Será que foram os mariscos que comemos no almoço? Eu disse a seu pai que não devíamos comer num restaurante de beira de estrada."

A menção a mariscos, o mero som da palavra, dura e feia, fez meu corpo inteiro se rebelar, e posicionei a cabeça sobre a privada. Nada ainda. Voltei atrás, descansando o antebraço e o cotovelo no assento branco e olhando para minha mãe. "Não sei o que foi."

Ela se abaixou e se sentou de pernas cruzadas no chão. "Não se preocupe. Vai passar. E aposto que logo. Essas coisas nunca duram muito."

A presença da minha mãe ao meu lado, sua disposição em se sentar no chão do banheiro para me fazer companhia, me trouxe mais consolo do que eu imaginava. É impressionante como um adulto ainda pode precisar da mãe. Uma onda de gratidão se espalhou pelo meu corpo.

"Será que foi a lagosta de ontem à noite?", minha mãe perguntou a seguir. "Tomara que não. Você sabe como passar mal pode fazer a gente parar de comer uma coisa, e não quero que você pare de comer lagosta. Você sempre gostou tanto! Desde que era pequena. Lembra como adorava cutucar até tirar toda a carne das patinhas? Seu pai e eu ficávamos vendo você passar horas limpando uma a uma. Achávamos tão engraçado."

"Mãe", gemi, "chega de falar de comida."

"Ah, verdade! Desculpa. Bom, vamos ver... o que mais?" Fez-se silêncio, mas eu sabia que minha mãe estava pensando em alguma coisa.

"O que foi, mãe?"

"Hum... Não sei se devo dizer."

Ergui a cabeça ligeiramente, uma leve inclinação, o bastante para olhar nos olhos dela. "Agora você vai ter que falar. Por favor, mãe. Não aguento o suspense."

"Talvez você fique brava."

"Não tenho forças para ficar brava."

"Você tem que prometer que não vai ficar chateada se eu disser no que estou pensando."

"Mãe!"

Ela espalmou as duas mãos no chão e se inclinou para a frente, seu queixo chegando a centímetros da borda da privada. "Bom, é que me ocorreu agora que pode ser enjoo. Pode acontecer a qualquer hora do dia. Mas é claro que não pode ser isso, porque você não quer ter filhos, nunca quis. A menos que... você e Luke tenham mudado de ideia e estejam tentando engravidar, mas não contaram pra gente." Ela voltou a se afastar, como se saísse do caminho caso eu decidisse atacá-la. Sua voz se reduziu a um sussurro. "Entendeu por que eu não queria falar?"

Naquele exato momento, depois de toda a ânsia, me debrucei sobre a privada e vomitei. Minha mãe me segurou firme até eu acabar. Depois me passou papel para limpar a boca. Ficamos sentadas ali, sem falar, enquanto a náusea passava e meu cérebro acelerava, em uma atividade frenética.

Eu podia estar grávida?

Sim, podia.

Merda.

Assim que a sugestão saiu da boca da minha mãe, eu soube que estava grávida. Era incompreensível que aquilo não tivesse me ocorrido durante a hora que eu passara sentada no chão, inclinada sobre a privada. Imagino que eu não estava querendo aquilo, que não tinha aceitado a ideia de que meu corpo poderia sucumbir à gravidez, como se minha resistência mental de alguma forma pudesse desligar algum interruptor no meu sistema reprodutivo; como se fosse tudo uma questão de fé religiosa, e eu fosse ateia no que dizia respeito a gravidez e maternidade. Toda a "abertura" recém--descoberta naquele sentido era uma *atuação* para Luke. Era eu dando corda para sua necessidade de um bebê e tentando impedir que nosso casamento terminasse.

"Querida? No que está pensando?"

"Que talvez eu esteja", sussurrei, parando antes de dizer a palavra.

"Estou certa, não é? Você está grávida?"

Eu podia ouvir na voz da minha mãe, além da preocupação, o reconhecimento de que aquele era um terreno complicado e ela precisava tomar cuidado, um pingo de esperança, um traço sutil de maravilhamento e emoção. Eu finalmente ia fazer dela uma avó. A única coisa que ela queria, embora tivesse sido convencida de que jamais iria acontecer.

"Acho que sim", respondi.

Em defesa à minha mãe, ela reagiu com uma pergunta, em vez de me dar os parabéns. "E como você se sente a respeito?"

Tentei ficar feliz, ligar o modo bebê. Tentei me deixar levar pela onda misteriosa de alegria da maternidade por vir.

Mas o que realmente senti naquele momento...

Foi arrependimento. Medo. Desânimo.

Raiva.

O que eu havia feito?

A palavra "aborto" ia e vinha da minha mente, como uma jangada de esperança.

Mas eu podia nadar até ela? Devia fazer isso?

Se Luke tivesse se mostrado disposto a esquecer por um minuto aquela obsessão por um bebê, o controle do meu calendário menstrual, as observações quanto a tudo que eu colocava na boca desde que tinha começado a tentar... Se tivesse deixado que voltássemos ao normal, se fosse de novo o Luke que eu havia conhecido e por quem havia me apaixonado durante a pós, que ficava feliz em fazer sexo comigo só porque estava fazendo sexo comigo, Rose, e não porque estava fazendo sexo com a possível mãe de seu filho... então talvez tudo parecesse diferente. Talvez eu ficasse mais feliz com a possibilidade de estar grávida.

Ouvi o som da porta da frente se abrindo e fechando, e as vozes abafadas de Luke e do meu pai.

Amassei o papel que tinha na mão esquerda. "Quero que você me prometa que não vai contar nada a ninguém, mãe."

Ela se inclinou para a frente e beijou minha bochecha. "Eu prometo, querida. Te amo. Vai ficar tudo bem." Ela me olhou com seriedade e demoradamente. "*Está* tudo bem."

"Eu também te amo", falei.

O atendente me entrega o vinho e pego a taça na mesma hora, para levá-la aos lábios. Tomo um belo gole, sentindo sua acidez deliciosa. Assim que desce pela minha garganta, tomo outro gole. O sabor pungente e pronunciado é perfeito na boca.

"Gostou?", pergunta Thomas.

"Gostei. Já faz um tempo que não tomo uma taça de vinho", digo. Desde que descobri que estava grávida, penso, mas não digo isso a ele. Ainda não dá para notar nem um pouco, graças a Deus. Logo, vou passar do período em que ainda posso fazer um aborto. É a primeira coisa em que penso todos os dias quando acordo. Aborto. Devo fazer? Vou fazer? Sei que não vou. Contei a Luke que seguiria em frente com a gravidez e estou seguindo. Mas não disse que seria perfeita.

Tomo outro gole e sorrio para a taça.

Resistência.

Essa é minha resistência, meu foda-se para Luke, que esta noite chega em uma taça bonita, parte da rebelião que venho conduzindo desde o momento em que vi as duas linhas naquela porcaria de teste, desde que me vi nesse lugar da mulher que dizia que não queria ter filhos e descobre que está grávida. Buchuda. Sempre odiei essa palavra ridícula. Deve ter sido um homem que inventou.

Mas só posso culpar a mim mesma, não é? É o que ganho por ter sido covarde, por morrer de medo de que meu casamento acabasse, de que Luke pudesse me deixar por alguma outra mulher disposta a lhe dar um filho. Esse é meu prêmio de consolação, os sinais de positivo e as linhas e os sins em varetas de plástico mergulhadas na urina. As consequências do meu medo de terminar sozinha.

Thomas puxa a banqueta um pouquinho mais para perto.

Isto, bem aqui, Thomas, é outra consequência. Thomas é a parte dois do meu grande foda-se.

Thomas e eu nos conhecemos durante uma palestra sobre a pesquisa dele, com patrocínio do meu departamento. Ele é sociólogo, como eu, em uma universidade do outro lado da cidade. Nossa conexão foi imediata, tanto que conversamos a noite toda no coquetel que se seguiu, até quase todo mundo ter ido embora, inclusive Jill, que também assistira à palestra. Quando Jill disse que era tarde e que estava indo embora, querendo saber se eu ia também, balancei a cabeça e disse que não, que ia ficar um pouco mais, o que a fez arquear as sobrancelhas como quem dizia: *O que você está fazendo, Rose?*

Naquela noite, eu disse a mim mesma que não estava fazendo nada além de conversar com um novo colega muito interessante, e que aquilo era bom. Mas, conforme a noite avançava e eu ficava mais alerta à proximidade, à voz, aos olhos e a todas as palavras que saíam da boca de Thomas, descobri que estava encrencada. Quando nos despedimos e trocamos números de telefone, uma parte importante de mim não estava preocupada com aquilo.

Agora, Thomas olha para o próprio copo, como se em dúvida.

Sobre o quê? Ser um homem solteiro num bar com uma mulher casada? Será que ele está reavaliando a situação?

Eu me aproximo um pouco dele, até que ficamos tão próximos que nossas coxas se tocam. Nenhum de nós se mexe.

Há uma imprudência em tudo que faço. Meu corpo está sendo tomado pelo bebê, e eu cedo esse espaço, só que ao fazer isso também cedo a outras forças externas, forças que decidi que estão além do meu controle, forças muito mais agradáveis, mais indulgentes, de modo que me entrego. Com voracidade.

Thomas ergue o olhar do copo. Depois de um segundo, olha para mim e sorri.

Ele não vai a lugar nenhum.

Dou uma espiada na revista que ele estava lendo e deixou de lado quando cheguei. "Sobre o que é esse artigo?", pergunto. Quero saber tudo que Thomas tem para me contar. Tenho sede de tudo, sede dele.

Enquanto Thomas responde, tomo meu vinho. Quando acaba, peço outra taça.

Na tarde em que fiz os testes de gravidez, em que corri até a farmácia para comprar mais, em que virei café gelado e copos de água para fazer xixi repetidamente, Luke estava fora, em uma sessão de fotos. Quando ele voltou para casa, eu estava na cozinha, fazendo o jantar dele.

Tive o trabalho de preparar um banquete em comemoração e estava prestes a servi-lo. Carne do nosso açougue favorito, de primeira, que só comprávamos em ocasiões especiais; batatas trufadas e brócolis com alho na manteiga; champanhe, mais para ele, embora eu pretendesse tomar um golinho quando brindássemos a nosso futuro filho. A carne estava descansando no prato, ainda chiando, pronta para ser fatiada no sentido contrário à fibra, com a faca afiada que eu deixara ao lado. Eu havia cronometrado tudo perfeitamente, para o momento em que Luke passasse pela porta.

Eu devia estar animada com a notícia. Estava tentando me animar.

Tanto que minha cabeça chegava a doer.

"O que é tudo isso?", perguntou Luke, aproximando-se pelas minhas costas. "Champanhe? Uau. Você comprou champanhe para uma terça à noite?"

Peguei a faca.

"Rose?"

Peguei um garfo com a outra mão, espetei na carne e comecei a fatiar, o sangue vermelho-escuro escorrendo pela louça branca com que convidados bem-intencionados haviam nos presenteado no casamento. Eu não podia falar. Não podia levantar o rosto, não podia olhar para Luke.

Ele tirou a faca da minha mão, depois o garfo, e deixou ambos na bancada. Então pôs as mãos nos meus braços e me virou.

"Por que você está chorando?"

"Não sei", disse.

Mas eu sabia.

E Luke também.

"Fala", ele insistiu, a preocupação se insinuando em sua voz, embora fosse incapaz de superar a animação que borbulhava por baixo.

Eu não conseguia falar, não conseguia responder. Queria morrer. Queria voltar atrás e desfazer o que tínhamos feito, o que eu tinha feito, voltar à briga idiota sobre as vitaminas e encerrá-la de outra maneira, deixando Luke, acabando com o casamento. Eu fora tola em achar que um bebê impediria que Luke e eu seguíssemos caminhos diferentes, porque ter um bebê ia nos distanciar do mesmo jeito. E, o que era pior, o que eu não tinha antecipado, mas deveria saber, era que ter um bebê ia me distanciar de mim mesma.

Eu podia vê-la: a Rose que eu realmente era, a verdadeira Rose, lutando para respirar, para encontrar sua voz, lutando por sua própria vida, presa dentro daquela outra Rose, mais recente, que tinha ficado grávida de um homem que nem parecia mais a pessoa com quem havia se casado. Aquela Rose que deixara de lado sua vontade, seus próprios desejos, a escolha que devia ter feito o tempo todo, mas que não fizera por falta de coragem.

Qual Rose ia ganhar?, eu me perguntava.

Enquanto estava ali, enquanto meu marido aguardava que eu respondesse, dissesse alguma coisa, qualquer coisa, me dei conta de que as coisas iam ter acabado daquele jeito de qualquer maneira. Luke só conseguiria o que queria se eu não conseguisse. Sua alegria, seu prazer seriam meu fim. Eu estava dando a Luke o que ele queria, mas fazia aquilo sacrificando a mim mesma, meu tempo, meu corpo. Eu tinha *me* sacrificado.

Mais lágrimas rolaram.

"Rose", repetiu Luke.

"Desculpa", falei, mas não era a ele que meu pedido se dirigia.

Tonta, tonta, tonta. Como eu podia ter sido tão tonta? Como podia ter feito aquilo comigo mesma? Por que tinha concordado? Por que não havia lutado mais por mim mesma, pelo que sabia que era verdade a meu respeito? Agora eu estava presa. Ia ter aquele bebê. A alternativa me marcaria como um monstro, um monstro ainda pior do que eu era antes, quando só não queria engravidar. Agora que estava de fato grávida, se abortasse o bebê — o bebê que Luke e sua família queriam tanto —, ia me tornar um monstro assassino de bebês. E o aborto obviamente seria seguido pelo divórcio.

A presença de Luke e seus braços na minha cintura eram como paredes se fechando sobre mim, como grades de prisão bloqueando meu corpo.

Eu me desvencilhei dele e fui até a mesa que havia posto tão lindamente. "Fiz um teste de gravidez", contei afinal.

Ele se sentou a minha frente. "Imagino que tenha dado positivo." Eu podia ouvir o desespero na voz dele, mesmo chorando.

E o odiei por aquilo.

"Sim", consegui dizer.

Peguei a garrafa de champanhe, que tinha aberto antes de Luke chegar, e me servi de uma taça cheia. Bebi tudo, de uma vez só, como uma universitária virando cerveja. Sentir a efervescência esquentar minha garganta foi a primeira satisfação que tive o dia todo.

Luke me olhava, alarmado. "Rose, você não pode fazer isso."

"Ah, posso, sim." Me servi outra taça, enchendo tanto quanto podia sem derramar. "Esta noite, posso fazer o que quiser. Vou deixar para me preocupar amanhã com o que vou ter que parar de fazer para esse bebê ficar bem."

Ele tentou pegar minha taça, mas eu a tirei de seu alcance, derramando champanhe no chão. A expressão no rosto de Luke — preocupação pelo bebê, claro, já tanta preocupação — aprofundou o ódio que se insinuava em mim. Ele passou a um esplêndido magenta, da cor de vinho tinto suntuoso.

"Amanhã então", disse Luke, e se levantou para pegar um pouco da carne ao redor da qual havia uma poça de sangue, já endurecendo.

Thomas e eu conversamos no elegante restaurante. Sorrimos um para o outro. Pedimos comida e mais bebidas, nos preparando para a noite.

Eu não poderia estar mais feliz.

Dizem que a maternidade muda a pessoa por completo. Mas se o bebê que cresce em meu ventre realmente tem planos para mim, se ele ou ela pretende se livrar daquela mulher, daquela Rose, acho que isto sou eu reagindo, a verdadeira Rose tentando se salvar. Vou me transformar, claro, mas vou me transformar em uma mulher que trai o marido. Vou me transformar na Rose que se rebela contra tudo nisso. Na antimãe.

Meu primeiro ato oficial antimaternidade se dá no momento em que decido beijar Thomas, enquanto estamos os dois sentados aqui, bebendo, a noite caindo como uma névoa sobre a multidão, um véu de privacidade em meio às velas bruxuleando.

Eu me aproximo, de novo sorrindo, olhando nos olhos de Thomas, com os meus semicerrados, em desafio.

Dessa vez, quando nossos sorrisos se encontram, minha mão vai para sua nuca, meus dedos tocam o trecho de pele exposta sobre o colarinho. Percorro a distância para que nossos lábios se encontrem pela primeira vez.

E sinto um pedaço de mim, da antiga Rose, retornar.

Dezesseis

16 DE JULHO DE 2010

ROSE, VIDA 2

Barcelona é diferente de todas as cidades que já visitei. Seus bairros medievais parecem circulares, constituindo um labirinto sinuoso de pedra, de ruas estreitas que bloqueiam a luz do sol, de paralelepípedos.

"Rose, é por aqui. Vem!"

Minha tia Frankie me pega pelo braço e me puxa. Ela se move com graciosidade, a barra do vestido raspando no chão conforme avança. "Estou indo, Frankie", digo, rindo. Frankie tem tanta energia, está tão animada. O céu entre o topo dos prédios é de um tom perfeito de azul, o sol ainda não está a pino, mas brilha forte. O calor no meu rosto, o calor do dia, contribui para a sensação de bem-estar dentro de mim. Estou bem. Me sinto *bem*. Me sinto viva!

"Rose, olha só pra esse lugar, olha! Não é incrível?"

A rua, que pouco antes era tão estreita que eu quase poderia esticar os dois braços e roçar a ponta dos dedos nas paredes, se alargou e serpenteou até dar em uma espécie de cruzamento, um ponto onde três vias se encontram. Há uma construção triangular aqui, um restaurante no térreo com mesas ao ar livre, lotado. Há clientes na rua, clientes sentados em banquinhos ou de pé às mesas altas do lado de fora. Eles conversam, riem, fazem barulho, enquanto levam taças de vinho tinto, cava ou cerveja aos lábios. Quem bebe água no almoço? Ninguém. Não aqui.

"Ah, vamos sentar ali, naquele lugar vago", diz Frankie,

e corre para lá, colocando a bolsa hippie com franjas sobre o banquinho redondo. Ela ergue uma das mãos para chamar um garçom e fala com ele em catalão perfeito.

"O que você disse?", pergunto a ela.

Frankie dá uns tapinhas no banco ao seu lado, e eu me sento. "Pedi uma garrafa de vinho tinto, queijo manchego e pimentões salteados. Como aqueles que comemos ontem à noite e você gostou, sabe? Alguns são picantes. E *boquerones* e *bomba*!" Seus olhos se iluminam e ela sorri.

"O que é *bomba*?"

"É o meu petisco favorito, mas só como aqui. É tipo uma bola gigante de purê de batata recheada de carne e frita. Hum, já estou sentindo o gostinho..."

"Purê de batata frito?" Minha barriga já está roncando. A perspectiva de comer essa delícia e a alegria transgressora de beber uma garrafa de vinho às duas da tarde, me deixou morrendo de fome. "Que bom que passamos a manhã inteira caminhando."

Frankie dá de ombros, ainda sorrindo. "Não consigo acreditar que você finalmente está aqui!" Ela tem dito isso o dia todo.

É agradável se sentir tão querida. Ser amada com um entusiasmo tão declarado. "Nem eu", digo, porque é verdade. Por que adiei tanto essa viagem? Sempre havia uma desculpa para não vir: eu estava ocupada com a faculdade, depois com a pós, depois ficando noiva e me casando, depois com a minha pesquisa e com as aulas. Sempre deixei que minhas escolhas de vida girassem em torno de trabalho e conferências, não decidia ir a algum lugar e simplesmente ia, só porque eu, Rose, tinha vontade.

Por que precisei me divorciar para perceber isso?

Para me abrir a coisas novas, a escolhas diferentes?

Talvez Luke tenha me feito um favor me traindo. Foi o que ele disse, mas insisti que não era verdade. Eu não queria passar por um divórcio. E estava certa em não querer isso.

O processo de divórcio é o oposto de corrido. É uma espécie de reorganização do tempo e do espaço na vida de uma pessoa, um desatrelamento de responsabilidade, de significado e propósito, de obrigação com o cônjuge. Eu me vi à deriva, sem amarras ou correntes, de uma maneira muito desconcertante. Não conseguia me ancorar em nada ou encontrar no que me agarrar. Por isso, quando Frankie me mandou um e-mail dizendo que Xavi passaria um mês fora no meio das minhas férias de verão, não me permiti pensar muito antes de responder com um retumbante: *Sim, eu vou, e fico o tempo que você quiser.*

O garçom chega com o vinho, abre a garrafa e enche duas taças gigantes quase até o topo. Depois sorri para Frankie e diz algo em catalão. Os dois riem. Ele é bonito, talvez tenha a minha idade. Então, diz para mim, com sotaque: "O catalão da sua amiga é perfeito".

"Ela é minha tia, na verdade", digo.

"Sua tia! Não acredito." Ele se vira para Frankie, diz algo demorado de uma vez só e vai embora, desviando da multidão, segurando a garrafa aberta acima da cabeça.

"Você sempre fica flertando com os garçons?", pergunto a Frankie.

Ela dá de ombros. "Ah, eu não estava flertando."

Olho para ela com ceticismo. "Bom, ele estava flertando com você."

Ela ergue a taça de vinho. "À sua visita a Barcelona!"

Brindamos. "Obrigada pelo convite. E por não ter desistido de mim." Olho em volta. O clima animado é contagiante. "Isso é incrível."

"Falando em ficar de flerte por aí, você é que devia tentar, Rose."

"Ah, é?"

"É! Com os garçons, com os turistas, com os locais. Está solteira! É divertido!"

Um pratinho de pimentões e um de queijo chegam, trazidos por um garçom diferente. Como um pedaço de queijo, depois outro, depois um pimentão, para colocar algo no estômago antes de beber mais vinho. "Talvez", eu digo a Frankie, o que a deixa claramente animada. "Não me venha com nenhuma ideia", aviso, sabendo que Frankie é dessas pessoas capazes de falar com qualquer um. Ela não precisa ser apresentada a alguém para começar uma conversa. Foi assim que conheceu Xavi. Ele estava sentado à mesa ao lado, Frankie o achou bonitinho e começou a conversar com ele. "Está com saudade de Xavi?", pergunto, mudando de assunto.

"Estou. Amo aquele homem", diz ela. Enquanto comemos o queijo, os pimentões e a famosa *bomba*, falamos sobre a viagem de Xavi, a vida deles juntos, a reforma que acabaram de fazer no lindo apartamento em que vivem, no bairro de El Born, com um terraço deslumbrante com vista para uma catedral medieval.

"Quero um banheiro igualzinho ao seu", comento, pensando no banho delicioso que tomei pela manhã, nas portas de vidro do chão ao teto que se abriam para o terraço. Os únicos vizinhos deles são os pássaros empoleirados no alto da igreja, então por que não tomariam banho à luz do sol todos os dias?

"Você pode ficar com a gente o tempo que quiser, Rose." Essa é outra coisa que Frankie não para de me dizer.

"É muita sorte meu pai ter uma irmã tão incrível", digo a ela.

"Ah, Rose!" Frankie pega minha mão sobre a mesa lotada de coisas e a aperta.

Os *boquerones* chegam. Tomo um belo gole de vinho. Começo a sentir nas pernas aquela fraqueza agradável, aquele suspiro de relaxamento do corpo inteiro. "E cuidado com essa história de eu poder ficar o quanto quiser. Posso acabar levando ao pé da letra."

"Xavi e eu adoraríamos que ficasse! Pra que temos dois quartos, afinal? Você pode tirar um ano sabático e ficar aqui."

Rio. Frankie é tão livre. Ela e Xavi viajam bastante, recebem amigos para jantar o tempo todo, têm o tipo de vida com que as pessoas sonham; vivem o tipo de sonho que só se vê nos filmes. "Talvez eu deva fazer isso", digo. "Por que não? Na verdade, nada me impede de passar um semestre na Europa." *Nenhum Luke me impede*, penso, incapaz de impedir meu cérebro de deixar que pensamentos relacionados a ele surjam. Para minha surpresa, a pontada de dor que costumo sentir quando penso nele é fraca. Continua ali, mas perdeu a potência com o tempo.

Frankie ergue sua taça e brindamos de novo. Ela faz questão de olhar nos meus olhos quando diz: "Por que não, Rose?".

Como outro pimentão enquanto penso. "Sabe, não chorei nem uma vez desde que cheguei. Parece impossível ficar triste nesta cidade."

A expressão risonha dos olhos de Frankie se abranda um pouco. "Quer falar a respeito?" Sua voz desceu uma oitava.

Quero? Olho para o vinho, ouço os clientes conversando alegremente a nossa volta, a energia parecendo uma proteção contra o que aconteceu. "Bom, você já sabe de tudo." Foi com Jill e com Frankie que compartilhei todos os detalhes sórdidos da traição de Luke, o fato de que me deixou para ficar com outra mulher, o divórcio. "Cheryl" — não consigo dizer seu nome sem um tom arrogante e sarcástico — "deve estar para ter o bebê." Cheryl, que está tornando realidade o sonho de Luke de ser pai.

"Ah, querida." Frankie suspira.

"Eu sei. Às vezes sinto que minha vida é como um filme ruim." Fecho os olhos, me dando um momento para me recompor. Lembro onde estou, como estou, a diferença em relação àquele primeiro momento, quando Luke finalmente me contou sobre Cheryl, me deixando para sempre logo depois. Lembro que estou em Barcelona, com minha tia Frankie. Volto a respirar normalmente e abro os olhos. "Estou melhor, Frankie, de verdade. Você sabe. Dia a dia. O tempo e tudo o mais." Ela faz que sim com a cabeça. Mexo na haste da taça. "Luke e tudo que aconteceu parecem muito distantes agora, e quero que continue assim. Bom, teoricamente ele está mesmo muito distante, o que, para ser sincera, é um alívio. Então... vamos mudar de assunto. Antes que eu fique triste apesar de você e de Barcelona."

Frankie afasta uma mecha de cabelo grisalho comprido do rosto. "Como anda seu pai?"

"Trabalhando muito, como sempre. Ele e minha mãe estão animados, porque vão passar uma semana na praia este verão. Eles adoram a praia."

"E você também. E eu. Acho que é coisa dos Napolitano."

Mexo nos pimentões, tentando desenterrar um pequenininho, me perguntando se vai ser picante. "Que nem cozinhar."

"Ah, acho que isso vem da família da sua mãe."

"Ela adoraria ouvir você dizendo isso."

Frankie desce do banquinho e fica de pé ao meu lado. Ela me envolve com os braços num aperto forte, pressionando a bochecha contra a minha. Tento não deixar que as lágrimas venham. "Vejo os dois em você! Seu pai e sua mãe. É uma bela combinação." Ela me solta e volta a seu lugar, depois pega a taça de novo. "Seus pais estão felizes que você esteja aqui. Em vê-la seguindo em frente com a sua vida."

Voltamos a brindar, mas dessa vez só molho os lábios no vinho. "Assim vou ficar bêbada, Frankie."

"Não tem problema ficar um pouquinho alta no almoço", diz ela.

Olho em volta, para todas as pessoas bebendo, rindo. Ouço o barulho com enorme prazer, sinto a felicidade no meu coração se espalhando pelo corpo, devagar, com delicadeza. Como os *boquerones*, sinto o gostinho de vinagre, como mais, depois queijo, pimentão, e tomo vinho. O calor do dia, a beleza da cidade, a animação da minha tia, o vinho tinto, redondo e encorpado, descendo pela minha garganta — é difícil não desfrutar de tudo isso. É difícil não ficar feliz em meio a tudo isso, não me sentir para cima, mais aberta para tudo, para todos. Para a própria vida. "Vou ficar bem", digo, depois de um momento.

Frankie me olha nos olhos de novo, daquele jeito intenso dela, de quando quer dizer algo importante. "Vai, sim, com certeza."

Dezessete

19 DE OUTUBRO DE 2007

ROSE, VIDA 5

Estou deitada de costas na cama, olhando para o teto, usando fones enquanto ouço uma playlist. Que Thomas fez para mim.

Estamos agindo como adolescentes. Desde nosso primeiro encontro no restaurante, só nos vimos duas vezes, mas nesse meio-tempo trocamos e-mails longos e sinceros. Escrevo um e-mail por dia para ele, que me escreve um e-mail por dia também. Faço isso na minha sala, depois de dar aula. Sento-me diante do computador e digito minha história de vida para Thomas, respondo às perguntas de seu último e-mail e pergunto o que quero saber sobre ele.

A princípio, era como que um prêmio de consolação por nos vermos tão pouco, pela dificuldade de dar um jeito de nos encontrarmos pessoalmente. Luke é como um pai que preciso tapear. Fico abrindo o laptop o dia todo, apertando obsessivamente o botão para verificar a chegada de novos e-mails. *Clique, clique, clique.* Faço isso com tanta frequência que tive que dizer a Luke que estava esperando notícias sobre a bolsa de pesquisa, depois sobre o conselho da universidade, depois para descobrir se um artigo meu havia sido aceito para publicação. A espera diária por um sinal de Thomas é enlouquecedora, até o momento, o segundo, em que essa necessidade crescente em mim é satisfeita e o nome dele aparece no topo da minha caixa de entrada. Nossos e-mails ficam cada vez mais longos, mais íntimos, mais intensos.

Adoro isso.

Adoro ser a Rose adolescente de novo. É como se tivesse a chance de recomeçar, percorrer outro caminho com outra pessoa. Posso fingir que a vida real com Luke não está acontecendo comigo. Que não fiz as escolhas que me levaram a ser uma mulher casada, grávida dele.

De repente, um fone é arrancado do meu ouvido, e eu me assusto.

"Rose."

Surpresa! É Luke, que chegou mais cedo.

"O que está ouvindo?", ele pergunta, me olhando de um jeito estranho.

Eu me sento na cama e tiro o outro fone. "Nada de mais."

"É mesmo? Porque você estava de olhos fechados e com um sorriso bobo no rosto."

"Estava?"

Sim, eu estava. Sei disso. Começo a enrolar o fone de ouvido. Sinto que fui pega no flagra. A culpa toma conta de mim. Minhas bochechas queimam. Será que Luke enxerga? Será que ele nota?

Então ele diz: "Vamos".

"Oi?"

"Temos consulta." Ele arqueia as sobrancelhas. "O bebê."

"Ah, é. Esqueci."

Rá! Até parece. Como poderia ter esquecido, se passo mal o tempo todo? Se meus seios doem sem parar? Se a gravidez está adiantada o bastante para a barriga começar a aparecer? Mas não tanto que eu tenha precisado contar às pessoas. Não tanto que eu tenha precisado contar a Thomas. Quero preservar o que tenho com ele por um pouco mais de tempo, esse lugar onde ainda sou apenas Rose, a professora sexy e divertida com quem ele está envolvido, e não *Rose, a mulher grávida, futura mãe*, que vai ficar enorme por causa do bebê.

Luke solta um suspiro longo e pesado. Ele cruza os braços, impaciente, de cara feia.

Já não sinto mais culpa.

Duas noites depois, Thomas e eu estamos de mãos dadas, passeando na rua.

"Não quero que você vá para casa ainda", diz ele.

É tarde e está escuro. A escuridão parece uma cobertura, parece segura, como se ninguém pudesse nos ver. Somos duas crianças que acreditam que colocar uma manta sobre a cabeça basta para que ninguém saiba que estamos ali. Sei que é arriscado, que Thomas e eu poderíamos encontrar conhecidos a qualquer momento. Um amigo de Luke, uma amiga minha. Não contei a ninguém sobre ele. Nem a Denise, nem a Raya, nem mesmo a Jill.

"Também não quero ir para casa", digo, porque lá serei lembrada da realidade da minha vida. É tão fácil esquecer quando estou com Thomas.

Acabamos de sair de um longo e agradável jantar, no qual conversamos sem parar sobre nossa vida, nosso passado, por que ele continua solteiro e eu não, a irmã mais nova que ele adora, como ele cresceu perto da montanha, mas depois de adulto prefere a praia, como eu, seu trabalho como professor de sociologia, que se parece com o meu, mas também é totalmente diferente. Thomas estuda dependentes e dependência, as circunstâncias que levam ao vício, os vários tipos de programas de reabilitação que existem para ajudar, as pessoas que cuidam deles.

"Então acho que não vou para casa", digo a ele. "Ainda não."

"Mas não estão te esperando?"

Thomas nunca fala em Luke, não diretamente. Tampouco digo o nome do meu marido com ele. Não porque tenhamos decidido isso, é apenas algo que fazemos.

"Posso ficar um pouco mais", digo.

O que não digo a Thomas é que Luke está em Boston, para uma sessão de fotos. Que, antes da minha gravidez, costumava fazer viagens a trabalho o tempo todo, mas, agora que estou grávida, praticamente não viaja mais, o que me deixa maluca. Que eu estava ansiosa para que ele fosse a Boston precisamente porque isso me permitiria sair para jantar com Thomas, sem pressa. Que, teoricamente, eu poderia ficar fora até o dia seguinte, se quisesse, porque ninguém saberia.

Mas eu quero isso?

Sim. Não. Não sei.

"Quanto tempo você tem?", Thomas pergunta.

"Um tempinho", digo, vaga.

A ciência do que posso fazer, do que *nós* podemos fazer, se eu compartilhar essa informação, é o que me impede de admitir que Luke está viajando.

Thomas e eu não dormimos juntos. Ainda não. Penso nisso quase o tempo todo desde a primeira vez que saímos, mas há algo de assustador em dar esse passo. É como se, parando no beijo, parando nas poucas vezes em que nos agarramos em cantos escuros de bares, eu não estivesse de fato tendo um caso. É como se, de alguma forma, isso significasse que eu, Rose, não estou fazendo isso de verdade, que posso voltar atrás. Mas, se Thomas e eu cruzarmos essa linha, se eu deixar que as coisas sigam adiante, será o fim. Não vou ter como negar que é real.

Começa a chover. Thomas me puxa para baixo do toldo do prédio mais próximo. Sinto sua malha macia contra meu braço. Ele cheira a cedro, a madeira e angélica.

"Eu ia sugerir dar uma volta no parque", diz Thomas. "Mas talvez não seja uma boa ideia." Ele estende a mão para fora do toldo. Pingos de chuva tocam sua palma. "Podemos tomar um café."

"Podemos", digo.

Eu o abraço, pressionando a bochecha contra seu peito, inalando seu cheiro. Quando levanto o rosto, Thomas está olhando para mim de um jeito que sempre me deixa louca — de desejo, de vontade. Levo uma das mãos à nuca dele e o puxo para mais perto. O beijo é longo e íntimo. A rua estreita em que estamos está tranquila, vazia. Só se ouve o barulho da chuva. Quando saíamos dali, não consigo deixar de me preocupar com o fato de que estamos em público. Olho em volta, examino as calçadas.

"Ou então podemos ir pra sua casa", sugiro. Meu coração dispara em expectativa, de ansiedade. O que estou fazendo?

"Podemos." Thomas parece surpreso.

"Se você quiser", digo.

"Eu quero", diz ele.

Thomas destranca e abre a porta, depois acende a luz.

Já me peguei imaginando como seria a casa dele. Será que ele mantinha tudo limpo e arrumado? Será que era uma bagunça? Será que suas estantes eram como as minhas, lotadas até o teto, com uma fileira de livros na frente da outra, porque ele fez pós-graduação e hoje é um acadêmico? Será que a cama era grande ou pequena? Será que parecia casa de homem, toda em azul-marinho, cinza e tons escuros? O que eu descobriria sobre Thomas a partir do que ele tinha na geladeira?

Um gatinho laranja corre até ele, que se abaixa para acariciar sua cabeça, suas costas. "Oi, Max", diz Thomas. "Esta é a Rose. Seja bonzinho."

Max me olha com desconfiança, se esfrega na minha perna, depois mia e sai correndo.

"Eu sempre quis um gato", digo a ele. Luke e eu falamos a respeito uma ou duas vezes, mas nunca chegamos a pegar um.

"Ele é difícil com gente que não conhece", diz Thomas, "mas vai acabar se acostumando com você."

Vai acabar se acostumando ao longo da noite e com o passar dos meses, com o passar dos anos? Quero saber o que Thomas pensa a nosso respeito a longo prazo, mas não estou preparada para fazer a pergunta. Principalmente considerando que eu mesma não sei o que penso a respeito disso. Como poderia? Vou ter o filho de outro cara!

Tiro essa ideia da cabeça.

Thomas vai até a cozinha, que se abre para a sala. Pega uma garrafa de vinho tinto, um saca-rolhas e taças. Enquanto isso, dou uma olhada em volta. Nas paredes, há uma série de fotos emolduradas de Thomas e pessoas que devem ser seus pais e sua irmã. Ela é pequena e bonita, morena como Thomas. Eles têm o mesmo sorriso amplo, que ilumina todo o rosto, inclusive os olhos. Há uma foto de Thomas com outros caras, talvez os amigos da faculdade de quem me falou. As fotos são claramente amadoras, não como as que estão penduradas nas paredes de meu próprio apartamento. Gosto delas. É um contraste agradável com aquilo a que estou acostumada.

O apartamento é pequeno, normal, nada de mais, um pouco vazio, a não ser pelos livros na estante em uma parede, empilhados até o teto como os meus, lotando as prateleiras e quase caindo. Eles fazem com que eu me sinta em casa, segura. É sempre assim com os livros. Então noto um violão encostado na parede, quase escondido atrás do sofá. Thomas se aproxima e me entrega uma taça de vinho. "Você toca!"

"Não muito. Mais brinco. Minha irmã toca quando vem. Ela é muito boa."

Dou uma olhada atrás do sofá para ver o que mais tem escondido ali, e encontro bolas de futebol. "Quando é que vou ver um dos seus jogos, aliás?"

Thomas jogou futebol na faculdade e ainda faz parte de

um time. Ele me disse que, além do trabalho e da família, sua maior paixão sempre foi o futebol. "Quando quiser. Mas você teria que dar uma escapada no fim de semana."

Suspiro. "É." Ambos sabemos que isso é difícil.

Thomas aponta para o sofá. Apoio a taça na mesinha de centro e me sento sobre as pernas. Nenhum de nós fala. Meu coração bate forte.

Thomas e eu nunca ficamos sozinhos. Não assim.

Ele se inclina na minha direção e me beija, chegando mais perto para poder me abraçar. Sinto uma mão firme nas minhas costas. Gosto da pressão de sua palma através do tecido do vestido. Mas quero senti-la na minha pele. Logo, meu desejo é concedido.

Tudo acontece devagar, e não consigo impedir. Os beijos, sussurros, botões abrindo, zíperes baixando. Eu me entrego a tudo isso, a cada momento. Fico grata porque a escuridão esconde minha barriga, porque ela ainda é sutil demais para que ele note. Quando Thomas e eu finalmente vamos para a cama, os lençóis parecem frios contra nossa pele quente, e nosso enlace me faz esquecer de tudo que não ele, que não nós dois. Fecho os olhos.

Não quero que isso acabe.

Não quero voltar para casa.

Não quero este bebê.

Fico repetindo para mim mesma: eu tenho direito a isso.

Se Luke pode ter um bebê, posso ter Thomas.

É esse o acordo. A troca que aceito.

Sei que o que Thomas e eu estamos fazendo é errado. Mas então por que não parece mais errado do que isso? Não deveria parecer mais errado do que parece?

É como se eu estivesse em uma gangorra, e a gravidez me impedisse de sair do chão. Luke me segura ali, presa na lama. Mas, toda vez que vejo Thomas, ele pisa do outro lado e a gangorra sobe, equilibrando as coisas, me tirando do chão de novo, para que eu consiga me situar e ver tudo em volta mais claramente.

Em algum momento, tenho que parar de agir assim. Não tenho?

Em algum momento, tenho que abrir mão de Thomas. Não tenho?

Thomas passa uma das mãos na minha barriga. Ele se inclina para beijar a pele acima do umbigo. Nem sequer hesita, mas por que hesitaria? Nunca viu meu corpo nu. Não faz ideia de que estou grávida.

Em algum momento, vou ter que contar.

Mas o que ele vai fazer então?

Thomas olha para mim. "Eu estava me perguntando se isso ia acontecer um dia."

"Isso?"

Seus beijos vão subindo pelo meu corpo até que ficamos cara a cara, seus dedos passeiam pelas minhas costas. Ele pressiona o corpo contra o meu. "Isso."

Respondo passando as pernas em volta dele e pressionando meu corpo contra o dele, até que voltamos a nos movimentar juntos. Nossos lábios quase se tocam, mas não chegam a tanto. "Ah, isso", sussurro.

Ele sorri, fecha os olhos, se submete.

Vou contar a ele. Logo. Mas não esta noite.

Não quero que o sonho de Thomas, o sonho de Thomas e eu, o sonho da Rose que sou quando estou com Thomas, acabe. Ainda não. Não estou pronta.

Um mês depois, minha barriga está aparente. Não tenho como voltar atrás. Vou fazer isso. Vou ter um bebê.

Filho de Luke.

Cacete.

Outra coisa que não mudou é que continuo tendo um caso com Thomas.

Eu e ele saímos para tomar café certa tarde. Thomas pede um capuccino e eu, um descafeinado. Odeio, mas aparentemente é isso que mulheres na minha situação têm que pedir. Aprendi a usar certos tipos de vestido, que escondem minha "condição". Só que não posso mais esconder isso de Thomas. Gosto muito dele. Além do mais, logo vai ficar óbvio.

Mal nos sentamos a uma mesa quando solto: "Preciso te contar uma coisa". Não deixo Thomas dizer nada e prossigo. "Estou grávida." Quando seus olhos se arregalam, acrescento, depressa: "É de Luke. Não há dúvida. Eu já... eu já...". Preciso dizer, fazer com que saia da minha boca, tirar do meu corpo. "Eu já estava grávida quando saímos pela primeira vez."

Thomas está de queixo caído, piscando sem parar. "Mas...", ele começa a dizer, mas a frase morre no meio. A mágoa em seu rosto me deixa com vontade de chorar. "Grávida?"

Confirmo com a cabeça. "Eu... eu..."

O que eu digo? Como coloco em palavras o que fiz?

Digo a verdade. "Eu não queria engravidar, não deveria ter deixado que acontecesse. Quando fiquei sabendo, me deu uma raiva e..."

Thomas está balançando a cabeça. "E você decidiu expressar sua raiva saindo comigo?"

Quero pegar a mão dele. Quero beijá-la, mas não o faço. Não posso fazer. Estamos num lugar público demais, com luzes fortes e cegantes. "Não, eu me permiti ter você, ainda que só por uma noite."

"Mas não foi só por uma noite."

"Não, não foi." Os músculos do antebraço dele estão tensos, seu corpo está rígido. Odeio fazer isso com Thomas.

"Sinto muito por não ter contado antes. Fiquei adiando porque gosto muito de você."

Ele afasta o capuccino. "A ponto de esconder uma coisa dessas de mim?"

"Estou contando agora." Sei que soo patética.

"Por quê? Porque tem que contar? Porque eu ia acabar percebendo?" Thomas faz uma bolinha com o guardanapo e o atira sobre a mesa. "Nossa, Rose. É por isso que só ficamos juntos no escuro?"

Baixo os olhos para a barriga, depois volto a erguê-los. "Não sei." Suspiro. "Sim", admito. "Sou uma pessoa horrível, tá bom?"

Thomas balança a cabeça.

Não, não é uma pessoa horrível?

Estou tão chocado com você, Rose, nem sei o que dizer?

Coloco as mãos na mesa, aproximando os dedos dos dele. "Não te contei antes porque sabia que seria o fim, e não suportava a ideia. Não estou suportando."

"Você prometeu que nunca mentiria para mim, Rose", diz Thomas.

"Sinto muito", digo. *Perdi Thomas*, penso. De verdade. Está acabado.

"Todo esse tempo, todos os e-mails, e era só um jogo..."

"Não era só um jogo!", quase grito. Abaixo a voz. "Nunca foi um jogo. Ainda não é. Eu... eu..." *Gosto muito de você. Estou me apaixonando por você. Por favor, não me deixe.*

Thomas se recosta na cadeira, leva as mãos atrás da cabeça e fica olhando para o teto. "Já não deveríamos estar fazendo isso antes, eu sempre soube, mas agora não devemos mesmo."

É tão pior assim ter um caso quando se está grávida, e não só casada? Sou uma pessoa muito pior por isso, uma mulher muito pior? Provavelmente. Sim.

"Eu sei", digo. Mas sei?

Thomas se levanta, embora sua xícara esteja quase cheia.

Mal tocou o capuccino. "Preciso ir. Preciso de um tempo para pensar."

"Entendo." Mas não entendo. Ou não entendo bem. Será que precisar de um tempo para pensar deixa a porta entreaberta? É possível?

"Você também", diz Thomas. "Você precisa pensar em tudo isso."

Não respondo. Não preciso de tempo para pensar. Não mesmo. Quero continuar vendo Thomas, com ou sem bebê. Eu poderia estar de nove meses e ainda ia querer vê-lo.

Fico olhando Thomas sair. Ele se afasta do outro lado da vitrine do café, até desaparecer no quarteirão seguinte. Não olha para trás.

Presumo que esteja tudo acabado. Choro durante todo o caminho até o apartamento. Ainda estou chorando quando entro.

"O que aconteceu?", Luke me pergunta. Está sentado à mesa da cozinha, com o laptop aberto, trabalhando.

"Hormônios", digo a ele.

Dezoito

19 DE OUTUBRO DE 2007

ROSE, VIDA 4

Luke se vira e sorri para mim, por cima da borda da taça de vinho. Há tanto por trás desse sorriso, tanto por trás da felicidade que vejo em seus olhos. Gosto de saber por que está lá, de ser a única pessoa que sabe o motivo. Gosto que ele tenha voltado a me olhar assim. Não faz muito tempo, achei que nunca mais olharia.

"Posso te servir mais um pouco de frango, Rose?" Chris, um amigo de Luke, já está de pé e debruçado sobre a mesa, com o garfo na mão, pronto para espetar uma das coxas que restam na travessa. "Você sabe que quer. Comeu a primeira rapidinho."

"Quero, sim", digo.

A gravidez me deixa faminta.

Viro para Mai, a esposa de Chris. "Seu marido é um ótimo cozinheiro."

Ela olha para ele, que coloca outra coxa de frango no meu prato. "Ainda bem, ou ninguém comeria nesta casa." Os dois já estão no segundo filho, e é a primeira vez que os vemos desde que o bebê nasceu. Fomos convidados para jantar na casa deles depois que as crianças dormissem, porque assim não precisariam chamar uma babá.

Quando Chris faz menção de encher minha taça, eu o impeço, tapando-a com a mão.

"Não?" Ele parece surpreso.

"Já está bom pra mim", digo.

Uma das coisas que eu e Luke combinamos foi que eu poderia tomar uma taça de vinho sem problemas. Tive medo de que ele ficasse obcecado com aquele tipo de coisa, mas até agora ele tem respeitado minha necessidade de fazer minhas próprias escolhas quanto ao que comer e beber, durante a transição da postura antimaternidade para a gravidez repentina.

"Tá bom." Chris coloca a garrafa na mesa, perto o bastante para que eu possa pegar se mudar de ideia.

Mai olha para mim, mas não diz o que tenho certeza de que está pensando. *Espera, você...?*

Luke e eu não contamos a ninguém além de nossos pais e Jill. Não contei a nenhum outro amigo, nem Luke contou aos dele. Gosto de ficar suspensa nesse momento em que ainda sou apenas Rose, em que ninguém sabe da gravidez, a menos que eu decida contar. Não estou totalmente animada com a parte em que começamos a contar a nossos amigos, porque todo mundo na nossa vida sabe como resisti a ter um filho, como tinha certeza de que não queria ser mãe. Vai haver muito ceticismo. Sei disso porque foi o que aconteceu com Jill.

Toda quarta-feira, há séculos, Jill e eu ou nos encontramos no apartamento dela ou no meu e tomamos vinho, pedimos comida e conversamos, longe da universidade em que trabalhamos. Foi o vinho — o fato de que eu não estava bebendo muito nos últimos meses, só uma taça — que a fez perceber o que estava acontecendo. Estávamos no apartamento dela, ainda restava um terço da garrafa e Jill tentava me convencer a beber mais.

"Não, sério. Já está bom." Antes que eu ficasse grávida, Jill e eu bebíamos facilmente pelo menos uma garrafa durante a noite, às vezes uma garrafa e meia. "Tenho aula amanhã cedo", acrescentei. Toda semana desde que descobrira que estava grávida, eu dava uma desculpa diferente: aula cedo, falta de sono, muito trabalho no dia seguinte. Tudo para evitar o motivo real.

Jill ainda estava segurando a garrafa, inclinada sobre a minha taça, pronta para servir. "Isso nunca te impediu antes", disse.

Dei de ombros. "Novo ano letivo, novas atitudes."

Ela deixou a garrafa na mesa. Então se recostou no sofá e virou para mim. "Rose Napolitano, sei que está mentindo para mim. Por quê? Por que não me conta?"

Comecei a empilhar os pratos, para me ocupar.

"Ei", disse, levando uma mão ao meu braço. "Responde. Por favor."

Mantive os olhos nos pratos, na mesa de centro, em qualquer lugar que não fosse ela. "Acho que você não vai ficar feliz quando eu te contar."

Fez-se um momento de silêncio. Então Jill arfou. "Rose. Está brincando comigo?"

"Você já sabe?"

"Grávida?!"

Peguei um chocolatinho que Jill deixava em uma tigela sobre a mesa de centro, desembrulhei, coloquei na boca e joguei a embalagem em cima dos pratos sujos. Assenti, mastiguei e engoli.

"Aquele babaca", disse ela.

"Não, na verdade é complicado..."

"Você vai abortar? Vai, né? Eu vou com você, claro. Posso ligar para marcar, se você quiser. Sei que uma coisa é se dizer a favor, outra é ir em frente e decidir fazer um aborto."

Aquele era o motivo pelo qual eu havia tido medo de contar a Jill. Já sabia o que ela ia presumir quanto a como eu estava me sentindo e o que faria a seguir, e que teria que me defender. Não podia culpá-la. Faria o mesmo na situação inversa. Jill só estava sendo a melhor amiga que podia.

"Olha", falei, pegando suas mãos e olhando em seus olhos. "Não vou fazer um aborto, Jill. Tenho certeza." Ela abriu a boca para protestar, mas eu a cortei. "Já está decidido. Vou ter o bebê." Respirei fundo e soltei o ar devagar. "Eu quero. Sei que deve ser difícil acreditar, mas é verdade."

"Você. Com um bebê."

"Isso, eu."

Jill soltou as mãos das minhas e serviu o que restava de vinho na garrafa na própria taça, depois bebeu. "Nossa."

"Eu sei."

"Estou com dificuldades aqui, Rose. Não estou conseguindo entender como isso é possível. É por causa do Luke, não é? Ele te deu um ultimato, não foi? Um bebê ou ele?"

"Sim. Não. Bom, a princípio, sim. Por isso decidi tentar, para dar a Luke o que ele queria, para que não fosse embora."

"Às vezes eu odeio aquele cara."

"Não odeie Luke." Suspirei, já exausta de ter que me defender, e defender Luke também. Eu já sabia que teria que fazer aquilo, mas fazer de fato estava sendo mais difícil do que imaginava. "Eu entendo por que você se sente assim. Eu mesma me senti assim em determinados momentos, como sabe. E sei que é muito difícil acreditar, eu mesma mal posso acreditar, mas estou bem com a decisão. Ou tão bem quanto possível. E Luke e eu estamos bem. Muito melhor do que antes."

Jill bufou. "Claro, porque você deu a Luke o que ele queria."

"Por favor, não me julgue."

"Não estou julgando."

"Está, sim."

Ela tomou o que restava de vinho na taça. "Eu só... só não sei o que pensar, Rose."

"Entendo. Mas preciso não me sentir envergonhada por estar grávida. Não quando estiver com você, pelo menos. Você é minha melhor amiga e preciso do seu apoio."

Jill pareceu horrorizada. "Eu não quis envergonhar você."

"Eu sei."

"*Você* tem vergonha dessa gravidez?"

Fiquei olhando para minhas mãos, para a mancha da xícara de café no estofado do sofá. "Às vezes. Às vezes fico com medo de ter falhado comigo mesma, mas na maior parte do tempo fico animada, de verdade. Feliz. Estou tentando ficar feliz agora."

"Tá bom", disse Jill, embora a hesitação persistisse em sua voz.

"Então tá", eu disse, depois tiramos os pratos, deixamos na pia e fui para casa.

"Como foi a noite com Jill?", Luke me perguntou quando subi na cama. Estava meio adormecido, virado de costas para mim.

"Contei que estou grávida."

"Ah, é?" Ele se virou para mim. Seus olhos brilharam no escuro. "Como ela reagiu?"

"Não muito bem. Foi meio difícil."

"É só dar um tempo. Ela vai acabar mudando de ideia. Ela e todo mundo."

Sua escolha de palavras me impactou. *Ela vai acabar mudando de ideia.* Era o que tinham me dito por anos sobre ser mãe. Eles estavam certos, eu mudei de ideia. Mas será que Jill também ia levar anos para se convencer do meu novo eu? Ela e todo mundo na minha vida? Primeiro, eu havia tido que aguentar a pressão para ter um filho, as pessoas me dizendo que eu *tinha* que fazer aquilo, e eu tentando convencê-las de que tinha o direito de negar a maternidade. Agora, eu teria que suportar as suspeitas quanto à minha mudança de ideia em relação à maternidade; quanto ao fato de que ia, sim, ter um filho. Minha vida ia ser sempre assim?

Rose Napolitano, maldita seja por não ter um filho, e maldita seja se tiver?

* * *

Chris e Luke se levantam para tirar a mesa. Quando passa pela minha cadeira, Luke se inclina e sussurra no meu ouvido: "Te amo. Você está linda hoje".

Fico radiante.

Mai está me olhando. Leva a taça de vinho aos lábios e toma um gole, o que eu invejo um pouco, mas logo passa.

Ela se levanta e se senta ao meu lado, no lugar de Luke, que agora está vazio. "Vocês têm novidades para nos contar?"

Eu me viro e olho para a cozinha. Luke e Chris estão de pé, lado a lado, conversando diante da pia. Dou de ombros para Mai, sem me comprometer. Fico tentada a dizer: *Sim, temos*. Mas Luke tem respeitado meu desejo de ir devagar, e não quero impedir que tenha a chance de contar primeiro para Chris.

"Hum...", diz Mai. Depois sorri para mim. "Não se preocupe, Rose. Não vou dizer nada a Chris. Mas, se for o que estou pensando, estou muito feliz por você e Luke. E acho que vai adorar ser mãe. Eu também tive dúvidas, a princípio. É difícil e tudo o mais, mas também pode ser maravilhoso. É a melhor coisa do mundo", acrescenta.

Pela segunda vez na noite, fico radiante.

Talvez eu esteja errada. Talvez nem todo mundo vá duvidar de mim quando ficar sabendo. Talvez as pessoas reajam como Mai e encarem a situação como algo positivo, fiquem felizes por mim, por nós.

Luke volta da cozinha e apoia as mãos no encosto da minha cadeira. "Do que vocês estão falando?"

"De um caso importante que vai a julgamento", diz Mai. Ela é promotora federal, e mais cedo tínhamos falado sobre um julgamento de assassinato que ia ter início.

Luke se senta na cadeira que Mai ocupava antes. Ela aperta minha mão debaixo da mesa, e eu aperto a dela. Sua bondade, sua fé, entram em mim. Penso em como ainda estou me ajustando ao novo caminho, em como Luke e eu ainda estamos nos acertando. Mas hoje é um bom dia. Um dos melhores dias. Aproveito tanto quanto posso, fazendo uma reserva para o período de turbulências que virá.

Dezenove

15 DE MARÇO DE 2013

ROSE, VIDA 3

"Addie, gira pra gente", diz Joe.

Ela obedece. As penas presas com grampo no cabelo, costuradas no colarinho e na saia se sacodem e esvoaçam enquanto ela gira.

Flashes se seguem. Todo mundo tem uma câmera. Minha mãe, o pai de Luke, a mãe de Luke, Luke. É como a formatura. Minha mãe passa a câmera para meu pai, e agora é a vez dele de tirar uma foto. "Sorria para o vovô", diz ele, e ela sorri. É a primeira apresentação de balé de Addie, e todo mundo veio ao pequeno teatro esta noite ver as meninas se acabarem de dançar, totalmente fora de sincronia, o que só deixou tudo ainda mais fofo. Addie está vestida de cisne.

Minha mãe pega a câmera de volta. "Faz que nem um ganso, Addie."

Addie agita os braços, de um jeito não muito gracioso, e seguem-se mais flashes. Nancy está com o celular na mão, gravando. Addie gira de novo, deixando todo mundo encantado. Luke vira para mim e balança a cabeça, com a expressão simpática de quem diz: *O que vamos fazer com esses avós malucos?* Dou de ombros para ele, com um sorriso bobo no rosto.

Addie é a grande agregadora da família. A pacificadora. A própria ONU.

De repente, ela boceja audivelmente.

Todo mundo ri.

"Acho que chegou a hora dos cisnes irem para a cama", diz Luke, e pega nossa filha no braço com facilidade.

"Não, papai", ela protesta, mas seus olhos estão quase se fechando.

"Que fofa", Nancy me diz, como se acreditasse que de fato estou fazendo algo direito como mãe de Addie.

Desfruto de sua aprovação.

Minha mãe assente e me lança um olhar rápido e investigativo. Ela sabe que as coisas ainda estão tensas entre mim e os pais de Luke, porque conversamos muito sobre isso. Olho para minha mãe e sorrio. *Está tudo bem.*

Saímos do teatro. Joe fica para trás, para falar com meu pai. Ouço trechos de sua conversa, e percebo que ele está perguntando do trabalho. Minha mãe e Nancy vão à nossa frente, mas não sei sobre o que conversam. Volta e meia elas se viram para olhar Addie, que está cochilando no colo de Luke, de modo que imagino que falem sobre ela.

Em momentos assim, sinto que tenho sorte por essa pessoinha ter entrado nas nossas vidas e criado esses laços, reaproximando todos nós. Tento não pensar em como seria fácil desmanchar esses laços. Com uma puxadinha, estaríamos todos separados.

Muito embora eu ainda não saiba como me sinto em relação a meus sogros, uma parte de mim é grata por eles.

Talvez. Às vezes.

Não sei.

Há momentos em que penso: se Nancy e Joe não tivessem ficado tão obcecados com a ideia do filho deles ter um filho, com a ideia de que daria um filho ao filho deles, talvez Addie não existisse. Talvez não a tivéssemos. Talvez *eu* não a tivesse. Se eles não tivessem convencido Luke a me fazer mudar de ideia, se Luke não tivesse me convencido a mudar de ideia, ela não estaria aqui agora, fantasiada de cisne, deixando todos encantados. Inclusive eu, a mulher que não tinha nenhum desejo de ser encantada por uma criança.

Mas também há dias em que aquela raiva pendurada que tenho deles se arrasta de sua caverna no meu cérebro e eu me pego querendo repreendê-los, querendo dizer todas as coisas que Luke me proibiu de dizer na cara deles. E isso me faz perguntar: será que um dia vou perdoá-los? Será que a raiva vai envenenar minha vida com Luke eternamente?

"Rose, precisamos falar com você."
Joe foi o primeiro a falar, foi quem deu início à conversa em nome dele e de Nancy, tantos anos atrás. Nós quatro tínhamos saído para jantar em um restaurante muito bom.
"Sobre o quê?", perguntei, olhando para Luke, que se recusava a me encarar. Ele olhava para o prato, concentrado em cortar o frango.
Já fazia alguns anos que Luke e eu estávamos casados, e meu relacionamento com os pais dele estava se desgastando. Meu relacionamento com ele estava se desgastando. A cada vez que Luke voltava para casa para visitá-los, eu resistia mais a ir junto. Comecei a inventar desculpas — tinha que corrigir provas, tinha feito planos com Jill, Raya ia vir para uma visita, meu pai tinha me convidado para jantar com ele no fim de semana, só nós dois. Eu não queria mais ver os pais de Luke, principalmente Nancy. As coisas estavam esquisitas entre nós.
Ela vivia fazendo comentários sobre como me achava inteligente, o que até poderia ser simpático, se não acrescentasse todas as vezes que aquilo significava que meus filhos com Luke seriam inteligentes também. Depois, Nancy começou a perguntar quando eu ia engravidar, quando, *quando?* E continuou perguntando mesmo depois de saber que nós não pretendíamos ter filhos.
Joe limpou as mãos no guardanapo que tinha sobre as pernas. "Precisamos falar com vocês dois", ele esclareceu. "Sobre filhos."

Luke suspirou e largou os talheres ao lado do prato. "Pai", disse ele, como em alerta.

Nancy esticou o braço e colocou uma das mãos sobre a mão do filho, como se dissesse: *Espere, deixe a gente terminar.*

"A nossa preocupação é que vocês estejam cometendo um erro", disse Joe. Imaginei que estivesse se dirigindo a nós dois, mas ele só olhava para mim. "Sabemos que a decisão de não ter filhos vai acabar se revelando um erro. Vocês vão se arrepender, não tenham dúvidas, mas aí já vai ser tarde demais. Então, o que vai acontecer?"

Eu só assentia, como um robô. Não queria ter aquela conversa durante o jantar, num restaurante. Não queria ter aquela conversa em hipótese alguma. Queria que meus sogros respeitassem a decisão que eu havia tomado — a decisão que eu e Luke havíamos tomado.

Uma coisa era Nancy fazer comentários quando conversávamos, presumir que minha opinião quanto a ter filhos ia mudar com o tempo. Outra muito diferente era fazer toda aquela cena. Como se o fato de Luke e eu não termos filhos fosse algo com que precisassem lidar, algo que precisasse ser tratado e curado.

"Não vou ter essa conversa", falei, dobrando meu guardanapo e o colocando sobre a mesa. "Não é da conta de vocês. Só diz respeito a mim e a Luke, a ninguém mais." Inspirei fundo. "Não consigo acreditar que você teve a coragem de dizer que vou fazer seu filho se arrepender."

"Não foi isso que eu disse", Joe começou a se explicar.

"Não, mas foi isso que sugeriu."

"Rose." O tom de voz de Luke, o modo como disse meu nome, era de súplica. "Ouça os meus pais. Só um pouco."

Olhei para ele, querendo sacudi-lo. Por que não dava um fim àquilo? Por que deixava que os pais fizessem aquilo conosco, comigo? O sangue corria depressa em minhas veias, e comecei a sentir calor. A súplica de Luke estava relacionada a seus próprios sentimentos? Engoli em seco. Os pais de Luke vinham falando com ele pelas minhas costas? "Não quero ouvir, Luke. Por que eu deveria? Por que você deveria?" Eu me levantei. Minha cadeira quase caiu.

"Não precisa ficar chateada", disse Nancy. "Só queremos conversar."

"Rose", disse Luke. "Senta."

Eu o ignorei. "Vocês já sabem como me sinto em relação a isso. Venho repetindo a mesma coisa há anos. Por que não podem respeitar a minha decisão?" Minha voz ficava cada vez mais alta. Os clientes mais próximos já começavam a se virar para nós. "Por que não podem me respeitar? Por que não podem me deixar em paz?"

"Respeitamos você", disse Joe.

"Como pode dizer isso?" Minha vista ficou embaçada. Eu sabia que a fúria que sentia era desproporcional à situação. Mas não era capaz de me controlar. Estava cansada da pressão que parecia vir de todas as partes, desde o momento em que Luke e eu descemos do altar, desde que nossa vida de casados começou. Empurrei a cadeira para debaixo da mesa. "Estou indo embora."

Luke se levantou. "Rose, você não pode ir."

"É claro que posso."

"Viemos no carro do meu pai."

"Vou andando."

"Você não vai andar oito quilômetros no escuro!"

Fui embora, ignorando os clientes que observavam a cena. Eles que olhassem, decidi. Não me importava com a opinião deles. Abri a porta do restaurante com um empurrão e respirei fundo. Comecei a atravessar o estacionamento. Pensei que talvez estivesse sendo melodramática, depois afastei a ideia da cabeça. Logo ouvi passos atrás de mim.

"Rose, o que você está fazendo?" Luke passou à minha frente e ficou ali, de braços abertos.

Parei. Fechei os olhos. Tentei controlar a respiração. Eu tinha razão de ficar tão ofendida, de me sentir tão justificada? Estava errada? Os pais de Luke sabiam de algo que eu e Luke não sabíamos? Que eu não sabia? Eu deveria ouvi-los, deveria dar uma chance a eles?

Mas por quê?

Fui até uma vaga livre e me sentei na beira da calçada. Luke se juntou a mim. Eu estava de vestido, Luke usava camisa e calça finas. Devíamos parecer estranhos, nós dois ali, com roupa de festa, sentados no asfalto, em meio aos carros parados na escuridão. "Você sabia que seus pais iam tocar no assunto hoje?", perguntei a ele.

"Não", disse Luke, mas notei sua hesitação.

"Sabia?"

"Não, não sabia", disse ele, daquela vez com mais firmeza.

"O que você quer, Luke?"

Dava para ouvir o barulho dos grilos. Alguns clientes saíram do restaurante e se dirigiram a um veículo utilitário esportivo do outro lado do estacionamento. Luke esticou suas pernas compridas, raspando os sapatos no cascalho. "Como assim?" Havia um toque de pânico em sua voz.

Então me ocorreu que minha pergunta tinha sido vaga, que talvez Luke achasse que eu estava perguntando sobre filhos, sobre se ele queria ter filhos. "O que você quer fazer agora? Pretende voltar para a casa dos seus pais ou ir para casa comigo?"

"Você vai mesmo embora?"

"Vou. Posso chamar um táxi."

"Rose, por favor." Luke passou as mãos pelo rosto. "Não quero que você deixe as coisas assim."

"Eu? Então a culpa é minha? Seus pais me emboscaram!" Comecei a me levantar, mas Luke me puxou de volta. Olhei feio para ele. "E você não fez nada para me defender, Luke! Deixou que eles seguissem em frente. Sempre deixa."

"São meus pais, Rose." Luke parecia angustiado. "São seus pais também, e amam você. De verdade."

"Não. Não acho que sejam capazes de me amar. A não ser que eu faça isso. Não até que eu faça isso. Aí talvez me amem."

"Rose..."

"Você tem duas opções, Luke. Pode entrar e dizer a seus pais que eu e você nos recusamos a jantar com eles caso se recusem a respeitar nossas escolhas, ou pode me deixar ir sozinha para casa e dormir no sofá esta noite. E talvez amanhã e o restante da semana."

"Essas opções não parecem justas", disse Luke.

"Bom, mas são as que você tem, então escolhe."

Luke ficou em silêncio pelo que pareceu uma eternidade. Então se levantou, me disse que já voltava e entrou no restaurante. Depois, quando voltou e durante o caminho de volta, não nos falamos, nem mesmo na cama.

O que mais havia a dizer?

Se naquele momento alguma pessoa me dissesse que eu logo estaria grávida, que teria Addie, eu a mandaria à merda. Estava tão exausta, tão brava, tão cansada da pressão. E não foi como se eu simplesmente tivesse mudado de ideia quanto a ter um bebê — não mudei.

Um dia, Luke e eu acabamos tendo uma briga idiota por causa de vitaminas— ele queria que eu as tomasse, e eu tinha prometido tomar, mas não cumpri a promessa. Eu me lembro de ter ficado muito brava ao entrar no quarto e vê-lo ali com as vitaminas na mão, balançando o frasco para mim. Uma sensação estranha e paralisante tomou conta do meu coração, como se alguém o tivesse enfiado em uma caixa pequena demais para que ele pudesse continuar batendo. Eu não conseguia respirar. Lembro-me de ter pensado: *Por que não consigo respirar?* Eu puxava o ar com força, fazendo barulho.

Então me lembro de Luke gritando: "Rose... Rose?".

Minha vista embaçou e ouvi um zunido. Logo estava no chão, com a bochecha contra o piso de madeira. A respiração ofegante continuou por um tempo, mas acabou melhorando. Quando minha visão voltou a ficar nítida, notei que Luke estava no chão comigo, a cabeça paralela à minha.

Quando reuni forças para me levantar e me sentar, Luke pegou minhas mãos. "Acho que você teve um ataque de pânico", disse, olhando para meus dedos, para as unhas lascadas que eu nunca me dava o trabalho de lixar depois que quebravam. "Foi culpa minha. Desculpa, Rose. Sinto muito."

Aquelas palavras — um pedido de desculpas do meu marido, um reconhecimento da responsabilidade *dele*, e não minha, na bagunça que nosso casamento tinha se tornado — fizeram mágica, expandido as paredes que se fechavam sobre meu coração e abrindo espaço dentro de mim. Algo percorreu meu corpo naquele momento, me levando de volta para Luke, trazendo de volta a possibilidade de amá-lo. Pensei em todas as conversas que havíamos tido sobre filhos, em todas as discussões, em toda a raiva e em toda a mágoa, e me perguntei se estávamos tornando as coisas muito mais difíceis do que deveriam ser. Como seria bom se parássemos de nos preocupar com o que as outras pessoas achavam e queriam, com o que os pais de Luke achavam e queriam, e nos concentrássemos no que *ele e eu* achávamos e queríamos. Luke e eu. Como seria bom se pudéssemos voltar a ser quem éramos antes que toda aquela confusão começasse.

"Olha pra mim", pedi a ele. Quando Luke me olhou, me permiti dizer as palavras que não sabia que tinha dentro de mim, palavras que soaram estranhas no nosso apartamento, palavras que acabaram levando ao nascimento de Addie, nossa filha linda e perfeita. "E se só deixássemos rolar?"

Quando Luke e eu chegamos em casa depois da apresentação de balé, finalmente livres de pais e sogros, Addie está roncando, as penas de sua fantasia de cisne tão moles quanto ela.

"Vou colocar Addie na cama", sussurra Luke.
Olho para meu marido e assinto.
Ele pega a câmera na bolsa e a entrega para mim. "Dá uma olhada nas fotos de hoje. Tem umas ótimas."
Sorrio e pego a câmera. "Aposto que sim", digo, e vejo meu marido desaparecer com Addie rumo ao quarto dela. Enquanto vejo as fotos pelo visor da câmera — as imagens de Addie e da família que eu e Luke construímos juntos —, as dificuldades e o desconforto que nunca abandonaram por completo minha relação com os pais de Luke parecem distantes. Pelo menos por enquanto. Pelo menos por alguns minutos, tudo que vejo é uma família linda, e essa família é minha.

De alguma forma, Luke e eu fomos nos afastando cada vez mais ao longo dos anos. Ser mãe ou pai é como tentar se manter à tona na água. O esforço infinito de chutar, chutar, chutar, o empenho das mãos, dos braços, indo e voltando sob a superfície, a cabeça balançando. Uma série de movimentos constantes, todos pequenos, nenhum levando a qualquer lugar em especial.

Mas enquanto vejo Luke andando na ponta dos pés pelo apartamento, enquanto olho para nossa menininha dormindo no ombro dele, fico maravilhada ao me dar conta de como sua respiração curta parece entrar nos meus próprios pulmões, manter meu coração batendo; penso em como Addie realmente é o fio solto entre Luke e eu, o que nos mantém juntos, e fico grata por, de alguma maneira, nós dois termos terminado aqui, com ela, apesar de tudo que veio antes de seu nascimento.

Tiro o cachecol e o casaco, acendo as luzes e me sento à mesa da cozinha para ver as fotos da apresentação de Addie. A primeira que aparece na tela da câmera é de uma fileira de pequenos gansos no palco, pegos no meio de um salto, com os pés a centímetros do chão, as bocas bem abertas e expressões alegres nos rostos. Há closes de Addie, na primeira posição do balé, com os braços arredondados, os cotovelinhos formando ângulos estranhos; há fotos das meninas em círculos imperfeitos, com os tutus tortos. Passo por todas elas, sorrindo e rindo, até chegar a outras fotos que Luke tirou recentemente. Há algumas minhas à mesa, trabalhando, outras de Addie — indo para a escola de manhã, de pijama antes de ir para a cama. Encontro uma ótima da minha mãe, na cozinha de casa, segurando uma colher de madeira diante do fogão e sorrindo para a câmera.

Então encontro uma foto minha que não sabia que Luke tinha tirado. É de uma palestra que dei sobre minha pesquisa, algumas semanas atrás. Eu nem sabia que Luke tinha ido, porque ele não me falou nada, e dou tantas palestras que não espero mesmo que compareça a todas. Lá estou eu, no palco, olhando para o auditório lotado, com um braço erguido. Pareço séria, completamente tomada pelo que quer que esteja falando. É uma boa foto, a minha cara. Sinto uma onda potente de amor por Luke enquanto olho para a imagem, enquanto absorvo o fato de que meu marido é capaz de fazer aquilo — ir a um evento meu e tirar fotos sem que eu peça, sem me contar, talvez só porque me ama, por nenhum outro motivo além de querer ouvir o que tenho a dizer. O amor corre em minhas veias e chega até os dedos das mãos e dos pés.

Fico com vontade de beijar Luke; quero pegar sua mão e o levar para a cama. Ainda fazemos sexo, a cada dois meses, com sorte uma vez por mês, mas é mera formalidade, uma obrigação, a encenação de um casamento, a concretização do que se espera que pessoas casadas façam, ainda que na verdade não queiram mais. A maior parte dos meus amigos se sente assim, sejam gays, lésbicas ou héteros. Depois de um tempo, o desejo diminui, e ou se toma a decisão de manter o sexo como uma atividade regular do casal ou ele é totalmente abandonado.

Se ser mãe ou pai é como tentar se manter à tona na água, o casamento é como o mar. Ele se acalma e flui, com algumas mudanças importantes na maré de vez em quando, um furacão ocasional mudando a direção dos sentimentos de alguém e anos depois mudando de novo. Talvez Luke e eu estejamos seguindo em uma nova direção agora, uma boa direção. Talvez consigamos isso se eu nos levar para lá, se seguir na frente.

Continuo vendo as fotos na câmera de Luke, uma a uma, absorvendo-as, pensando em como, no segundo em que Luke voltar, vou levá-lo para a cama, em como ele vai ficar feliz por eu tomar a iniciativa, pelo menos uma vez.

Então chego a uma foto que faz meu coração parar.

É de uma mulher, rindo, com a cabeça jogada para trás. Ela usa uma malha de um verde vívido. Parece estar no parque. Continuo passando pelas fotos, para ver se há outras, mas há apenas esta, imprensada entre algumas fotos do Natal e outras de Addie na escola.

Cheryl.

O nome vem e volta na minha mente, um sussurro.

Não há nenhum indício de que esse seja o nome da mulher, nenhuma razão para eu pensar que ela se chama Cheryl — além do instinto de esposa e de um papelzinho que encontrei no casaco de inverno de Luke, no mês passado, quando o levei à lavanderia. Eu estava verificando se não havia dinheiro nos bolsos antes de entregar as roupas para o atendente do outro lado do balcão. Era um quadradinho de papel, cuidadosamente dobrado, os vincos de duas linhas retas, uma vertical e outra horizontal, dividindo-o em quatro quadrantes. Em letras perfeitas e cheias de volteios estava escrito: *Luke, você é muito talentoso. Incrível. Cheryl.* Quem quer que fosse, Cheryl tinha uma bela caligrafia.

Fiquei olhando para o pedacinho de papel e disse a mim mesma que aquilo não devia ser nada, provavelmente era apenas o agradecimento de uma noiva cujas fotos Luke havia tirado. Mas não consegui acreditar nisso totalmente, e uma nuvem de intranquilidade se formou sobre a minha cabeça, ainda dentro da lavanderia. Ela reaparecia de vez em quando, conforme a lembrança do bilhete, da letra e do nome, *Cheryl*, voltavam a se materializar na minha mente e ficavam pairando ali.

Ouço o som dos passos de Luke deixando o quarto de Addie, o ranger da porta se fechando.

Depressa, volto para as últimas fotos, para Addie vestida de cisne. Passo pela imagem que me fez pensar que meu marido continuava apaixonado por mim, que me fez ter vontade de levá-lo para a cama, uma vontade que havia se transformado em fumaça, desaparecendo em meio à nuvem repentina que cobria minha descoberta.

Eu me levanto e vou para o sofá, onde me cubro com uma manta. Bocejo de modo exagerado.

Luke chega e se joga ao meu lado, pega uma ponta da manta e cobre as pernas. "Foi uma noite boa, não acha?"

Luke e eu parecemos uma cena de filme — dois pais cansados, mas felizes, jogados lado a lado, satisfeitos com a lembrança da encantadora apresentação da filha, junto com seus pais igualmente contentes, os avós de Addie. Luke se aconchega mais perto de mim no sofá, esperando minha resposta.

"Achei que sim", acabo dizendo. Quando Luke olha para mim fico me perguntando se notou que respondi com o verbo no passado.

Vinte

5 DE AGOSTO DE 2008

ROSE, VIDA 5

A vista é espetacular.
"Estou tão feliz que tenhamos decidido fazer isso", digo. *Estou tão feliz que tenha me perdoado. Que tenha voltado pra mim.* Olho para Thomas de um jeito possessivo, voraz, como se ele pudesse desaparecer a qualquer momento. Ele tira a mala do carrinho de bagagens e caminha até as portas de vidro que dão para o mar, então diz: "Este lugar é perfeito".
"É mesmo." Estou muito feliz. É uma bênção.
Será que sentimos que algo é uma bênção apenas quando sabemos que a felicidade é passageira? Que não vai durar, não importa o quanto desejamos que dure?
"Adoro estar aqui com você", digo a Thomas.
Estou radiante. Nunca me sinto melhor do que quando estou traindo meu marido. Do que quando deixo para trás a bebê chorona que Luke tanto quis e me convenceu a ter apesar de todos os alarmes que disparavam dentro de mim, dizendo: *Não, Rose, não faça isso, você se conhece bem e sabe que nunca quis ser mãe.*
"Li que o restaurante daqui é maravilhoso", diz Thomas, e me abraça por trás. "Vamos comer alguma coisa?"
Eu me reclino na direção dele, deixo que seu corpo forte sustente o meu, deixo que as ondas igualmente fortes de desejo se espalhem dentro de mim, então dou as costas para o mar agitado e levo Thomas para a cama. "Podemos ir co-

mer depois", sugiro, rindo, deitando-o nos lençóis brancos e finos, macios e frescos.

"Gostei da ideia", diz ele.

A verdade é que eu amo Addie. Eu a adoro.

No dia em que ela nasceu, quando vi seu rostinho pela primeira vez, senti aquela onda de amor maternal de que as pessoas falam. Passei por tudo que dizem que se passa — possessividade, medo, necessidade, alegria, instinto de proteção, o desejo de apertá-la quase até sufocá-la, a combinação de emoções que levam a uma espécie de loucura maternal. Em seguida, tive a forte sensação de que nunca perderia aquela bebê de vista. Foi maravilhoso e horrível ao mesmo tempo.

Tudo isso foi rapidamente eclipsado pela realidade esmagadora de que eu agora seria mãe para sempre, de que não era possível devolver Addie. Eu tinha feito aquilo e agora a situação era permanente. A labuta diária, combinada com a eterna falta de sono, às vezes superava o amor, cuja magia era tão fugaz.

A única coisa que tem me mantido sã é Thomas. Depois que ele foi embora aquele dia no café, fiquei me perguntando se voltaria a vê-lo. Duas semanas se passaram sem notícias dele. Então, um e-mail longo e angustiado surgiu na minha caixa de entrada, ao fim do semestre letivo, no qual Thomas dizia que sabia que aquilo era errado, mas queria continuar me vendo, que não conseguia parar de pensar em mim, apesar de tudo. A onda de alívio que senti naquele dia foi quase tão potente quanto o amor que logo sentiria por Addie. Prometi a Thomas que nunca mais mentiria, e não menti. Não tenho mentido desde então.

Voltamos a nos ver, e, quando nos víamos, quando conseguíamos sair para jantar em algum lugar, ou ir comer um docinho e tomar um café, todos imaginavam que ele era o pai do bebê que crescia dentro de mim, me deixando cada vez mais redonda. Deixei que imaginassem. Para começar, não ia corrigi-los e explicar: *Não, este não é o pai, só estamos tendo um caso.*

Mais do que isso, percebi que gostava daquele segredo que era só nosso, do escândalo, da ideia de que as pessoas ficariam chocadas se soubessem a verdade. Fazia com que eu me sentisse melhor, como se um pouco da pessoa que eu costumava ser antes de me meter na confusão da maternidade continuasse se insinuando dentro de mim. Talvez *muito* dela, e não um pouco, e aquilo — Thomas e nosso caso — fosse a prova.

"Como está a conferência?", Luke pergunta.

Estou à janela do quarto, olhando para o mar. Thomas está lá embaixo, no bar do restaurante, esperando por mim. O mar está escuro, a espuma branca se agitando. Uma tempestade deve estar a caminho.

"Ah, o mesmo de sempre. Cheia de homens de tweed falando sobre suas pesquisas incríveis." Eu tinha ficado boa em mentir. Houve um silêncio do outro lado da linha, uma pausa para me lembrar do que eu deveria ter perguntado a Luke de pronto. Então pergunto, porque me importo, mas também para provar que não esqueci que tenho uma filha em casa. "Como está Addie? Tem comido bem?"

"Addie e eu estamos bem. Mas acho que ela sente sua falta."

"Deve sentir falta da vaca leiteira."

"Rose, você precisa falar assim?"

"Por que não? É um bom jeito de descrever as coisas."

Addie começa a chorar. Posso ouvir seus berros, como se sua boca estivesse colada ao microfone. Por um breve segundo, meu coração se aperta e quero pegá-la no colo. É sempre assim comigo, quando se trata de Addie — resisto, mas na verdade é impossível. Quando estava grávida e a sentia chutando, se mexendo, havia momentos em que ficava maravilhada. Mas, muitas vezes, me ressentia de cada movimento que me lembrava de que ela estava lá.

"Tenho que ir", diz Luke. "Boa sorte com a apresentação", acrescenta, sem parecer muito sincero, depois desliga.

Envio uma mensagem para Thomas. *Estou pronta. Chego em cinco minutos.*

Quanto mais flagrantemente traio Luke, mais me sinto eu mesma. A Rose que eu era antes de ser empurrada para a maternidade luta para respirar, volta aos poucos. Posso senti-la se espalhando, preenchendo meus membros, afastando tudo que tenho de maternal. Pergunto a mim mesma se essa parte maternal vai acabar atravessando minha pele e caindo em uma pilha no chão, para depois alguém da limpeza chegar pela manhã, varrer e jogar no lixo.

Coloco um vestido que me orgulho de ainda servir em mim, considerando que dei à luz faz poucos meses. Então sorrio diante do espelho do banheiro, retoco o batom e desço para ter um jantar maravilhoso com o homem por quem estou apaixonada, o homem que por acaso não é meu marido nem o pai da minha filha. Não me sinto culpada. Deveria tentar me sentir, não deveria?

"No que está trabalhando?", pergunta Thomas.

Olho para cima, estirada na espreguiçadeira da varanda encantadora da pousada, o ponto mais próximo do mar profundamente azul, que está calmo esta manhã, praticamente um lago depois da tempestade de ontem à noite. Há cadeiras e sofás coloridos por todo o deque, que é largo e comprido. Ao fim dele, está minha espreguiçadeira. No momento em que a vi, quando estávamos chegando com as malas, sabia que ia passar o fim de semana ali, lendo um livro ou escrevendo.

Thomas acabou de tomar banho e está lindo de jeans e malha. Ele se inclina para me beijar, e eu o puxo para a espreguiçadeira, quase derrubando o laptop no chão. "Cuidado", diz ele.

"Já passamos do ponto em que éramos cuidadosos, não acha? Estamos no modo rebelião total."

"Se isso é verdade, então gosto de me rebelar", ele responde. "É a coisa de que mais gosto no mundo." Thomas dá uma olhada na tela do meu laptop, abrindo-o mais um pouco para conseguir ver direito. "É um texto novo?"

"É. Comecei há algumas semanas. Mas estou só experimentando."

Thomas coloca o laptop à sua frente e começa a ler.

Eu me recosto nas almofadas. O sol entra por baixo do teto da varanda, esquentando minha pele.

Nos últimos meses, Thomas e eu temos lido os trabalhos um do outro. É algo que me agrada em nosso relacionamento, o modo como podemos compartilhar essa parte de nossa vida. Luke parou de falar de trabalho comigo — tanto do dele quanto do meu — já faz um bom tempo. Às vezes, vou assistir aos jogos de futebol de Thomas, se consigo sair, ou ele me encontra para tomar café com Jill. Finalmente contei a ela sobre ele.

O rosto de Jill permaneceu impassível. Acho que ela nem ficou surpresa. Estava brava com Luke fazia tempo, queria que eu o deixasse. Acho que está torcendo para que finalmente faça isso, por causa de Thomas. Se fosse assim tão fácil...

A mãe de um bebê pode deixar o marido? Quanto tempo depois do parto isso é aceitável? Mas eu estava grávida quando tudo começou, e agora sou uma mãe recente que continua tendo um caso — até que ponto a situação poderia piorar se eu deixasse o pai da criança?

A água ondula ligeiramente, refletindo a luz do sol. Uma mulher sai de um carro, corre até a lojinha da esquina, sai um minuto depois com o jornal e vai embora. Uma menina de rabo de cavalo passa correndo.

Thomas ergue os olhos da tela do computador. "Este ensaio está bem diferente das coisas que você costuma escrever. Parece mais uma memória."

Ele está de óculos, por isso não consigo ler sua expressão. Será que gostou? Não gostou?

"Talvez seja isso mesmo", digo. As memórias de tudo que eu pensava sobre a maternidade antes de Addie, as emoções distintas que sinto agora que a tenho, todas as minhas inseguranças, minha raiva e meu ressentimento, emaranhados com meu amor por essa pessoinha que estará para sempre na minha vida. Foi difícil começá-lo, mas, depois que dei esse passo, tudo flui com facilidade. Pego a mão de Thomas, examinando as linhas profundas na palma. "Mas você gostou?", pergunto. Antes que ele possa responder, começo a divagar. "Imagino que seja uma péssima ideia. Mas pensei que talvez nunca voltasse a trabalhar, depois de Addie. Pelo menos estou fazendo alguma coisa."

Thomas deixa o laptop de lado na espreguiçadeira. Tira os sapatos e apoia os pés nela, de modo que estamos lado a lado, ambos de frente para o mar. "Gostei, Rose. Achei ótimo."

Olho para ele. "Sério?"

Thomas faz que sim. "Sério. Queria saber escrever assim."

"E sobre o que escreveria?"

Thomas fica quieto por um momento, enquanto o sol esquenta nossos corpos deitados, relaxados, curtindo. A ideia de que logo esse momento vai passar, de que vamos precisar retornar à vida normal, me vem à cabeça, mas eu a afasto.

"Acho que escreveria sobre minha família, minha infância nas montanhas. Minha relação com minha irmã. Não sei." Ele tira os óculos escuros e passa a mão pelos olhos. "Ou talvez sobre por que comecei a pesquisar sobre o vício, o que me levou a isso. Todas as pessoas com quem estudei na escola cujas vidas acabaram sendo tão diferentes da minha."

"Eu adoraria ler esse livro", digo a ele.

Thomas se vira e beija meu pescoço. "Bom, eu adoraria ler o seu livro, então estamos quites. O que também significa que você precisa terminar de escrever."

"É bom voltar a escrever", admito. "Mesmo que eu não vá fazer nada com isso."

"Acho que você vai fazer algo, sim", diz ele.

Eu me aconchego no corpo dele. "Acho que, se eu tentasse publicar, Luke me deixaria." Só depois de dizer essas palavras é que percebo a verdade que elas contêm.

"Então você tem mesmo que publicar", diz Thomas, de um jeito que não tem nada de brincadeira.

"Mas aí... Addie... O que Addie vai pensar quando for velha o bastante para ler?"

"Rose." Ele vira para mim. "Addie vai pensar que tem uma mãe que se esforça para entender o que significa para ela ter uma filha, depois de tanta resistência."

Suspiro. "É exatamente isso que me preocupa."

Tentei brincar de casinha por Luke, por Addie. Tentei ser uma pessoa doméstica, principalmente durante os primeiros dias, depois que voltei do hospital. Suportei todo o tempo longe da universidade, das aulas, da minha sala, dos meus colegas. Mas mal posso esperar para voltar, daqui a algumas semanas. Luke está me pressionando para tirar mais um semestre, mas venho dizendo a ele que não — de jeito nenhum. Nunca gostei da ideia de usar parte dos meus dias de licença obsessivamente acumulados para passar mais cinco meses em casa com Addie.

Esse tipo de licença não foi criado para que se possa ter um bebê. Foi criado para que se possa pesquisar, escrever um livro relacionado à pesquisa, aproveitar uma oportunidade de lecionar fora do país. Pesquisadoras sempre tiram licença para se tornar mães e depois têm dificuldade de voltar à academia. Eu nunca quis ser essa pessoa — e não ia me tornar agora.

Posso ter dado à luz e posso ter uma bebê, mas não há como mudar o fato de que sou uma mãe relutante e uma esposa mais relutante ainda.

Com Thomas e como me sinto em relação a ele é diferente.

Não fico nem um pouco relutante.

"Por que você está aqui?", pergunto de repente a Thomas.

O sol mudou de posição. Ele se desloca uns quinze centímetros e volta a colocar os óculos escuros. "Como assim?"

"Quero dizer, o que está fazendo comigo? Sou casada. Sou mãe. Literalmente acabei de parir." Depois que digo essas palavras, gostaria de poder enfiá-las de volta na boca. Estou tentando sabotar isso? Sabotar a mim mesma? Não estávamos passando uma tarde tranquila e agradável, descansando numa varanda encantadora?

Thomas se senta. "De onde veio isso?"

"Eu estava pensando em Addie. Em como não a queria, mas a tive, e em como estou tentando ser uma boa mãe e obviamente fracassando. Como mãe e como esposa."

Thomas fica imóvel por um momento. "Acho que uma pergunta melhor seria: o que *você* está fazendo aqui comigo, Rose? Considerando tudo que você acabou de dizer."

Eu me ajeito na espreguiçadeira, para encarar Thomas. "Não consigo parar de te ver. Mal suportei aquelas duas semanas que passamos separados, quando estava grávida."

"Bom, eu vivo tentando parar de te ver, e não consigo", afirma Thomas.

O pânico se acende em mim. "Você continua tentando?"

Thomas se afasta de mim, até que nossos corpos não se tocam mais. "Rose, eu disse a mim mesmo que não deveria passar este fim de semana com você. Que sempre que fazemos algo desse tipo as coisas só ficam mais difíceis. Eu disse a mim mesmo para ligar para você e cancelar."

O pânico se transforma em mágoa. "Você quase cancelou? Considerou mesmo a possibilidade de perder esse fim de semana comigo?" Meu tom de voz sobe, ainda que eu não devesse estar surpresa. Eu o compreendo totalmente. Sou uma mulher casada e tenho uma bebê. O que ele está fazendo comigo? É bonito, divertido, gentil, bem-sucedido. Poderia ter muitas outras mulheres se quisesse, se tentasse.

"Mas não cancelei", diz ele. "Você está chorando, Rose?"

Levo a mão à bochecha, e meu dedo volta molhado. "Acho que sim."

"Quer me contar o motivo?"

"O mesmo de sempre." Penso no dia anterior, em quando chegamos à pousada. Em como, no começo, o tempo que passamos juntos é sempre tão vertiginoso, tão emocionante, na excitação de termos conseguido duas noites juntos, 48 horas consecutivas, apenas Thomas e eu, e ninguém mais. Fico mais atrevida, feliz, sou eu mesma, e parece que vai durar para sempre. Então as horas desaparecem e minha felicidade se dissipa com elas. De repente, agora mesmo, consigo ver: o momento em que Thomas e eu vamos ter que nos despedir de novo, em que vamos ter que voltar cada um para sua casa, cada um para sua vida, e eu terei que ser mãe de novo, esposa de novo, alguém que não sou de novo. E ele vai voltar para seus amigos, sua universidade e seus colegas, para as longas conversas telefônicas que tem todos os dias com a irmã que nunca conheci, com os pais que ele ama tanto e que não têm ideia de que eu existo. Quando a bolha estoura, a separação é tudo que consigo ver.

Thomas fecha meu laptop e guarda na minha bolsa. Depois, estende a mão para mim. "Vamos", diz.

"Aonde?", pergunto, mas já sei. Vamos para o quarto, vamos para a cama, vamos fazer amor e depois ficar abraçados. É o que sempre fazemos quando a realidade bate à porta. E ela sempre bate.

Thomas não responde, só me leva lá para cima. Antes de chegarmos ao quarto, antes de abrir a porta e entrar, ele se vira para mim, me encara e diz: "Não vou a lugar nenhum, Rose".

"Não?"

"Não. Acho que não consigo."

"Por quê?"

"Porque eu te amo", diz, simples assim, como se não tivesse nem que pensar a respeito. E talvez não tenha. Talvez não haja volta para nós dois.

"Eu também te amo", digo a ele, porque não há volta para mim. Disso tenho certeza.

O único outro momento no fim de semana em que choro é quando tenho que ir embora, quando Thomas me deixa mais adiante na rua de casa. Eu o vejo ir embora, voltar à sua vida, uma vida completamente separada da minha. Sei que deveria me sentir péssima pelo que fiz no fim de semana — pelo que fiz a Luke, a Addie —, por toda a enganação. Mas não me sinto. Como posso me sentir péssima por amar tanto alguém? Alguém que me faz recordar quem eu sou de verdade?

Estou puxando a mala pela calçada, ainda a dois quarteirões do prédio, quando as lágrimas vêm. Quando falta só um quarteirão, estou chorando tanto que mal consigo respirar. Fico ali, na esquina, soluçando, enquanto as pessoas passam e encaram a maluca na calçada.

Há uma igreja perto de casa, pequena e linda. Entro nela, de mala e tudo. A luz que se infiltra pelos vitrais é vermelha, laranja, rosa, seus raios atravessando o espaço úmido e escuro, as partículas de poeira brilhando e dançando no ar. A igreja está vazia, a essa hora. Passo com a mala de rodinhas pela fonte de água benta e me sento no último banco. Me permito chorar até que não reste mais nada.

Então, quando finalmente recupero o fôlego, quando o verde, o amarelo e o violeta dos vitrais são iluminados pelo sol que se move, eu me levanto e levo minhas coisas de volta para a luz do dia, para a agitação das ruas da cidade, para o apartamento que compartilho com meu marido e minha filha, Addie. Entro no lugar em que preciso voltar a ser mãe, a única coisa que eu achava que nunca seria, a única coisa que nunca quis ser. No entanto, de alguma forma, aqui estou.

Vinte e um

2 DE MARÇO DE 2008

ROSE, VIDA 4

"Luke, tem alguma coisa errada."
Estou na cozinha, de pé. Minha mão agarra a borda da bancada, no ponto em que o granito preto está lascado. Enfio o dedão naquele vale áspero, pressionando-o ali.
"Luke?", chamo, mais alto.
Minha cabeça gira e sinto o sangue correr nos ouvidos. Finalmente entendo o que as pessoas querem dizer quando falam isso. Eu me sento no chão, sobre as migalhas e a sujeira das minhas tentativas de fazer o jantar. Meus joelhos formam dois ângulos retos, e o enorme volume no meio do meu corpo está tenso, rígido, de uma forma que não é familiar. Não parece a dureza normal da barriga de grávida com que me acostumei. É algo diferente.
Estou prestes a começar a gritar quando Luke chega do corredor, com os fones de ouvido, perdido no que quer que esteja escutando. Ele me vê no chão e vem correndo.
"A bolsa estourou?"
"Não", digo. "Acho que não."
Nossos olhos vão para o ponto entre as minhas pernas, avaliam a calça legging cinza-escura, para ver se está molhada. Não está. Talvez eu só esteja sendo melodramática e não haja nada de errado.
"Acha que chegou a hora?", Luke pergunta, naquele tom alegre que passei a adorar nos últimos meses, desde que contei a ele da gravidez. O tom que envolve a preocupação em sua voz.

Deixo que me envolva também. Preciso de algum conforto.

Desde o começo da gravidez, a felicidade de Luke se infiltra e se espalha em mim como um remédio de que eu não sabia que precisava. Isso curou nosso casamento. As coisas nunca estiveram melhores.

Quem poderia imaginar que a gravidez pudesse ser a resposta?

Eu tinha certeza de que a chance de que nos destruísse era maior do que a de que nos fizesse felizes.

Então uma dor forte percorre minha barriga inchada, e eu grito.

Um dia, há mais ou menos três meses, Luke chegou mais cedo do trabalho e me pegou de surpresa — eu achava que só ia chegar dali a umas duas horas. Ele entrou e me viu falando com minha barriga. Bom, com a bebê. O que eu vinha fazendo havia um tempo, embora nunca na frente de outra pessoa, muito menos Luke.

Eu costumava chegar da universidade por volta das três, e às vezes cozinhava algo trabalhoso. Naquela tarde, ia fazer um molho que ficava umas três horas no fogo e exigia atenção. Comecei picando os ingredientes que constituíam a base.

"Você sabia que aipo, cenoura, cebola e um pouco de alho deixam praticamente tudo mais gostoso? Um dia, você e a mamãe vão fazer esse molho juntas. Posso pedir pro vovô te fazer um banquinho especial, ou uma escadinha, pra gente conseguir ficar lado a lado na bancada. Aposto que ele vai adorar. Vamos cozinhar juntas, e você vai ficar muito orgulhosa de si mesma quando experimentar o que fez! Minha mãe, sua avó, adora cozinhar, e passou todo esse amor para mim. Agora vou passar pra você."

Não gosto de bobagem, e odeio como as pessoas ficam

sentimentais quando falam com grávidas, sobre como vão se apegar ao bebê, é só esperar e aquela coisa toda. Odeio.

Mas também é verdade que falar com a bebê tinha se tornado a norma quando eu estava sozinha em casa. É tão estranho: você é uma pessoa independente, separada, um indivíduo, mas aí, por um intervalo de quase dez meses, se torna duas pessoas em uma. E não sente de fato isso até começar a notar as mudanças no seu corpo, até que, toda vez que olha para baixo, vê a prova de que tem algo ali, dentro de você. O eu que você conhecia de repente mudou, se expandiu. Quando o bebê começa a se mexer e a chutar, aí você tem certeza: são duas pessoas, e não uma só.

E até que é legal.

Então ali estava eu, batendo papo enquanto cortava a pancetta. Estava no meio de uma frase quando notei o movimento atrás de mim. Parei de falar, larguei a faca e virei. Ali estava Luke, olhando para mim com uma expressão ridícula no rosto.

"Quanto tempo faz que você está aí?", gritei. Senti as bochechas ficando vermelhas, o sangue queimando o pescoço até as orelhas e a testa. Cerrei os dentes. Tinha sido pega no flagra.

Um sorriso enorme se abriu no rosto dele. "Não muito...", Luke começou a dizer.

"Não acredito! O que você ouviu?", falei, ainda gritando.

"Calma, Rose. Por que está tão chateada com isso?"

Fui até o fogão e, com um movimento rápido, cortei o gás da boca sobre a qual estava a frigideira. "Não é certo me espionar."

Luke começou a rir, com vontade. Fiquei com vontade de bater nele. "Você está brava porque ficou com vergonha. Mas não tem motivo. Eu não estava espionando, só estava ouvindo."

"Sem a minha permissão."

"Bom, acho que sim. Desculpa se chateei você. Mas foi

tão fofo, Rose, ouvir você falando com o bebê. Fiquei surpreso. Não estava esperando e não consegui me segurar. Queria ouvir o que você estava dizendo. Você sempre faz isso?"

Cerrei as mãos em punho. Tentei respirar fundo para me acalmar. Ainda sentia a pele queimando. A gravidez tinha seus altos e baixos; às vezes eu gostava, mas às vezes me enlouquecia. Como todo mundo sabia que eu não queria ter filhos, agora que ia ter um, me sentia observada. Estava cansada das pessoas se perguntando como eu estava lidando com a gravidez, como se tivessem o direito de julgar, observar, ter uma opinião sobre o meu comportamento. Era um assunto sensível para mim.

"Rose." A risada de Luke se dissipou. Ele deu um passo para mais perto. Virei para os ingredientes parcialmente picados na tábua. "Fiquei feliz em ouvir você", disse. "Às vezes, me pergunto se você sente uma ligação com o bebê. Você não costuma demonstrar quando estou por perto, e nunca perguntei nada porque sei que tem sido difícil."

Luke pôs as mãos nos meus braços e se inclinou para beijar a minha nuca. "Eu te amo. Desculpa ter ficado ouvindo sem a sua permissão. Não vou fazer de novo."

"Eu faço isso, sim", admiti. Era incapaz de virar e falar na cara dele, então falei olhando para o fogão, para o alho e o azeite na frigideira. "Eu falo com a bebê", deixei claro. "O tempo todo. Tá?"

"Tá", sussurrou Luke. Seus dedos deixaram meus braços.

Eu sabia que devia confiar em Luke. As pessoas à minha volta podiam ser duras, mas Luke era meu porto seguro. A gravidez tinha aliviado as coisas entre nós, e ficávamos mais próximos a cada dia. Ainda assim, eu não conseguia encará-lo, por isso olhei para a esquerda, para a pancetta que estava cortando em cubinhos. "Fiquei acostumada com ela aqui o tempo todo. E tenho certeza de que é *ela*. Ela é real. Para mim, já é uma pessoa. Não sei como explicar."

Luke talvez tenha parado de respirar naquela hora.

"E, como é uma pessoa, conto coisas a ela. Mas não quero mais falar sobre isso. Nem quero que conte a ninguém." O volume da minha voz, que flutuava pelo ar perfumado da cozinha, estava aumentando de novo. "Principalmente os seus pais!"

"Não vou dizer nada a ninguém", Luke prometeu. "Mas estava falando sério. Você não precisa ter vergonha. Não de mim."

Mas eu tinha. Se outras pessoas soubessem, zombariam de mim, pensariam: *Eu não falei? Tinha certeza de que você ia mudar de ideia quando engravidasse. Olha só a Rose já bancando a mamãe!* "É algo muito particular", foi tudo que eu disse, então voltei a cozinhar.

Mais adiante, toda a resistência sumiu. Luke e eu tínhamos longas e animadas conversas sobre nossa futura filha, descontraídas e cheias de piadas internas. Contávamos histórias à minha barriga de grávida, histórias da nossa família, o que tinha acontecido no trabalho — no dele ou no meu — naquele dia. Ensinei a bebê a cozinhar e a aprovar uma nova pesquisa na universidade. Luke a ensinou a montar um móvel da IKEA. Assistíamos a nossos programas preferidos, passeávamos pelo bairro, íamos a nossos restaurantes favoritos, tudo com ela.

Minha vergonha derreteu.

Transformou-se em felicidade, expectativa. Alegria.

Sangue escorre de mim, escurecendo a legging cinza.

"Ai, meu Deus", diz Luke. "Ai, meu Deus. Tá, tá, vamos pro hospital. Consegue se levantar?"

Ouço Luke falar, mas ele parece mais longe do que de fato está. Sua voz soa abafada, muito embora seu rosto esteja bem na frente do meu. Por que não o ouço direito? Tudo parece borrado, meus olhos não focam. Mãos invisíveis pressionam o topo da minha cabeça, meus ombros, na direção do chão. Eu me deito de lado e fico ali. Por que tantas mãos me pressionam? De quem são? Só estamos eu e Luke em casa.

"Rose..."

Sinto a madeira lisa e fria contra o rosto.

"Vamos, rápido! Anda! Rose!"

Um milhão de mãos me pressionam, pressionam todo o meu corpo, tentando deixá-lo mais compacto. São tão pesadas. Serão mãos reais? Meu braço é afastado da lateral do meu corpo.

Luke. Ah, é apenas Luke.

Eu o vejo. Por um momento, sinto paz.

Quando volto a abrir os olhos, não enxergo nada. A luz é mais forte que qualquer sol.

"Oi... Onde eu estou? Que horas são?"

Minha cabeça gira. Meu corpo está entorpecido.

"Rose! Ela acordou!"

É a voz de Luke. Mas cadê ele?

"Luke?"

"Estou bem aqui."

Eu me forço a virar a cabeça. Parece impossível, mas afinal consigo. Ah. Aqui está ele. Bem ao meu lado. "Por que está ajoelhado no chão, Luke? Está chorando?"

"Rose", é tudo que ele diz. Lágrimas rolam por seu rosto.

Por que não consigo sentir meu corpo?

"Por que não consigo sentir meu corpo?", pergunto a ele, porque me parece provável que saiba a resposta. Alguém tem que saber. "Estou no hospital?"

Tem algo que não estou lembrando.

Uma enfermeira se aproxima de Luke. Está segurando um bebê. Ele se vira para ela e pega o bebê nos braços.

Minhas pálpebras estão tão pesadas que tenho que fazer força para mantê-las abertas. "A bebê, a bebê. Ela nasceu?"

Lembranças passam pela minha mente, devagar, uma a uma. Estou em casa. Sinto dor. Sangue escorre por entre minhas pernas. E então... nada. Uma onda de medo percorre meu corpo. "A bebê está bem? Ela está bem?"

Luke se move, estende os braços para mim, para que eu possa ver a bebê aninhada neles. "Rose, esta é nossa filha. Ela está bem. Está mais do que bem. É perfeita."

E é mesmo! Vejo seus olhos bem fechados, sua boquinha perfeita e o narizinho mais lindo do universo. Ao mesmo tempo, é como se alguém puxasse meu pé, me distraindo, tentando me puxar para baixo da água. "Oi", consigo dizer.

Luke começa a chorar.

"Está chorando de alegria?", pergunto.

Ele não responde.

Eu gostaria que Luke parasse de chorar. "Acho que no fim das contas tiveram que me drogar para o parto, né?", digo, tentando brincar. Luke e eu tínhamos brigado por causa de toda a questão "parto natural x cesariana e epidural". Eu dizia que queria ficar inconsciente durante o processo, o que sempre o deixava bravo. Parece que consegui o que queria. Penso em comentar isso, fazer outra piada, mas Luke está tão chateado que me seguro.

Além do mais, o que importa, agora que ela chegou?

"Meus pais estão aqui?", pergunto. A sala gira. "Quero ver minha mãe."

"Eles estão a caminho. Já vão chegar, Rose."

Luke não está me dizendo algo. Eu sei.

Quero a bebê. Nossa *filha*. "Me deixa ver ela", digo.

Luke obedece, mudando de posição para que eu possa vê-la melhor. "Que nome vamos dar?", pergunto. Decidimos que íamos esperar conhecê-la para escolher um nome. Isso, e um pouco de superstição, além do fato de não termos certeza se era um menino ou uma menina, nos impediu de tomar uma decisão.

"Acho que ela devia se chamar Rose", diz Luke.

"Rose? Isso é ridículo." Tento rir, mas não consigo. Meu corpo resiste. "Na minha cabeça, o nome dela sempre foi Adelaide. Addie. Meio antiquado, mas..."

"Rose..." Luke começa a dizer alguma coisa, talvez para mim, mas sua voz sai abafada de novo. Ou ele está falando com a bebê, e por isso de repente fica tão difícil entendê-lo?

Naquele momento, quem ou o que quer que estivesse segurando meu pé finalmente consegue pegar direito e puxar com força. Mergulho na água, o que elimina todo o som exterior.

Quando eu tinha seis anos, talvez sete, entrei no mar num momento em que minha mãe não estava prestando atenção. As ondas estavam fortes naquele dia. Uma tempestade havia passado ao largo da costa, agitando o mar, e o sol brilhava tanto que a água parecia um grande clarão. Mergulhei na hora, sem medo, como uma idiota. Meu pai tinha me ensinado a mergulhar quando vinham ondas maiores, e eu achei que soubesse me virar. A primeira onda que veio era maior que qualquer uma que eu já tivesse visto. Eu me agachei, como meu pai havia me ensinado, orgulhosa de mim mesma, mas quando me levantei vi outra, ainda mais alta que a anterior, no encalço dela, avançando na direção da areia. Ela chegou antes que eu pudesse pensar, e de repente me pegou, me puxou para as profundezas. Senti que estava sendo engolida por algo apertado e escuro, forte e feroz. Algo que nunca me soltaria. Mas tive sorte aquele dia, porque de repente minha mãe surgiu, corajosa e destemida, me pegou nos braços e me tirou do mar.

Agora, por um breve momento, venho à tona para respirar, por tempo o bastante para ouvir vozes. "É você, mãe?", consigo dizer, ou talvez não, porque ninguém parece me ouvir.

"Nós a estamos perdendo", alguém da equipe médica grita.

"Te amo, Rose. Te amo tanto. Sinto muito", diz Luke. Não

consigo vê-lo, e imagino que deva estar sussurrando no meu ouvido.

Então outra onda vem, maior que as anteriores, e o mundo se apaga, e eu apago com ele, e vou embora.

Parte IV

SAI ROSE, VIDA 4

ENTRA ROSE, VIDAS 6 E 8

Vinte e dois

15 DE AGOSTO DE 2006

ROSE, VIDAS 6 E 8

Luke está de pé, no meu lado da cama. Ele nunca vai para o meu lado da cama. Tem um frasco de vitaminas na mão. E o ergue.

"Você prometeu, Rose", diz, devagar e sem emoção.

Faço que sim com a cabeça, também devagar. "Prometi", digo. "Você está certo."

"Estou?" Meu marido parece surpreso com minha rápida admissão.

Também estou surpresa, mas é verdade. Fiz uma promessa a ele, e não cumpri. Por que não dizer em voz alta? O que tenho a perder? "Sim. Sinto muito."

Luke se senta na beirada da cama. Se pudesse fotografar a si mesmo, talvez atribuísse à imagem a legenda: *Luke, retrato do esposo derrotado.* "Por que não está tomando?"

Eu me aproximo e me sento ao lado do meu marido, desse homem que ultimamente parece um desconhecido. "Não sei. Bom, eu sei, mais ou menos. Para começar, me deixam com dor de estômago. Mas acho que o principal motivo é que não quero. Porque, como você sabe, nunca quis ter filhos."

"Mas você disse..."

"Sim, eu disse que ia tomar as vitaminas."

"Pensei que isso significava que você estava aberta a tentar."

"Nunca pensei o mesmo, na verdade."

Luke vira e revira o frasco nas mãos, o ruído pesado dos comprimidos soltos lá dentro preenchendo o silêncio. O rótulo promete tantas coisas. Ácido fólico! Ferro! A palavra ESSENCIAIS, em letras maiúsculas, aparece mais de uma vez. "Por que você tomaria essas vitaminas se ainda não está aberta a ter filhos?"

"Para te deixar feliz", eu digo, então volto atrás. É parte da verdade, mas não a verdade toda. "Para que pare de me pressionar." Cruzo as pernas sobre a colcha branca imaculada, a mais fina, que colocamos na cama durante o verão quente e úmido desta cidade. Sinto falta do cobertor fofinho e generoso que deixamos na cama no inverno, de afundar nele, me sentindo confortável e embalada. "Achei que assim talvez parássemos de brigar. Funcionou por um tempo."

"Isso é uma briga?"

"Não sei. É?"

Luke vira para mim. Ele puxa os pés para cima e cruza as pernas, de modo que ficamos na mesma posição. "Não quero que seja. Não vamos brigar, tá bom?"

Faço que sim com a cabeça. "Tá bom." Olhamos um para o outro, incertos. "Então o que fazemos?"

Meu marido dá de ombros, o que faz as mangas curtas de sua camiseta cinza levantarem um pouco, revelando os bíceps fortes, por causa do equipamento fotográfico pesado que está sempre carregando. Fico impressionada ao ver como Luke é atraente, algo que pareço ter esquecido nos últimos meses. Fico com vontade de beijá-lo, de me segurar a seu corpo para equilibrar o meu.

Eu poderia beijá-lo, claro.

Como sua esposa, provavelmente deveria.

Não?

Não é assim que cônjuges atravessam a tensão, as discordâncias, as brigas? Reconciliando-se através do sexo? Luke e eu nunca fomos assim, no entanto, e nunca entendi muito bem o conceito. Não tenho vontade de transar quando brigamos. Na maior parte do tempo, quero atirar coisas, gritar, passar 24 horas inteiras de cara feia.

Mas e se desta vez, só por um tempo, eu parar de pensar, parar de me preocupar, parar de permitir que essa coisa do bebê me impeça de querê-lo? E se eu deixar que o acaso e a biologia decidam meu futuro como mãe ou como não mãe? Se acontecer, aconteceu; se não acontecer, Luke e eu poderemos dizer que tentamos. Eu poderei dizer que tentei, ou, pelo menos, que me abri à possibilidade da maternidade, mas que não deu certo com a gente e a questão foi resolvida, de uma vez por todas.

Seria tão bom poder dizer que tentei.

A possibilidade se estende à minha frente, acenando, sussurrando.

Meu primeiro passo por esse caminho é um gesto, uma única ponta do dedo passando pela pele exposta do braço do meu marido. A isso se segue um salto, quando toco sua bochecha e o beijo — de verdade. Não falamos, não discutimos, não decidimos.

Por ora, acabo cedendo.

É um experimento.

Vinte e três

3 DE JULHO DE 2007

ROSE, VIDAS 6 E 8

"Mãe?"

"Sim, meu bem?" Minha mãe está distraída abrindo a massa da torta na ilha da cozinha. Tem a parte da frente de sua camiseta vermelha, branca e azul coberta de farinha. *Estou entrando no espírito do Dia da Independência!*, ela havia dito ao aparecer vestida como uma bandeira para o café da manhã. Estamos na casa de frente para o mar que meus pais costumam alugar no verão para passar o feriado de Quatro de Julho.

"Você e papai pensaram em não me ter?"

Os pegadores do velho rolo de macarrão, meio frouxos pelos anos de uso, tilintam enquanto minha mãe abre a massa. Ela pega o papel-manteiga e polvilha farinha em cima. Uma nuvem branca se forma no ar úmido. "Do que você está falando, Rose?"

O guardanapo em volta do copo plástico em que tomo café gelado já está todo molhado, com o gelo quase derretido. Dou um gole, mordendo o canudinho. O som das ondas do lado de fora do chalé preenche o silêncio. Quero mesmo contar a ela? Vou mesmo fazer isso?

Sim.

"Quando você e papai estavam tentando engravidar, consideraram deixar a ideia de lado? Simplesmente não ter filhos?"

Tlim!, faz o rolo sobre a massa aberta. Minha mãe para e olha para mim. "Claro que sim. Muitas vezes!"

"Sério?" Pareço cética, embora tenha perguntado justamente aquilo.

Minha mãe franze a testa. Noto uma leve camada de suor ali. Ela continua com ambas as mãos no rolo e o segura no ar, na altura do peito. "Rose, quando você está há dez anos tentando ter um filho, em diversos momentos decide jogar a toalha. Mas nunca foi porque não queríamos ter você."

"Claro", eu digo, depressa. "Faz sentido."

Minha mãe deixa o rolo de lado e espana a farinha da camiseta patriótica. O rangido de uma espreguiçadeira entra pela tela da janela. É meu pai mudando de posição no deque lá fora. "Mas por que a pergunta?"

Penso em mudar de assunto, em falar de outra coisa, algo menos pesado, mas sigo em frente. "Você vai ficar surpresa, mas..." — engulo em seco — "Luke e eu estamos tentando engravidar."

Minha mãe movimenta os braços e o corpo todo como se fosse uma marionete. As mãos e os cotovelos se agitam e derrubam o rolo pesado no chão, produzindo um baque forte. "O quê?"

"Tudo certo aí dentro?", meu pai grita do deque.

"Tudo, pai!", grito de volta.

"Mas você não quer ter filhos", minha mãe sussurra. "Nunca quis. Desde a adolescência me atormentou com isso, deixando claro que eu nunca teria netos", ela resmunga. "Não acredito em você."

A conversa é claramente um erro. "Tudo bem, não precisa acreditar. Desculpa por ter tocado no assunto." Tomo um pouco mais do café, que na verdade está na temperatura ambiente. Já estou saindo da cozinha quando uma mão enfarinhada segura meu braço.

"Fica aqui", diz minha mãe. "Vamos conversar."

Não me viro. "Tocar no assunto exigiu muito de mim, e não quero conversar a respeito se você for ser difícil ou me fizer sentir constrangida." Inalo o ar quente do dia de verão. "Não é fácil para mim."

Ouço minha mãe inspirar fundo e soltar o ar devagar. "Rose, pode me contar qualquer coisa. Eu não devia ter reagido assim. Só fiquei surpresa. Nunca pensei..."

"Eu sei."

"Por que não vamos nos sentar no quarto? Para ter mais privacidade?"

Minha mãe passa por mim, sinalizando para que eu a siga até o quarto em que ela e meu pai estão dormindo, o que tem vista para o mar, quando se fica à janela em determinado ângulo. Luke e eu estamos num quarto menor, do outro lado do corredor. Ele saiu para fotografar um santuário de pássaros no outro extremo da praia. Meu pai está tomando sol e lendo.

Minha mãe se senta na cama e dá algumas batidinhas no espaço à sua frente. Pega o travesseiro e o segura contra a barriga, apertando-o com os braços. Está sujando tudo de farinha: a manta cinza, o travesseiro... Tem farinha até no cabelo porque passou a mão por ele, mas não digo nada.

Eu me sento, engulo em seco e tento falar apesar da ansiedade, apesar de ainda estar em dúvida quanto a ter esta conversa. "No começo, não estávamos decididos. Luke e eu só... nos abrimos à ideia." Minha mãe me olha como quem diz: *Sei*. "Bom, eu decidi que ia parar de pensar demais. Se ficasse grávida, tudo bem. Se não ficasse, paciência."

"Nossa, Rose. Nossa!"

Sinto a frustração subindo pela minha pele. "Mãe, se você for ficar fazendo essa cara de surpresa o tempo todo, eu vou embora."

Ela suspira de leve e foca sua atenção na janela. "Não é isso, querida. Você só precisa me dar um tempo para eu me acostumar. É bastante coisa para absorver de uma vez só." Ela sorri e bate palmas uma vez, animada. Depois deixa a empolgação de lado. "Bom, já tive meu momento de alegria e agora estou mais calma, pronta para ouvir. Quando foi isso? Quando você e Luke começaram a... deixar acontecer?"

"Faz quase um ano."

"Querida, um ano não é nada. Ainda mais quando não se está tentando ativamente."

"Talvez seja o destino tomando uma decisão por nós dois."

"Talvez."

"Eu e Luke nunca dissemos em voz alta que íamos tentar."

Minha mãe franze a testa ao ouvir isso. "Como é possível?"

Penso no dia da briga que terminou em sexo. "Não sei, nós só... paramos de discutir a questão. É como um acordo tácito. Talvez Luke tenha medo de ser direto e me deixar brava, de que eu diga a ele para esquecer a ideia."

Minha mãe desdenha. "Você faria isso?"

Decido ser sincera. "Não sei. Talvez."

"Coitado."

"Coitado? Sério, mãe?"

"Rose, acho que seria bom garantir que vocês dois estão na mesma página quanto a esse assunto."

Eu me levanto e ligo o ar-condicionado. O calor está me incomodando. Também tenho medo de que Luke chegue e nos ouça conversando. O aparelho treme um pouco, então se estabiliza em um rugido baixo. Estou diante dele, com as mãos apoiadas na grade, e sinto o ar frio saindo. "Luke e eu nunca vamos estar na mesma página quanto a esse assunto." Olho para minha mãe. "Isso é o máximo a que podemos chegar."

Minha mãe vem para mais perto de mim. "E você acha isso justo?"

Viro as costas para o aparelho. O ar está gelado, logo vai ficar frio demais, mas não me movo. Não gosto das coisas que minha mãe está dizendo. Não tenho boas respostas para ela. "Bom, é justo eu ser pressionada para ter um filho que nunca quis?"

Eu a ouço suspirar. "Não, Rose. Não acho justo."

Estou tremendo. "Você não ficaria brava no meu lugar?"

"Não sei. Tenho dificuldade de entender. Sou uma dessas mulheres que você tem em baixa conta, que cresceram sonhando em ter filhos, que tinham verdadeira necessidade de ter filhos, como se sua vida dependesse disso, que fizeram tudo que podiam para ter filhos. Minha vida é ser mãe."

"Mãe." Volto para a cama e me sento diante dela. "Não tenho você em baixa conta."

Ela inclina a cabeça e me observa com seus olhos castanho-escuros. "Mas não chega a respeitar mulheres como eu. Sou a última pessoa que você gostaria de se tornar."

"Isso não é verdade." Mas será que ela não está certa?

"É claro que é. Você passou a vida toda se tornando meu oposto, se devotando a tudo que nunca fiz. E tenho muito orgulho disso! Você se tornou independente, incrivelmente bem-sucedida! E sei que ama o que faz, o que é a melhor parte." Seus olhos recaem sobre a colcha, e ela abraça o travesseiro com mais força. "Mas às vezes tenho dificuldade de entender você. Sempre pensei que se tivesse um filho ficaríamos mais próximas. E é claro que quero um neto. Mas a verdade é que já me perguntei algumas vezes se você precisaria de mim caso tivesse um filho. Se eu poderia ser útil a você. Eu gostaria disso." Ela ri, mas parece triste. "Não é como se eu pudesse te dar conselhos de carreira."

Suas palavras pairam no ar opressivo de agosto.

"Desculpa, mãe."

Ela olha nos meus olhos, com intensidade. "Não precisa pedir desculpa. Tudo bem ser diferente da sua mãe."

Não sei bem o que dizer. De certo modo, minha mãe *sempre* foi o modelo do que eu não queria me tornar — uma mãe em tempo integral, que ficava em casa cuidando da filha, que dedicava a vida a cozinhar, limpar e tomar conta de mim e do meu pai. Decidi seguir o caminho oposto, o tempo todo expressando abertamente que não queria ser nem um pouco parecida com ela quando crescesse.

Se eu tivesse uma filha, ela faria o mesmo comigo? Tentaria se tornar o exato oposto de mim e anunciaria isso o tempo todo? Discordaria das escolhas que eu havia feito? Eu suportaria isso? Como uma mãe suporta uma coisa dessas?

"Você sabe que eu te amo", digo a ela. "Às vezes sou uma vaca com você. Queria não ser. Sinto muito."

Isso faz minha mãe rir de verdade, agora sem qualquer traço de tristeza. "Você não é uma vaca. Não fale assim de si mesma."

"Eu seria uma péssima mãe", prossigo. "Talvez essa seja a resposta, né? Eu devia ouvir meus instintos e proteger minha possível filha da encrenca que seria ter uma mãe como eu."

"Rose! Não fale assim também! Além do mais, não acredito que seja verdade. Acho que você seria uma boa mãe. Uma *ótima* mãe. E eu seria uma avó incrível!"

"Acredito nessa última parte." Apoio uma das mãos na cama, perto do pé da minha mãe. "Mas, quanto à primeira parte, quanto a ser uma boa mãe... tenho minhas dúvidas."

Ela espana a farinha da bochecha. "Você nunca vai saber se não tentar."

"Bom, no ritmo que as coisas vão, nunca vou saber. E talvez isso não seja um problema."

"Talvez. Mas acho que você e Luke deviam continuar tentando. Vai que você gosta? E, se não conseguirem engravidar, podem pensar em adotar." A voz dela é gentil, mas insistente. "É uma opção."

A temperatura no quarto caiu, e noto que minha mãe está com os braços arrepiados. "Vamos lá fazer as tortas", digo. "Papai provavelmente está se perguntando onde estamos, e Luke não deve demorar a chegar."

"Está bem", diz minha mãe depois de um momento.

Nós nos levantamos da cama. Minha mãe desliga o ar-condicionado, e o silêncio se faz à nossa volta.

"Você acha mesmo que não tem problema, mãe, eu não saber como me sinto em relação a um bebê, e talvez acabar tendo um mesmo assim?"

"Acho."

"Por quê?"

"Porque tenho fé em você, Rose Napolitano", diz ela, e abre a porta.

Vinte e quatro

22 DE ABRIL DE 2009

ROSE, VIDA 5

Tenho meu marido dormindo de um lado.
E Addie dormindo do outro.
Só preciso de Thomas deitado aos meus pés.
Ele está aqui, de certo modo. Está sempre aqui, a lembrança dele, o desejo dele, mesmo quando tento banir sua presença. Faço isso agora. Prometo a mim mesma fazer.
O abajur na mesa de cabeceira ilumina Addie, mas ela não parece notar. Está encolhida ao meu lado, na posição engraçada em que gosta de dormir, com a bunda para cima, respirando audivelmente pelo nariz, do jeito também engraçado que é uma das coisas que adoro nela. É totalmente irracional, tão irracional que me faz acreditar que talvez eu seja uma boa mãe. Sinto a respiração dela na minha orelha, seu som suave, tão à vontade.
Funga-Funga. É assim que eu a chamo. O apelido surgiu logo cedo. Eu me sentava e ficava ouvindo Addie como se fosse o rádio. Ficava olhando para ela como se fosse a televisão. É como se os sons que ela faz ao dormir fossem cordinhas prendendo meu coração, sinos de igreja que o puxam toda vez que os ouço. Eu seria capaz de ficar ouvindo e olhando para Addie o dia todo, como se fosse um programa para maratonar.
"Oi, Funga-Funga", sussurro para ela, aproveitando que Luke está dormindo. Eu nunca diria algo do tipo na frente dele. Se Luke me ouvisse, uma expressão presunçosa surgi-

ria em seu rosto de quem ganhou, de quem sabia o tempo todo que toda mulher tem o gene do bebê dentro de si, inclusive eu, sua esposa relutante. O apelido é um segredinho só meu e de Addie.

Assim como as fotos que tiro dela no primeiro dia de cada mês, registrando outro marco em sua vida. Logo vai fazer catorze meses que ela habita este planeta.

O corpo de Addie se sacode um pouco, sua bunda se mexe e ela funga especialmente alto. Tenho que cobrir a boca para não rir.

Às vezes, não é só o caso com Thomas que me faz querer acabar com meu casamento. Às vezes é Addie, e o fato de que eu gostaria de ser eu mesma com ela, de não ter que ser mãe ao lado de Luke. Às vezes, quero descobrir o que significa ser Rose, a mãe relutante, claro, mas que mesmo assim encontra seu caminho para a maternidade. Quero ser mãe sem os olhos de meu marido em mim e em Addie o dia todo, todos os dias, julgando. Quero poder sentir que estou louca de paixão por essa filha Funga-Funga com a bunda para o alto sem precisar tentar esconder de Luke, sem ter que suportar seu "Não falei?" caso testemunhe alguma coisa. Por isso, às vezes a possibilidade de deixar Luke não tem nada a ver com Thomas.

Mordo o lábio.

Fiz o que jurei que não ia fazer, e duas vezes. Permiti que o nome de Thomas passasse pela minha mente. Sempre que isso acontece, dói. Como Addie, Thomas parece ter um conjunto de cordas prendendo meu coração. Eu gostaria de poder cortá-las.

Thomas e eu estamos dando um tempo.

Não vai durar. Nunca dura. Ficar sem Thomas é como tentar prender a respiração debaixo d'água. Só consigo fazer por certo tempo antes de começar a sentir que estou me afogando.

Mas estou tentando. De verdade.

"Tenho que salvar meu casamento", falei a Thomas da última vez que nos vimos.

Isso foi há três semanas. Eu estava na cama, olhando para as costas dele, para a curvatura de seus músculos, para o brilho de sua pele macia. Luke e Addie estavam na cama conosco, o fantasma dos dois, Luke flutuando próximo a mim e Addie debaixo das cobertas, os dois assistindo à cena — Thomas e eu nus em um quarto de hotel numa terça--feira à tarde —, me imprimindo uma culpa que só fica mais profunda a cada dia que passa, que se infiltra nos meus ossos. Antes eu sentia culpa em relação a Thomas, só que, quanto mais tempo passa, quanto mais velha Addie fica, pior me sinto. Luke e Addie estão sempre assistindo quando estou amando Thomas, o que é sempre. Esse é o problema.

Thomas se virou na cama. "Não, Rose."

"Sim."

"De novo, não."

"Preciso fazer isso."

Seus olhos já estavam vermelhos e lacrimejantes. "Não precisa. Deveria fazer o oposto." Ele esticou um braço. "Deveria acabar com esse casamento, em vez de tentar salvá-lo."

Deixei que me puxasse para perto. Queria Thomas — sempre queria, mesmo que tentasse não querer.

Não havia nada como o corpo dele, a sensação de sua pele perto da minha. Sempre deixei acontecer conosco, sempre me entreguei a esse homem exatamente como faço quando estou nadando no mar. Permiti a mim mesma ter Thomas como se não tivesse nada a perder, quando tenho tudo a perder. Um marido, uma filha, uma família.

Assim como não posso mais suportar o toque do meu marido, não posso suportar não ser tocada por Thomas. Anseio por ele, sempre, desejo tocar cada centímetro de sua pele de uma só vez. Nunca achei que tivesse o bastante de Thomas, e me perguntava se um dia teria.

"Eu te amo", ele sussurrou no meu pescoço.

Ajeitei-me para ficarmos lado a lado, para que eu pudesse olhar em seus olhos. "E eu te amo. Mas não posso continuar com isso", falei, com os braços em volta dele, uma das mãos em seu cabelo, pressionando meu corpo contra o dele com tanta força que era como se eu achasse que pudesse atravessá-lo, ou que se imprimisse pressão o bastante Thomas e eu finalmente iríamos nos fundir, nos tornar uma única pessoa. Eu nunca havia desejado habitar um coração, ficar encolhida dentro daquelas câmaras misteriosas. Queria que as partes inacessíveis de Thomas se tornassem minhas, queria as chaves, queria que ele as entregasse a mim para sempre.

Eu deveria querer essas coisas com Luke, deveria sentir esse tipo de amor incompreensível pela minha filha — e sinto, de alguma forma, no caso de Addie. Às vezes, amá-la é uma forma de loucura. Terrível, maravilhosa, assustadora.

Mas amar Thomas é outra forma de loucura. Nele eu me encontro, encontro novos afluentes, novas avenidas, encontro desejo, esperança e anseio, encontro quietude, silêncio e tranquilidade. Thomas é um lugar onde posso ir descansar, sem me mover nem um centímetro e sem me sentir inquieta. Posso me enrolar em seu corpo, fechar os olhos e não ser ninguém além de Rose, eu, a essência da mulher que sou. A mulher que pareço não conseguir encontrar, que não pareço conseguir ser, quando estou com Luke.

Os beijos de Thomas foram urgentes, depois preguiçosos, como se tivéssemos todo o tempo do mundo, quando tudo que tínhamos eram as horas já minguantes da tarde, naquele quarto de hotel com as cortinas bem fechadas para bloquear o resto da cidade pelo tempo que conseguíssemos, fingindo que não estava mais ali, esperando por nós.

Eu sacrificaria tudo por este homem. De verdade.

Então por que não faço isso? Estou só mentindo para mim mesma, com esses pensamentos? Minhas ações não refletem esse sacrifício. Em vez disso, dizem: *Rose, você é uma covarde. Rose, você não dá nenhum passo para ficar com esse homem, não deu e nunca dará.*

Thomas e eu acabamos nos separando. Eu tinha que ir para casa porque Addie precisava comer, Luke precisava ir a uma sessão de fotos, a vida real acenava para mim. Thomas começou a se vestir, eu me vesti. Ficamos a alguns passos da porta, mal conseguindo olhar um para o outro.

"Por favor, para de chorar", pedi. Resisti a tocar sua bochecha, mesmo querendo. Tinha que endurecer antes de ir para casa, tinha que endurecer meu coração para esse homem, para conseguir sair. Mas não consegui.

Ele passou a mão nos olhos. "Quando vou te ver de novo?"

"Não sei, Thomas", falei. "Te amo", acrescentei, e saí depressa.

Luke muda de posição, se ajeita para virar na cama. Acaba virando para longe de mim e de Addie, em vez de na nossa direção. A tensão deixa meus músculos.

Comecei a fantasiar com a morte de Luke, em como seria seguir em frente sem ele. Seria um enorme alívio, e não só por causa de Thomas. Com Luke, sempre me sinto vigiada, avaliada, julgada. Estou sempre atuando, sempre tentando conseguir a aprovação dele, sempre tentando fazer ou dizer a coisa certa com Addie, sobre Addie.

Eu me lembro da primeira vez que percebi que meu marido me via diferente, avaliava meu comportamento, e do choque que isso representou para mim.

Era uma tarde de sábado em agosto, não muito tempo depois da briga sobre ter filhos naquele jantar com os pais de Luke. Estávamos na festa de um ano da filha de uma amiga. O ar-condicionado tornava o apartamento um refúgio do ar abafado lá fora. Brinquei um pouco com a bebê, dei tchauzinho e acenei para ela, admirei com os outros convidados sua habilidade recém-adquirida de engatinhar. Mas, sinceramente, ficar brincando com uma criança de um ano não é minha atividade preferida.

Eu preferia falar com os adultos presentes, ouvir sobre o trabalho deles, sobre suas viagens. Na verdade, qualquer conversa que não fosse sobre crianças ou com crianças. Nunca fui do tipo que brincava com elas, que as fazia gritar e rir. Em geral, o que penso quando vejo um adulto em meio a um grupo de crianças gritando é: *Que bom que não sou eu*, ou *Por que alguém faria isso quando há tantas conversas interessantes rolando aqui?*

No meio da festa, fui com meu prato pegar mais comida e Luke se aproximou. Ele direcionou minha atenção para as crianças do outro lado do cômodo, pulando, brincando e engatinhando. "Não são fofas?"

Peguei uma miniquiche caseira e enfiei na boca. "Hum, acho que sim. Por que não?" Dei risada, mas Luke não se juntou a mim.

Sua expressão era neutra, impossível de ler. Depois de encher o próprio prato, ele disse: "Queria que você gostasse mais de crianças", e foi embora antes que eu pudesse responder.

Uma espécie de pânico se instalou no meu peito, nos meus pulmões. Era possível que os pais de Luke tivessem voltado a pressioná-lo pelas minhas costas? A opinião dele quanto àquele assunto estava começando a mudar?

Agora que eu sabia que estava sendo observada, fiquei me alternando entre conversar com os outros adultos na festa e as inúmeras crianças que eles haviam trazido. Meio a contragosto, sentei-me no chão para falar com uma delas, enquanto a aniversariante engatinhava por perto. De vez em quando, dava uma olhada e notava que meu marido estava assistindo.

Voltando para casa a pé, Luke disse: "Sei que você só fez tudo aquilo para provar um ponto".

Parei na hora. "Por que está agindo assim? Que diferença faz, a maneira como trato as crianças? Não é como se fôssemos ter filhos."

Luke parou também. Ficamos ali na calçada, desconfortáveis, o concreto exalando calor. Ele pareceu prestes a dizer alguma outra coisa, mas não disse. Só voltou a andar.

O pânico que havia se instalado em mim aumentou e se expandiu. O que exatamente estava acontecendo ali?

Corri atrás de Luke. Oscilava entre a raiva e o medo, mas a raiva acabou ganhando. Eu queria magoá-lo. "E quem é você para falar, Luke? Não o vi nem uma vez no chão", escarneci. "Até parece que você gosta *tanto assim* de crianças."

Não nos falamos pelo resto da noite.

Agora, Luke vira para o outro lado da cama, ainda dormindo. Vem para mais perto de mim. Eu me afasto, mas não muito, porque não quero acordar Addie.

Será que outras mulheres fantasiam com a morte do marido, ou só eu? Talvez seja algo normal no casamento, o desejo de libertação, de uma chance de começar tudo de novo, de fazer escolhas diferentes. Às vezes, Luke morre porque não vê um ônibus e atravessa na frente dele. Ou viaja e seu avião cai. Ele nunca é assassinado. É sempre um acaso do destino que tira Luke de mim.

Mas sempre acabo pensando em Addie. Seria a pior parte. Ela sentiria falta dele. Sei que sentiria.

Mas e eu?

Talvez ficasse devastada. Talvez acabasse sendo a pior coisa que poderia me acontecer. Talvez depois que Luke partisse eu me desse conta de que o amava de verdade, de que não podia viver sem ele, de que a tragédia de sua perda era real.

Mas tenho a sensação de que eu ficaria bem. O que faço com Addie não seria mais julgado como bom ou ruim, como um excelente sinal de instinto maternal ou um fracasso retumbante. Eu poderia falar o quanto quisesse sobre como o trabalho é a minha vida, sem precisar fazer uma ressalva em relação a Addie. Poderia reclamar quando estivesse cansada, ou ficar irritada quando Addie estivesse mesmo sendo irritante, ou colocá-la na frente da televisão sem que Luke fizesse cara feia, pelo amor de Deus. Eu poderia chamar Addie do apelido mais bobo da história sem me preocupar com quem fosse ouvir. Poderia finalmente curtir o fato de ser mãe. Poderia me permitir curtir.

Nossa, seria tão libertador!

Avalio Luke, o modo como a luz do abajur recai sobre seu corpo adormecido.

Eu poderia pedir o divórcio.

Deveria pedir, não?

Addie rola na cama e acaba saindo da posição engraçada de ioga de cachorro olhando para baixo em que dormia. Entreabre um olho, mas depois se ajeita de novo, e sua respiração fica pesada e estável.

"Boa noite, Addie", digo, baixinho.

Desligo o abajur.

Você sentiria falta de Luke.

O pensamento é só um sussurro na escuridão.

Mesmo depois de todos os pensamentos terríveis relacionados ao que eu ganharia com a ausência de Luke, sei que isso é verdade. Queria que não fosse, mas é.

Vinte e cinco

14 DE JULHO DE 2007

ROSE, VIDA 6

"E se adotássemos?"

A pergunta paira no metrô depois que a faço. Luke e eu estamos voltando para casa, depois de ter ido a um bar ver uma banda tocar. É tarde e estamos cansados, mas é aquele cansaço gostoso que a gente sente depois que se diverte. Há poucas pessoas no nosso vagão.

Luke tem a cabeça descansando no meu ombro, mas agora a levanta e olha para mim. "Se adotássemos um bebê?"

Rio da surpresa dele e o cutuco. "É, um bebê." Do que ele achou que eu estava falando, um gato? Um cachorro? Por outro lado, temos uma espécie de pacto de não falar sobre filhos, muito embora não estejamos usando proteção faz quase um ano. Pego a mão dele e entrelaço nossos dedos. "Já que parece que não está rolando."

"Não, não está", ele admite.

"Pode ser que eu não consiga engravidar. Ou talvez seja você." A sensação de afinal dizer isso é boa, de falar sobre o que estamos fazendo sem admitir diretamente.

"Pode ser", diz Luke.

"O que você acha de adoção, no geral?"

Ele olha para nossos dedos entrelaçados. A porta do vagão abre e fecha, o trem segue para a próxima estação. "Não sei. Nunca pensei muito a respeito, na verdade." Ele olha para mim. "E você?"

"Já pensei um pouco." A conversa com minha mãe na

casa de praia na semana anterior ocupa minha mente desde então, assim como a opinião dela de que eu poderia ser uma boa mãe. De que eu seria uma boa mãe. "Acho que gosto da ideia, na verdade. Talvez seja um bom meio-termo, sabe?"

Luke não responde.

Decido insistir. Fecho os olhos por um momento, tento visualizar o cenário. "Talvez tirar a gravidez da equação, tirar essa coisa de tentar engravidar e não conseguir, também tire parte da pressão que tenho sentido." O trem chega a outra estação. Estamos quase em casa. "Mas, se adotássemos, ainda criaríamos um filho juntos, sabe?"

Um grupo grande de adolescentes entra no vagão, conversando, rindo. Talvez estivessem numa festa, ou no parque perto da estação. Eles se sentam no banco à nossa frente, levantam o ânimo do vagão inteiro com sua energia.

"Você parece quase animada", diz Luke.

"Não sei. Pode ser. Talvez esteja um pouco." Uma das meninas se destaca do grupo, puxando outra para o outro lado do vagão. Elas começam a se beijar. "Você se animaria a adotar?"

"Talvez", diz ele.

"Pode pensar a respeito?"

"Tá. Sim. Acho que sim. Mas acho que deveríamos continuar tentando." Sinto o olhar dele me avaliando enquanto ficamos sentados ali, lado a lado, com o trem avançando.

Posso concordar com isso? Continuar com o que temos feito, só que a partir de agora de maneira declarada, intencionalmente? A voz da minha mãe vai e volta na minha cabeça, falando de como acha que vou adorar ser mãe, de sua fé em mim, de como tudo vai dar certo.

"Tá. Sim. Acho que sim", digo, repetindo as palavras de Luke.

Ele parece satisfeito com isso. Aperta minha mão. Beija minha bochecha.

Pessoas casadas são muito diferentes de adolescentes. As duas meninas do outro lado do vagão estão abraçadas, com os corpos colados. Eu e Luke não nos beijamos mais no metrô. A conexão que sinto com ele a essa altura da vida é suave, fixa. Não é pior, só é diferente.

O trem para na nossa estação. Quando chegamos ao apartamento, vamos direto para a cama, de tão cansados que estamos. Não nos beijamos, não fazemos amor, só colocamos o pijama e apagamos a luz. É um alívio não ter que tentar engravidar esta noite. Antes de pegar no sono, penso que a adoção pode ser a resposta perfeita para nós.

Duas listras cor-de-rosa emergem no teste, lado a lado. Grávida.

Estou grávida.

É como se minha conversa com Luke sobre adoção ontem à noite tivesse conjurado um bebê. Ou a conversa com minha mãe na praia. Pego o telefone para ligar para meu marido, então paro. Vou contar pessoalmente. Ele vai ficar tão feliz.

E eu, estou feliz?

Adotar parecia uma ideia tão boa. Como Luke disse, a possibilidade me animava.

Com cuidado, limpo o teste e o deixo na pia do banheiro, sobre uma toalha de rosto.

Como vou dar a notícia a Luke? Vou tentar ser casual? *Oi, Luke, como foi seu dia? O meu foi interessante. Descobri que estamos grávidos.* Ou vou fazer uma revelação grandiosa? Tenho tempo para ir comprar uma caixinha, algo simples, discreto. De bom gosto. Talvez uma caixinha azul, ou rosa, ou... quem estou enganando? Amarelo ou verde, sem determinar gênero. Eu poderia colocar o teste dentro, fechar e amarrar um laço. Colocar no lugar de Luke à mesa e fazer com que abrisse, como se fosse um presente.

Seria nojento?

Mas é um presente, não é? Algo que só eu posso dar a meu marido, algo que só o corpo de uma mulher pode oferecer. Afasto o pensamento, porque não gosto de imaginar o bebê como uma moeda de troca. Penso em outras coisas, em contar a Luke, em como vou contar a ele.

Posso esperar até a hora de ir para a cama, talvez escrever um bilhete fofo e deixar no travesseiro dele. "O que é isso, Luke?", eu perguntaria. "A fada dos dentes passou por aqui?" Não, seria tonto. E ridículo.

Uma sensação estranha cresce dentro de mim, enquanto as possibilidades disparam na minha mente. Parece uma bolha, uma efervescência no meu tórax, subindo pela minha garganta.

Felicidade.

Estou feliz. Acho.

Sacudo os braços e as pernas, os pulsos, estico os dedos. Saio do banheiro e vou para a sala.

Será que é verdade? Estou mesmo feliz com a gravidez? Será que é mesmo fácil assim, uma questão de se jogar, de braços abertos, de permitir que as mãos do destino me peguem, de um jeito ou de outro?

Paro antes de chegar à cozinha. Fico completamente imóvel.

E aguardo.

A animação vai evaporar agora que não estou me movendo? Se eu permitir que a realidade dessa gravidez penetre meu corpo até chegar a minhas extremidades, em um gotejamento lento, antibiótico? Fico um bom tempo parada, talvez vinte minutos, talvez mais. Respiro, pisco, me pergunto se a felicidade vai se desfazer, se os átomos vão se transformar em nada. Meus olhos disparam pela casa, vejo a mesa comprida de madeira rústica cheia de correspondência a um canto, a pilha de *New Yorker* para ler, um moletom que Luke largou no encosto do sofá.

Demora bastante, mas a felicidade se dissipa. Transforma-se em outra coisa. Em paz, imagino.

"Quem é você?", pergunto em voz alta para o vazio.

Não, eu pergunto a *ela*, ao meu corpo, à minha barriga, à minha futura filha. Tenho certeza de que é menina, de que é ela, menor que um alfinete.

Como é estranho absorver tudo isso.

Pego a bolsa, calço os chinelos e logo já estou correndo até a farmácia. Compro seis testes diferentes. As palavras "sim" e "não" escritas na janelinha do teste, sinais de mais e menos, linhas horizontais sozinhas ou acompanhadas. Quero ter certeza de que estou certa. Não quero dar falsas esperanças a Luke.

Ou não quero dar falsas esperanças a mim mesma?

No caminho de volta para o apartamento, ligo para Jill. Ela atende na mesma hora.

"Oi! E aí?"

Respiro fundo. "Você não vai acreditar", digo, então paro. Jill não sabe que Luke e eu não estamos usando proteção. Meus amigos se cansaram da obsessão dele por um bebê, com o fato de que me tornar ou não mãe se tornou o que define nosso casamento. Jill inclusive já me disse para deixar Luke por causa disso. Ela não é grande fã do meu marido. Não mais.

"No quê?", Jill pergunta.

Preciso dizer isso em voz alta para alguém que não seja Luke. Preciso treinar as palavras. "Então... eu... estou grávida. Estou *grávida*."

Pronto. Aí está.

Jill fica em silêncio.

"Fala alguma coisa."

"Ah, Rose. Bom. Você está bem?", ela pergunta, mas volta a falar antes que eu consiga responder. "Quer abortar? Quer que eu vá com você? Você sabe que pode contar comigo. Chego rapidinho."

"Abortar?"

Seguro o telefone entre o ombro e a orelha enquanto abro a porta do apartamento e volto a entrar. Aborto ainda é uma opção, não é? Nem pensei nisso até Jill mencionar. Mas é verdade, eu poderia sair e fazer um aborto antes que Luke chegasse do trabalho. Eu poderia sair e fazer um aborto como se fosse a uma consulta oftalmológica. Sem problemas. Luke nunca precisaria saber.

Ouço o barulho das chaves de Jill do outro lado da linha. "Estou indo."

"Não, não precisa. Estou bem."

"Tem certeza, Rose? Por que não conversamos sobre o que você quer fazer?"

"Já estamos conversando."

"Você sabe o que quero dizer", ela contesta.

"Não vou fazer um aborto", digo.

"Sério?" A dúvida em sua voz é uma âncora, que arrasta a minha felicidade.

Tento não deixar que sua reação me derrube. Na verdade, não deveria estar surpresa. Deveria esperar isso de Jill, de todo mundo que me conhece. "Sério. Vou ter o bebê."

"Rose, você parece estar tentando convencer a si mesma."

"E se for isso, será que é tão terrível assim?"

"Acho que você não está pensando direito", diz.

Puxo uma cadeira da mesa da cozinha e me sento, para me estabilizar, para não hesitar. "Acho que posso estar realmente feliz com isso, Jill. Sei que você só está tentando ser uma boa amiga, mas estou falando sério. Por favor, tenha fé em mim."

Silêncio de novo.

As últimas palavras que eu disse, o modo como as disse, fazem quase parecer um erro. "Tenha fé em mim", em vez de "acredite em mim". O que eu quero de Jill, o que preciso receber dela? Que ela acredite que no fim das contas vou ser uma boa mãe, o mesmo tipo de fé que minha mãe demonstrou ter em mim?

Pressiono o telefone com mais força contra a orelha.

Jill volta a falar, finalmente. "Tá... Quem sequestrou minha melhor amiga e a substituiu por uma mulher que quer ter um filho?"

"Ainda sou eu mesma", digo a ela.

Mas sou mesmo?

Há uma tranquilidade inesperada no que digo, no meu compromisso, uma adequação repentina ao papel que as mulheres vêm desempenhando por toda a sua existência. Não tento evitar. Deixo que seja assim. Tento me acostumar.

Olho para o vestido que estou usando, florido, fino, esvoaçante, o tipo de vestido que adoro colocar quando está quente e quero me sentir leve. Meus pés descalços estão bronzeados do sol do verão, assim como meus braços. Já estou animada para voltar a dar aula no fim de agosto, para o seminário especial que planejei com base na nova pesquisa que vou iniciar. Fiquei tão feliz na primavera, quando recebi a bolsa.

Ter um bebê vai mudar essas coisas? Vai me mudar?

Talvez? Provavelmente?

Percebo que não me importo.

Pelo menos não o bastante para que minha decisão de ter o bebê mude.

Minhas aulas vão estar me esperando depois que eu a tiver. Meu corpo vai voltar a seu tamanho normal (espero, acho) e um dia vou voltar a caber nesse vestido (certo?). A animação com a pesquisa não vai passar, ainda que a pesquisa em si precise ser adiada.

"Estou indo aí", diz Jill.

"Já falei que estou bem."

"Rose." Ela diz meu nome com seriedade, sinceridade. "Estou indo porque preciso ver seu rosto. Eu... fui pega de surpresa. E estou preocupada. Só quero garantir que você tem cem por cento de certeza. Não consigo evitar", acrescenta.

"Eu entendo", digo. "Tá. Pode vir."

* * *

Escolho uma caixinha verde para Luke.

Quando ele chega em casa, Jill já foi embora, não totalmente convencida de que estou sendo sincera comigo mesma em relação à gravidez, mas decido que tudo bem e torço para que ela mude de ideia. Estou de pé ao lado da mesa da cozinha, esperando por Luke. Ele entra. Mal deixou a bolsa na cadeira e já estou empurrando a caixa para ele.

"O que é isso?", ele pergunta, estranhando.

Sinto algo por dentro. Como descrever? É uma sensação de incerteza, de que, de alguma forma, independentemente de qualquer coisa, vai ficar tudo bem. Eu estou bem, Luke está bem, o bebê está bem. "Abre", digo a ele, sorrindo. "Abre agora. Vai mudar a sua vida. E a minha também. A *nossa*."

Vinte e seis

2 DE MAIO DE 2013

ROSE, VIDAS 1 E 2

"Sua mãe não está se sentindo muito bem."

Meu pai diz isso assim que atendo o telefone. "Pai?"

"Ela não está bem. Estou preocupado."

Meu pai não é de ficar preocupado. E minha mãe nunca fica doente. Tem uma saúde de ferro.

"Espera um segundo." Eu me levanto e fecho a porta da minha sala, depois volto a pegar o telefone da mesa. "Como assim, ela não está bem? Está resfriada, gripada ou..."

"Não sei, Rose. Ontem à noite, ela estava se contorcendo de dor, mas não quer ir à médica. Se recusa a deixar que eu a leve. Você conhece sua mãe." Ele suspira. "É tão teimosa."

Que nem eu. Eu e minha mãe sempre fomos parecidas nisso. Odeio pensar que minha mãe teimosa e durona está com dor. Fico assustada. "É a primeira vez que acontece?"

Há uma longa pausa. Outro suspiro. "Não."

"Há quanto tempo está acontecendo, pai?"

"Alguns meses, acho."

"Pai!" Meu coração acelera no peito. Eu giro a cadeira. Fico olhando para a janela da sala. Os botões cor-de-rosa na árvore lá fora de repente parecem errados, contrastando demais com a preocupação na voz do meu pai, com a ideia de que minha mãe pode estar doente. "Onde ela está agora?"

"Lá em cima, na cama."

"E você?"

"Sentado no sofá, esperando que ela se sinta melhor,

que desça e me diga que está bem. Não estou conseguindo trabalhar."

"Não deve ser nada", digo.

"Acho que não", diz meu pai.

Sinto o coração bater ainda mais forte no peito. Ele martela contra o tecido do vestido. "Já chego aí."

"Você não tem aula?"

"Tenho, mas não importa. Eu cancelo. Até já."

"Está bem." Ele parece aliviado.

"Eu te amo", digo, e desligo. Já estou com a chave na mão.

Quando chego, meu pai está sentado na sala, com as mãos cruzadas sobre as pernas, olhando para a frente. A princípio, ele não nota minha presença, mas então se vira. Seus olhos estão desvairados.

"Papai", digo, embora não o chame assim. Só chamava quando era muito mais nova. A expressão em seu rosto me assusta.

"Você precisa convencer sua mãe de que ela tem que ir à médica", diz ele. "Imediatamente."

Fico de pé, no meio da sala. De repente, meu pai, que é marceneiro e um homem grande, parece muito pequeno. Entregue. "Mas, se você não conseguiu, por que eu conseguiria?"

Ele balança a cabeça para um lado e para o outro. "Não sei, Rose. Mas ela não está me ouvindo. Pode tentar?"

"Sim, claro."

"Ela diz que é só dor de estômago. Talvez seja mesmo. Mas ela vem dizendo isso há meses."

"Talvez seja mesmo", repito.

"Ela insiste que estou exagerando. Que estou sendo melodramático."

Meu pai não tem o costume de exagerar nem de ser melodramático, e ambos sabemos disso.

Trocamos um olhar. Queremos que o que ela diz seja verdade, que ele está se preocupando à toa, que está sendo melodramático. Queremos que minha mãe esteja certa em ser teimosa; queremos estar errados, para que minha mãe possa rir de nós e nos dizer depois: "Não falei?". Essa é uma das coisas que ela mais gosta de fazer, nos dizer que fizemos o maior barulho por nada.

Assinto para meu pai, rápido, com dois movimentos curtos da cabeça.

Vou lá para cima.

Bato de leve à porta. Quase não quero entrar.
"Sim?"
O "sim" soa rouco, cansado. Não soa como minha mãe.
"Mãe? Sou eu."
"Ah! Rose! Entra!" A voz dela já mudou, recuperando quase toda a sua energia costumeira.

Mas será que ela está encenando? Será que está fingindo para sua única filha que está bem?

Abro a porta. Ela está na cama, com os joelhos recolhidos junto ao peito. Vira para mim e tenta sorrir, fingir que não tem nada de errado, mas então seu rosto se contrai. "Mãe!"

Ela desiste da encenação, deita a cabeça no travesseiro e geme de dor.

Vou para a cama e me sento ao lado dela, com cuidado. "Você não está bem."

"Estou bem, sim. Vai passar. Sempre passa."

O quarto está silencioso. Ela nem estava vendo televisão, só estava ali toda encolhida. "Mãe, chega. Papai disse que faz meses que isso está acontecendo."

"Ele é exagerado."

"Não é, não, e você sabe disso."

Minha mãe tenta virar o corpo para me encarar, o que

leva algum tempo. Não a impeço, porque sei que vai ignorar o que quer que eu diga. Ela está tremendo, muito embora esteja quente aqui, por isso puxo as cobertas de baixo dela, devagar, com cuidado, e a cubro. Então me posiciono ao lado dela. Minha mãe fecha os olhos, mas sei que não está tentando dormir.

"Mãe, você está me assustando", sussurro.

"Não se assuste. Só posso me assustar se acontecer alguma coisa com você."

A resposta dela me faz querer socar o colchão. "Você está sendo tão irritante", digo, por entre os dentes cerrados.

"Então, me fala da sua vida. Quais as novidades?"

"Não."

"Por favor."

"Só se você for à médica."

"Vamos negociar agora?"

"Sim!"

"Você é tão ruim quanto seu pai."

"Não somos ruins. Só amamos você e queremos ter certeza de que não há nada de errado. Pare de agir como uma criança."

Minha mãe bufa. "Falou a criança."

Não respondo, apenas cruzo os braços e fico sentada ali, esperando que ela tome uma decisão. A decisão certa.

"Tá bom, eu vou à médica."

Viro para ela. Seus olhos estão fechados de novo. "Vai mesmo?"

"Vou. Mas só se você me contar tudo que está acontecendo com você. Quero todos os detalhes. Não deixe nada de fora."

"Claro. Conto o que você quiser."

"E não vá inventar nada, ou é o fim do acordo."

Rio. Não consigo evitar. Ela abre os olhos, e vejo um vago sorriso neles. É encorajador. "Tá", eu digo, e pego o celular.

Ela agarra meu braço. "O que está fazendo?"

"Estou ligando para o consultório."

"Mas, Rose, você disse..."

"Eu conto o que você quiser, mas só depois que marcar um horário." Solto os dedos dela, depois passo pela agenda até chegar ao nome da médica a que minha mãe vai desde sempre, a mesma a que eu vou desde pequena. Nós a adoramos.

Minha mãe fica quieta, ouvindo enquanto falo com a secretária. Explico o que está acontecendo com ela e digo que preciso de uma consulta o quanto antes. Ele diz que consegue encaixá-la amanhã de manhã, e eu digo que estaremos lá.

Quando desligo, minha mãe começa: "Está saindo com alguém?".

"Nossa." Deixo o telefone sobre a mesa de cabeceira e me aproximo um pouco mais dela. "Quer que eu vá direto para a parte boa, hein?"

"Você prometeu que ia me contar tudo. O acordo foi esse, é pegar ou largar. Ainda posso não ir à consulta que você acabou de marcar nesse horário desumano."

"Tá bom", digo, e começo a contar da minha vida, ainda que não tenha acontecido muita coisa desde a última vez que nos falamos. Conto sobre os caras com quem saí, histórias que agora são engraçadas; conto que não tenho ninguém especial na minha vida, ainda não, não desde Luke, muito embora faça anos; que dias inteiros se passam sem que eu pense nele, algo que eu nunca achei que seria possível quando nos separamos. Conto à minha mãe que parei de procurar fotos de Luke, Cheryl, a nova esposa dele, e do bebê dos dois na internet, e minha mãe me diz que isso é bom, que é saudável. Ela me diz que eu só preciso ser paciente, que logo terei alguém especial na minha vida, que ela tem certeza disso.

Ao longo da tarde, eu e minha mãe conversamos sem parar, como não conversamos faz tempo. Há momentos em que quase parece que não há nada de errado, que só estou de visita. Mas então lembro por que estou aqui, em um dos últimos dias de aula do semestre, porque consigo ver a dor que minha mãe sente em seu rosto, no modo como curva o corpo, protegendo-o.

Paro de falar quando isso acontece, enquanto ela se mexe, tentando ficar mais confortável. Durante esses momentos de silêncio, fico pensando em como preciso da minha complicada mãe, a única pessoa no mundo que esteve comigo em todos os segundos da minha existência. Em como, depois que Luke me deixou, minha relação com ela mudou. Em como ficamos mais próximas. Mais do que nunca.

"Não posso te perder", eu digo para ela.

"Não vou a lugar nenhum. Sou sua mãe. Para onde iria?"

Não respondo. Não quero pensar a respeito.

"Você está sempre falando que eu te enlouqueço, Rose", diz ela.

"É, mas no bom sentido", retruco.

Ela volta a fechar os olhos. "Lembra quando você era pequena e ficava com medo à noite? Você entrava na cama comigo, bem assim. Eu adorava."

"Mãe! Você adorava que eu sentisse medo?"

"Não. Eu adorava que você se deitasse comigo."

"Mas eu vivia te acordando. Dessa parte você não devia gostar."

Ela levanta o rosto para mim, com os olhos arregalados. "Eu não ligava, Rose. Amava ter você comigo. Amo ter você aqui. Sempre amarei."

Vinte e sete

18 DE DEZEMBRO DE 2009

ROSE, VIDA 8

A decisão de transar vai acabar comigo.

O fato de *ter que tomar uma decisão* — como uma obrigação, como se fosse igual a lavar a louça ou passar aspirador na casa. Tornou-se penoso. Quem imaginaria que um dia o sexo seria como esfregar o chão? Eu costumava gostar. Costumava adorar. Costumava adorar transar com Luke. Mas agora fico apavorada só de pensar em sexo, de ter que tirar a roupa e me deitar nua com esse homem, em nosso esforço para fazer um bebê. Faz séculos que estamos tentando. O que já foi uma não decisão se tornou uma exigência desse casamento que detesto com toda a força do meu ser. E detesto Luke também. Sua pele, seu corpo, sua boca, seu hálito.

Isso acontece com todas as pessoas casadas? Ou só com aquelas que estão tentando engravidar — tentando e fracassando? Luke pelo menos está tentando. Eu estou só deixando que ele tente.

"Rose? Já, já estou indo pra casa. Chego o mais rápido que puder."

Ouvir a mensagem de voz dele faz meu corpo estremecer. Luke está correndo para casa porque hoje é dia de sexo obrigatório. Temos que cumprir com nosso dever e nos submeter à programação ditada pelo meu corpo. Meu relógio biológico não para, meus órgãos reprodutivos anunciam — por meio do calendário, da minha temperatura, da dor que sempre sinto no lado direito ou esquerdo do abdome, dependendo de que ovário vai fornecer o óvulo este mês —: *Agora! Façam neste instante, ou se arrisquem a fracassar de novo! A ver aquela única linha cor-de-rosa no teste, em vez de duas linhas triunfantes!*

Luke está controlando o calendário. Entre as pessoas que sei que tiveram dificuldade de engravidar, em geral é a mulher que controla o calendário de fertilidade, que conta os dias e marca aqueles em que há maior probabilidade de gravidez. Mas, neste casamento, Luke está encarregado do controle, do fluxo da ovulação, e muito embora eu tenha certeza de que algumas mulheres gostariam que o marido assumisse essa responsabilidade, não sou uma delas. Luke está tão desesperado que às vezes tenho a impressão de que rastejaria até meu útero se pudesse, carregando seu esperma em uma garrafinha para plantá-lo em um dos meus óvulos e depois monitorar seu crescimento, sem se preocupar nem um pouco com meu conforto ou desconforto.

Eu queria ter os ovários removidos. Gostaria de ter nascido sem eles.

Entro no nosso quarto e fico ali. A cama é uma bagunça de lençóis emaranhados, travesseiros caindo no chão, roupas espalhadas por toda parte. Visto uma legging cinza velha que sobra na bunda e está furada nos joelhos, e meu moletom preferido, com FIM DE SEMANA escrito na frente. Ele é largo e vai até a metade das minhas coxas, como um vestido. Visto as meias grossas de arco-íris que são quase uma sapatilha, porque estou congelando, e prendo o cabelo em um rabo de cavalo. Nem tomei banho.

Essa sou eu. Muito sedutora.

Não tive aula hoje, por isso não fui à universidade. Além do mais, é o fim do semestre. Tenho prazos relacionados à bolsa de pesquisa vencendo em janeiro e uma pilha enorme de coisas para corrigir na mesa da cozinha. De quem se esperaria um banho nessas circunstâncias? De quem se esperaria *sexo* nessas circunstâncias?

"Oi, Luke." Atendo o telefone assim que toca. Uma pequena parte de mim torce para que ele tenha se atrasado com o que quer que esteja fotografando e precise cancelar o sexo da tarde.

"Rose, desculpa por estar demorando tanto, mas chego logo. Prometo."

"Não precisa se desculpar", digo a ele. "Não tem pressa. E se você não conseguir chegar antes de eu ir pra cama, não tem problema. Não precisa me acordar. Tenho um longo dia na universidade amanhã."

"Ah, não, eu vou chegar. Não podemos perder a janela! Te vejo logo mais!" E desliga.

"É claro que não podemos perder a janela. Não a janela! Não a porra de janela todo-poderosa!", digo para o celular apagado em minha mão.

Então penso em outras coisas que poderia dizer a ele.

"Luke, eu estava brincando com uma bola de beisebol antes de você chegar e acabei quebrando a janela! Foi mal!"

Ou: "Querido, eu estava com tanto frio que fechei a janela, e agora não tem mais como abrir. Desculpa!".

Vou para a sala, pego o laptop e uma das enormes pilhas de trabalhos para corrigir, depois volto para a cama, me ajeito sobre os travesseiros e começo a trabalhar. É melhor corrigir alguns trabalhos antes que Luke chegue e tenhamos que nos concentrar na janela.

"Como vocês sabem, Maria e eu fazemos uma vez por semana, às segundas."

Jill estava falando de sua vida sexual, em um bistrô perto do campus, com outra professora amiga nossa, Brandy, que é casada.

"Mas agendar o sexo é péssimo", resmunguei, porque ultimamente estava sempre resmungando ao falar de sexo com Jill e outras amigas. Olhei para Brandy como quem pede desculpas. Perdi minha capacidade de ser discreta. "Eu *detesto*." Dei uma bela mordida no sanduíche, para me impedir de dizer mais coisas patéticas.

"Ora, então quer dizer que as coisas estão ótimas entre você e Luke?", Brandy brincou, mas não sem compaixão. Brandy é linda, tem grandes olhos escuros e o cabelo comprido e todo trançado. "Estou com Jill nesse caso. Garantir que role uma ou duas vezes por semana já economiza muita dor de cabeça. Estou tentando virar professora titular, tenho artigos para escrever e não estou com tempo para me aprofundar nas questões do meu relacionamento com Tarik. É o jeito mais fácil. Tirar isso do caminho e ficar livre por pelo menos sete dias. Talvez até catorze!"

"A terapeuta de casais recomendou uma vez por semana", explicou Jill, "para nos mantermos 'conectadas'." O sarcasmo era claro em sua voz, e ela fez o sinal de aspas com as mãos. "Fico tensa, mas, enquanto rola, não é tão ruim. Foi Maria quem decidiu que ia ser às segundas. Considerando a agenda dela."

"Essa é a conversa mais deprimente que já tive com outras feministas", falei, e as duas riram. "A gente devia ligar para Gloria Steinem para avisar que a geração posterior a ela é um fracasso quando o assunto é sexo."

"Ou podemos nos parabenizar por fazer o que é preciso para manter a carreira nos trilhos", disse Brandy. "Não vou mentir: é legal ter alguém me esperando quando chego no fim do dia. Fora que Tarik cuida de todo o trabalho da casa! Enquanto ela estiver sendo bem-cuidada, faço o que for preciso para manter o arranjo. Só leva... o quê? Dez, quinze minutos de vez em quando?"

Jill se inclinou para a frente, de modo que sua blusa quase mergulhou na sopa. "A verdadeira questão, Rose, é se tudo isso vale a pena para ficar com Luke. Por que ainda está com ele? Ainda lembra?"

Fiquei olhando para o meu prato. Não era como se nunca tivesse pensado naquilo, ou como se Jill nunca tivesse me perguntado nada do tipo. Por que eu ainda estava com Luke, principalmente depois do que ele me havia feito passar? Por que eu estava com alguém cujo toque passara a temer, cujo corpo aprendera a evitar na cama?

A única resposta real era medo. Medo de mudar, medo de ficar sozinha, medo do luto pelo qual teria que passar com a ausência dele na minha vida. Seria uma perda. Eu amava Luke. Em algum lugar lá no fundo, ainda me agarrava a quem ele era no começo, a quem éramos no começo, quando éramos felizes. Porque tínhamos sido felizes. Eu costumava pensar que nunca ficava tão feliz quanto quando estava com Luke. Achava que ele era o amor da minha vida. Achava que ficaríamos juntos para sempre.

Mas as pessoas casadas não pensam todas o mesmo, a princípio? Quando estão diante dos amigos e familiares, depois de terem atravessado a igreja? Que a vida é cheia de esperança e promessa? Quando estão tão apaixonadas que mal conseguem ver qualquer outra coisa que não uma à outra? Mesmo quando casais mais velhos avisam que o casamento é algo complicado, que pode ficar difícil, que vocês podem chegar a se odiar às vezes, ninguém jamais acredita que vai acontecer consigo e com a pessoa que ama. Isso é só para os outros.

Quanto um casamento tem que suportar antes que as pessoas desistam? Antes que se esteja disposto a virar as costas para o amor que costumava ser tão real quanto suas próprias mãos? Quando se tem certeza de que não há como voltar ao que vocês dois tinham — de que é impossível voltar?

Por que ninguém fala como o amor é frágil? E, quando fala, por que você não escuta, para poder tentar fornecer a água, o cuidado e a luz de que ele precisa para sobreviver?

"A inércia é uma coisa poderosa", falei, por fim. "Não acham?"

"Ah, sim", concordou Brandy.

Ficamos as três quietas.

A inércia definitivamente era o que me mantinha casada. Eu sabia que seria doloroso seguir caminhos diferentes, e não queria passar por aquela dor. Não ainda.

"A inércia também ajuda a cumprir prazos, entregar as notas finais, seguir com a pesquisa", acrescentei, tentando aliviar o clima. "O divórcio provavelmente nem tanto."

Foi o aborto espontâneo que causou a mudança maníaca em Luke, no nosso casamento, na nossa vida sexual.

Cheguei a ficar grávida por algum tempo, algumas semanas. Meus seios doíam o tempo todo, me sentia enjoada e cansada. Fiz o teste e minhas suspeitas se confirmaram. Faz quase um ano, e já fazia bem mais de um ano que tínhamos começado a tentar. Meu primeiro erro foi contar a Luke.

Cheguei da universidade e preparei o jantar. Não lembro o quê, provavelmente macarrão. Estava atordoada.

Luke chegou e tirou o gorro, as luvas, o casaco. "Que cheiro bom." Ele se juntou a mim no fogão, me abraçando por trás — algo que eu costumava adorar. Beijou meu pescoço.

As coisas continuavam boas entre nós. Por um ano abençoado desde a briga por causa das vitaminas, depois que parei de usar proteção e abri a porta para a possibilidade de ter um filho, voltamos a um ponto que achei que estava perdido para sempre.

Não respondi nada.

"Há algo errado?", perguntou Luke.

"Não", respondi. *Sim.*

"Rose, sei que tem alguma coisa errada."

"Não tem nada *errado*. É só que..."

"O que foi?"

Posso não me lembrar do que estava cozinhando naquela noite, mas me lembro desse momento, de quando desliguei o fogo e fui me sentar à mesa da cozinha. Luke me seguiu e se sentou à minha frente. Eu tinha visto o teste de gravidez dar positivo, eu o tinha segurado na mão, sabia que era real, mas ainda não conseguia acreditar que era verdade. Talvez fosse verdade para uma mulher diferente, mas não para mim.

"Fiz um teste de gravidez", falei.

Como posso descrever o rosto de Luke naquele momento? Feliz? Esperançoso?

"E?" A voz dele ficou mais aguda, de animação.

"Deu positivo." As palavras soaram baixinhas em meio à tensa expectativa de Luke.

Ele se levantou tão abruptamente que sua cadeira foi ao chão. "Estamos grávidos?"

Houve um breve momento, provocado pelo uso do plural, em que tudo dentro de mim estremeceu. Era como o leve formigamento de uma alergia. Estávamos bem, e em questão de segundos tudo havia mudado. "Não estamos grávidos", corrigi-o. "Eu estou. É o meu corpo, e não o seu, que vai ter esse bebê."

"Rose, isso é incrível!" Luke assentiu, movimentando as mãos ao lado do corpo. Ele se levantou e foi buscar os vinhos no armário, depois voltou para a mesa. "Precisamos nos livrar de todo o álcool da casa. Se você não pode beber, também não vou." Ele ficou tagarelando sobre todas as outras coisas que precisávamos tirar, consertar ou fazer na casa, para nos preparar para o bebê. Para *me* preparar para o bebê.

A cada nova frase de Luke, minha incerteza aumentava. Eu queria abraçar meu corpo, reivindicá-lo como meu, me recusar a deixar que me tocasse. Queria me levantar, pegar todas as garrafas de vinho, levá-las para minha sala na universidade e escondê-las lá. Beber entre as aulas. Lixar os cantos das mesas e dos móveis para que ficassem ainda mais pontiagudos e perigosos.

"Tenho que ligar para os meus pais." Ele pegou o telefone. "E tenho que marcar uma consulta pra gente."

Fomos à médica dois dias depois. Ela confirmou que eu estava mesmo grávida. Luke ainda não tinha me perguntado como eu me sentia a respeito.

Será que era porque tinha medo do que eu poderia responder?

Eu andava pelo mundo, me perguntando se por acaso não seria contaminada pela alegria que Luke sentia em relação à gravidez, se não a contrairia como um vírus que curasse a incerteza. Por duas breves semanas, Luke ficou extasiado. Só fazia trabalhos com casais esperando um filho ou que tivessem um bebê. Assoviava e cantarolava pela casa, voltava do trabalho cheio de informações sobre o que fazer e o que não fazer durante a gravidez — nada de sushi, nada daquele queijo que eu adorava, porque certamente ia matar o bebê. Ele contava sobre os recém-nascidos encantadores que havia fotografado, falava das alegrias de ser pai.

Tentei deixar que sua animação me puxasse como uma corrente, tentei entrar com tudo para que me levasse. Mas não era forte o bastante; afundei direto, como uma pedra.

Uma manhã, quando já fazia mais de uma hora que eu estava acordada, percebi que não estava enjoada, não estava cansada, que meus seios já não doíam. Eu vinha sentindo um pouco de cólicas nos últimos dias. Não levara muito a sério, imaginando que fosse normal na gravidez. Mas as cólicas recomeçaram naquela manhã, e, quando fui ao banheiro, vi sangue. Não era o bastante para me assustar, e as cólicas pareciam normais. Cólicas menstruais.

Era minha menstruação chegando? A gravidez tinha sido um sonho?

Eu estava livre?

Era como se eu tivesse um passe para sair da prisão.

Fui até a farmácia e comprei três testes de gravidez.

Luke estava trabalhando. Cheguei em casa e fiz os três testes ao longo da manhã.

Todos deram negativo.

Eu me lembro de ter ficado olhando para cada um deles. De tê-los alinhado na pia do banheiro. Como se ver todos juntos, enfileirados, fosse me ajudar a acreditar no que me diziam. Minha cabeça se enchia de perguntas. Como era possível que eu tivesse estado grávida dias antes e agora não estivesse mais? O que havia acontecido com o futuro bebê que estivera ali, dentro de mim, para que de repente fosse embora? Eu havia feito algo errado? Como uma criança podia ter se alojado na minha barriga e depois decidido deixá-la, sem nem me consultar?

E como eu me sentia a respeito?

Triste? Perdida? Aliviada?

Minha menstruação, ou o que quer que fosse, continuou vindo, ficando mais pesada ao longo do dia. A única certeza que eu tinha era de que temia a noite, quando teria que contar a Luke.

Ele chorou. Soluçou. Segurei sua mão do outro lado da mesa. Em determinado momento, ele me lançou um olhar inquisidor. "Por que não está chorando também?", perguntou.

"Chorei o dia todo", menti. Talvez eu chorasse no dia seguinte, ou no outro.

Luke assentiu, se recompondo. "Precisamos voltar a usar o calendário."

Tirei a mão da dele. "O quê?"

"Precisamos saber exatamente quando você ovula. Precisamos controlar bem."

Fiquei sentada ali, piscando para ele.

"Se aconteceu uma vez", Luke prosseguiu, "pode acontecer de novo, não é?"

Quando Luke finalmente volta da sessão de fotos, não o ouço entrando em casa.

Estou profundamente envolvida em um trabalho de uma aluna da pós, porque é excelente. Fico fantasiando em dizer à jovem que adoraria ser orientadora dela. O que não é exatamente afrodisíaco.

"Hum, Rose?" Luke está à porta do quarto.

"Ah, oi." Levanto os olhos do laptop. Tiro os óculos.

"Faz pelo menos dois minutos que estou aqui, e você nem notou." Ele parece irritado.

"Ah, desculpa. Tenho uma aluna tão talentosa na pós! Estava escrevendo um e-mail para ela."

Luke não responde. Provavelmente porque tem outras coisas na cabeça, como a tarefa que temos pela frente. Ele se aproxima. Tira o relógio e o deixa na mesa de cabeceira. Volto a pôr os óculos e a olhar para a tela do computador. Luke logo tira a camisa, a calça, a cueca, e entra debaixo da coberta, enquanto eu ainda estou totalmente vestida, sem ter tomado banho e envolvida no trabalho da aluna.

"Rose", diz Luke, por fim. É a única iniciativa que toma, se é que se pode chamar assim. Seu tom é quase impaciente, quase uma súplica.

Dez minutos, digo a mim mesma, deixando o laptop de lado. *No máximo, quinze. Aí acaba.*

Por que cedi ao meu marido aquele dia, tanto tempo atrás, depois da briga? Por que não o afastei? Deveria ter feito isso? Estaria melhor se o tivesse simplesmente deixado, acabado com esse casamento?

"Estou com frio, não vou aguentar tirar o moletom", digo a Luke.

"Não tem problema."

Ele já está tirando minha calça. Deixo que o faça, porque o que mais posso fazer? Não foi com isso que concordei? Na alegria e na tristeza? Sexo é parte do acordo do casamento, então pronto. Teremos sexo.

Além disso, não preciso fazer nenhum esforço nessa parte do processo de fazer um bebê. No restante, sim. Mas é Luke quem precisa ter um orgasmo. É Luke quem precisa expelir o esperma. Graças a Deus não tenho que me preocupar com orgasmo durante essa provação, porque ele nunca viria, não assim.

Eu me deito de costas, com a cabeça virada de lado.

Do outro lado da janela, está quase escuro. O sol baixa cedo, agora que o inverno chegou.

Luke e eu nem nos beijamos; não nos beijamos mais. O que é bom, porque não quero. Parei de beijar meu marido no momento em que ele começou a controlar minha ovulação. Na bochecha, tudo bem, mas aqueles beijos demorados que costumávamos dar? De jeito nenhum.

Reparo na foto que Luke mantém na mesa de cabeceira, da Rose feliz, da Rose risonha. Para onde ela foi? Ainda está em algum lugar dentro de mim? Será que esta Rose e aquela outra vão voltar a se fundir? Ou aquela Rose se foi para sempre? Será que esse casamento a matou?

Quanto tempo isso pode perdurar? Será que um dia acaba?

E se eu nunca engravidar?

Terei que fazer isso pelo resto da vida? Ou, pelo menos, até a menopausa?

E pensar que eu costumava esperá-lo nua nesta cama, louca para surpreendê-lo com sexo no instante em que ele chegasse, que andava pela cidade usando saia sem calcinha só para poder sussurrar aquilo para Luke quando estávamos de mãos dadas no parque, ou indo jantar. Eu costumava planejar como seduziria este homem — quando namorávamos, quando ficamos noivos, ao longo dos primeiros anos de casamento. O fato de que eu me considerava hábil na sedução e em tudo que se referia a sexo parece risível agora. Como um papel desempenhado em um filme ou programa de televisão, um papel que durou um tempo, mas que afinal era apenas um papel.

Qual é a sensação de querer sexo?

Não consigo nem lembrar.

É como se houvesse um interruptor dentro do meu corpo que de alguma forma tivesse sido desligado, e agora que desligou — agora que sei que o interruptor existe — eu não conseguisse mais voltar a ligá-lo. É como se eu tivesse sofrido um curto-circuito, e o eletricista necessário para me consertar não existisse. Ou, pelo menos, Luke não tem a habilidade ou o conhecimento necessário para fazer isso.

Enquanto os minutos passam — três, quatro, cinco, já devem ser seis a esta altura —, penso naquelas conversas que as pessoas sempre têm com universitários sobre sexo e desejo, sobre consentimento e as consequências de não o receber do parceiro, sobre como, se não tomarmos cuidado, do lado oposto do desejo, o território do estupro e do crime nos aguarda.

A mera noção dessas conversas bem-intencionadas com alunos parece absurda e cômica enquanto meu marido se move em cima de mim e eu fico deitada ali de costas, sem reagir. Como nomear o que Luke e eu estamos fazendo? É com certeza um tipo de sexo, e teoricamente ambos consentimos. Mas ambos queremos? Desejamos? Posso dizer com certeza absoluta que o sexo em que estou envolvida agora não é desejado. Mas está rolando, mesmo assim. Concordei com isso, ainda que relutante. Então do que se trata? É semiconsensual? Mera transação? Sou uma prostituta no meu próprio casamento?

Sete minutos certamente se passaram.

Oito? Nove? Quanto mais isso vai durar?

Penso no trabalho, na minha pesquisa, no projeto mais recente que estou lançando. Vou entrevistar jovens mulheres que decidiram não ter filhos. Muito passivo-agressivo? Não contei a Luke, porque sei que vai ficar irritado, e estou cansada de brigar com ele. Mas estou animada com o estudo.

Quero saber o que as mulheres têm a dizer. Penso a respeito o tempo todo. Estou pensando agora mesmo.

Dez minutos? Onze? Deve estar acabando.

Luke grunhe e geme.

Ah, graças a Deus finalmente acabou.

Nunca mais vou fazer isso, penso, enquanto a luz desaparece do lado de fora das janelas. *Chega. Chega.* Conforme as palavras se espalham, sei que são verdadeiras.

Luke cai em cima de mim, arfando, a cabeça apoiada no FIM DE SEMANA escrito no meu moletom. "Talvez tenha finalmente acontecido", diz ele.

"Talvez", eu digo.

"E, se não tiver, talvez a gente deva se consultar com especialistas em fertilidade."

Luke sugere isso de maneira casual, entre uma e outra respiração, como se estivesse falando do clima, comentando que vai nevar e talvez minhas aulas sejam canceladas.

Não, penso. Não, porra.

E finalmente, *finalmente*, os pensamentos clandestinos de resistência que ando tendo abrem caminho até subirem por minha garganta, minha língua e minha boca.

"Não, Luke", digo, tirando-o de cima de mim e pegando a calcinha do chão, depois a legging. Eu costumava ser uma mulher que dizia não ao marido com confiança. Preciso voltar a ser — ela ainda está dentro de mim. Sei disso. Posso senti-la despertando. "Não vou de jeito nenhum a um especialista em fertilidade. Podia acontecer ou podia não acontecer. E não aconteceu. Não vai acontecer. Ponto-final."

"Mas, Rose..."

"Não, Luke", repito. "Não."

Vinte e oito

16 DE FEVEREIRO DE 2014

ROSE, VIDAS 1 E 2

"Quer mais sorvete, mãe?" Olho em volta, à procura da enfermeira, mas ela saiu. "Posso ir ver se consigo mais. De morango?"

"Não, querida. Não precisa." Minha mãe está de olhos fechados.

Eu me levanto, depois me sento. Olho em volta.

Não sei o que fazer. Nunca sei o que fazer quando estou aqui.

A enfermeira entra, para trocar o saco quase vazio enganchado no alto do suporte de metal. O novo está cheio, e a quimioterapia começa a gotejar lentamente na corrente sanguínea da minha mãe. Ela abre os olhos. "Ah, oi, Sylvia", ela sussurra, sonolenta.

"Olá, sra. Napolitano. É bom ver a senhora. Como se sente?" Sua voz parece alta demais, entusiasmada demais em meio ao silêncio desta sala cheia, em que todos têm câncer e todos estão recebendo medicação, como minha mãe, mas cada um se encontra em um estágio diferente da doença. Alguns parecem saudáveis e têm a pele ainda corada. Outros estão emaciados, pálidos, com o rosto e a pele flácidos, caídos. Alguns pacientes eu nunca vi, mas muitos são presenças regulares; estão aqui sempre que minha mãe vem. Nós nos cumprimentamos, "como você está?", "como andam as coisas?", mas em geral é só isso. De tempos em tempos, uma pessoa desaparece e nunca mais a vemos, muitas vezes porque a quimioterapia acabou. Mas, às vezes, descobrimos que ela não sobreviveu. Talvez seja por isso que as pessoas não conversem muito nesta sala. Nunca se sabe quem se vai perder a seguir, e, quando se tem câncer, já se perdeu muito.

"Sra. Napolitano?", Sylvia pergunta, um pouco mais alto agora.

Minha mãe fica pegando no sono. Ela se força a abrir os olhos. "Bom, você sabe, Sylvia. Estou tão bem quanto seria de esperar."

"Os médicos estão experimentando algo diferente hoje, né? O outro coquetel não estava fazendo bem para o seu corpo?"

"Não", eu mesma digo, para mim mãe não precisar responder.

Sylvia vira para mim, com os olhos cheios de compaixão. "Talvez esse funcione melhor."

"É o que esperamos", digo, porque quero fazer alguma coisa, contribuir com qualquer coisa, mesmo que sejam só algumas palavras.

Sylvia dá dois toquinhos no saco com a ponta do dedo, satisfeita. O gotejamento começa. Ela olha ao redor, depois volta a olhar para mim. "Não percam a esperança, tá?"

Denise e Jill estão à minha espera na entrada do hospital quando saio. A sensação da lufada de ar frio é agradável, depois do ar abafado e estéril do hospital.

"Aonde vamos?", pergunta Jill. Está usando uma jaqueta roxa acolchoada. Sua respiração forma nuvenzinhas de fumaça que perduram por um momento, mas depois desaparecem. "O que está a fim de fazer?"

Nos dias em que minha mãe tem quimioterapia, depois que meu pai chega para que eu possa fazer um intervalo, minhas amigas vêm e me levam a algum lugar. Às vezes, Raya e Denise; às vezes, Denise e Jill, como hoje; às vezes, apenas Jill. Visitamos lojas por uma hora. Ou vamos a um museu. Às vezes, só passeamos pela cidade, sem ir a nenhum lugar em especial. "Acho que preciso comer alguma coisa", digo. "Não comi nada hoje."

"Rose, você não pode se esquecer de comer!" Denise soa indignada, maternal. Fico grata por isso.

"Que tal... não sei, pizza?"

Denise considera a possibilidade. Sei que está pensando que pizza não é a opção mais saudável. Antes que possa protestar, Jill intervém. "Se você quer comer pizza, vamos comer pizza."

Começamos a andar. Denise e Jill falam, contam as novidades, Jill comenta que ela e Maria estão planejando ir a um daqueles resorts com tudo incluso, o que nunca fizeram, mas Maria quer experimentar, e Denise fala sobre o andamento de sua nova pesquisa e sobre como é bom contar com a ajuda de alunos da pós em vez de ter que fazer tudo sozinha.

Fico ouvindo e de vez em quando rio ou pergunto alguma coisa.

Não falamos da minha mãe, não falamos do câncer, do fato de que ela não está reagindo à quimioterapia. Não falamos da velocidade com que tudo aconteceu, de como ela ficou doente rápido e piorou. Não falamos do prognóstico, que não é bom. Enquanto andamos pela rua e ouço minhas amigas discutindo sobre qual é a melhor pizzaria e qual tem o serviço mais rápido, já que não tenho muito tempo antes de precisar voltar ao hospital, penso em como sou sortuda por ter amigas tão boas. Entre Denise, Raya, Jill e alguns colegas de departamento queridos, que cobrem minhas aulas quando preciso, sou capaz de seguir em frente. Estou fazendo o meu melhor, torcendo para que de alguma forma através da minha própria sobrevivência possa ajudar minha mãe a sobreviver também, a superar a doença.

"Como estão as aulas, Rose?", pergunta Denise.

É a primeira pergunta que me fazem em algum tempo. Estamos sentadas à mesa, esperando a comida chegar. "Estão indo bem. São uma boa distração."

"Você continua correndo de manhã?", pergunta Jill. Ela sempre se preocupa com a possibilidade de eu não estar me exercitando.

"Estou, sim. Todo dia. Ajuda. Ando com dificuldade de dormir."

Minhas amigas assentem.

A pizza chega. Nem a toco.

Começo a chorar.

Denise está sentada perto da parede, e eu estou a seu lado. Jill se levanta e se junta a nós, de modo que as três ficamos apertadas no banco. Elas só esperam enquanto choro, Denise me abraçando e Jill com a cabeça apoiada no meu ombro.

Fiz um pacto comigo mesma: nada de chorar na frente da minha mãe. Sou sempre forte. Ela faria o mesmo por mim. Faria o mesmo pelo meu pai. É o mínimo que posso fazer por ela. Mas não tenho que fazer isso agora com minhas amigas.

Denise dá uma olhada no celular depois de um tempo, para conferir as horas. "Rose, é melhor comer alguma coisa. Daqui a pouco você vai ter que voltar."

Faço que sim com a cabeça. Jill volta para o outro banco. Denise coloca uma fatia de pizza no meu prato, depois se serve. As duas voltam a falar sobre coisas inócuas, sobre o fato de que talvez neve esta semana, sobre a viagem que Jill vai fazer em breve para uma pesquisa de campo, sobre o novo colega de Denise, que vive passando pela sala dela. "Ele é bonito?", pergunto, conseguindo participar da conversa. É hora de me recompor.

Ela sorri e suas bochechas coram. "É, sim."

"Você podia chamá-lo para sair", Jill sugere.

"Talvez", diz Denise, e enfia o último pedaço de pizza na boca.

Quando nos aproximamos da entrada do hospital, meus passos estão pesados. Tenho que me esforçar para seguir adiante. "Não sei como conseguiria fazer isso sem vocês", digo a Jill e Denise quando estamos nos despedindo.

"Que bom que você não precisa descobrir", diz Jill, me dando um abraço.

Dou as costas para minhas amigas e volto a entrar. O cheiro do hospital penetra minhas narinas, meus pulmões. A caminhada até a sala de quimioterapia, onde minha mãe recebe seu tratamento, parece interminável, enquanto navego pelos corredores frios deste lugar. Das primeiras vezes, tive que pedir ajuda a enfermeiros e assistentes administrativos, mas a esse ponto já vim tantas vezes que sei o caminho de cor.

Quando chego, meu pai está sentado ao lado da minha mãe.

Ela está acordada agora, e um homem que não conheço está de pé do outro lado da poltrona dela. Os três estão conversando. Minha mãe parece animada. Meu humor melhora.

"Ah, ela chegou, minha filha! Rose!" Minha mãe fala e acena para mim como se não nos víssemos há tempos.

Meu pai se vira para mim, levantando as duas mãos em um gesto de inocência. "Rose, só quero que saiba que não tive nada a ver com isso", diz ele em voz baixa quando chego perto o bastante para ouvir.

Olho para ele. *Oi?*

Ele dá de ombros e ri.

"Rose, conheci este professor muito simpático" — minha mãe para de falar por um momento e sorri para o homem, que retribui seu sorriso, provavelmente por educação — "que está acompanhando um amigo."

Olho para o amigo, homem também, e está rindo. Ele acena para mim. "Oi. Meu nome é Angel."

Aceno de volta. "Prazer."

"Estou gostando de passar mais tempo com minha filha aqui na cidade", minha mãe diz para eles. "Ela mora do outro lado da ponte."

Olho para minha mãe. Não era assim que eu queria passar tempo com ela na cidade.

"Vocês dois não se conhecem?" Minha mãe está falando comigo de novo, apontando para o homem de pé do outro lado da poltrona dela. "Ele é seu colega, Rose! Sociólogo como você!"

Dou uma boa olhada nele agora, mas não reconheço seu rosto. O que reconheço é a paciência em seus olhos. Está sendo muito tolerante com as maluquices de minha mãe, e ela já o adora — percebo isso. Faço que não com a cabeça e aperto de leve o ombro da minha mãe. "Então somos colegas?"

O sujeito ri. "Parece que sim. Quer dizer, sou sociólogo. E professor." Ele parece se preparar para dizer algo — talvez seu nome, talvez o nome da universidade em que trabalha, mas como saber? Antes que o faça, minha mãe já está falando de novo.

"Dei a ele seu telefone, Rose. Vocês dois deviam ir tomar um café e se conhecer melhor."

"Ai, meu Deus, mãe! Não acredito!"

"Falei pra ela não fazer isso", diz meu pai, com o canto da boca.

Viro para o cara, que está rindo de novo, depois para o amigo dele, que ri mais ainda. "Desculpa, minha mãe é assim", digo. "Gosta de se intrometer." Olho para ela como quem diz: *Para!* Então vejo como está feliz, noto o sorriso largo em seu rosto, e minha frustração passa. Volto a me virar para o homem. Talvez ele compreenda que as coisas andam difíceis para minha família. O amigo dele também está aqui fazendo quimioterapia, afinal de contas. Estendo a mão. "Oi, sou a Rose. Como você se chama?"

249

Ele aperta minha mão. "Thomas", diz. "Prazer."

Então me dou conta de que quase todo mundo na sala está prestando atenção, inclusive os pacientes. Os enfermeiros parecem achar graça, e meus pais nos observam.

"Eu disse a Thomas que vocês deviam sair", diz Angel, rompendo o silêncio. "E, agora que você chegou, estou mais convencido ainda."

Todo mundo ri. Minhas bochechas queimam, mas rio também.

A dor do dia parece suspensa.

Quando eu estava na faculdade, às vezes minha mãe ia me visitar, sozinha. Pegava o trem até o campus e saíamos para almoçar com meus amigos. Ela invadia a minha cozinha e fazia panelas de almôndegas com molho de tomate antes de ir embora, para que tivéssemos comida caseira para a semana. Mas houve uma visita em particular, quando ela veio porque eu estava arrasada por causa de um cara com quem andava saindo, Arturo.

Eu me lembro de ter ido encontrá-la na estação e de vê-la andando pela plataforma, vindo na minha direção. De como arrastava a mala de rodinha atrás de si, de como seu cabelo parecia recém-cortado, de como ele roçava seus ombros conforme ela se movia. Tudo em mim parecia vazio naquele momento, em branco, como se todas as sensações tivessem deixado meu corpo, assim como qualquer vontade.

"Como você está, querida?", minha mãe perguntou imediatamente, abrindo os braços e me apertando com força. Ela sempre cheirava a roupa lavada e lavanda. "Melhor?"

Fiz que não e saímos da estação de trem para pegar um táxi. Tive que me esforçar para não chorar, mordendo o lábio para segurar as lágrimas. Minha mãe olhou bem para o meu rosto, que eu sabia que estava inchado. Fazia dias que estava.

"Que bom que me ligou, Rose", disse. O motorista deu a partida e acelerou, passando pelo semáforo amarelo quando já ficava vermelho. Percorremos a cidade onde ficava a minha universidade, bem longe do lugar onde eu havia crescido. "Fico feliz de vir fazer uma visita." No banco de trás do carro, ela pegou minha mão e entrelaçou seus dedos nos meus. "É para isso que as mães servem."

Todo tipo de coisa passou pela minha cabeça durante o trajeto de táxi. Pensei em como me sentira animada e segura no segundo em que vi minha mãe na plataforma. Em como, pela primeira vez desde que Arturo terminara comigo, passei a acreditar que uma hora ficaria bem. Muito embora tivesse sido constrangedor ligar para minha mãe e pedir a ela que viesse ficar comigo, estava muito feliz por tê-lo feito. Também estava grata por ter uma mãe que literalmente largara tudo, fizera as malas e agora estava ali, segurando minha mão.

O táxi parou na frente do prédio em que eu morava na época. Eu dividia o apartamento com uma amiga, que ia passar o fim de semana fora. Minha mãe pagou o motorista enquanto eu tirava a bagagem dela do porta-malas. Subimos para o apartamento e entramos no silêncio da sala.

"Ah, é um bom lugar, Rose", disse minha mãe, olhando para as paredes quase vazias, para as mesas e estantes sem cor ou qualquer decoração além de livros. Era a primeira vez que ela via o apartamento em que morei durante o terceiro ano de faculdade. "Só precisa de uma ajeitadinha."

"Pode ser."

Eu não disse a minha mãe que um dos motivos pelo qual o lugar parecia tão vazio era eu ter me livrado de tudo ali que me lembrava de Arturo, depois do nosso término.

Minha mãe pegou a mala que estava comigo e a levou para o meu quarto, sem perguntar nada, então começou a tirar suas coisas de lá. Eu a segui e fiquei olhando enquanto pendurava as roupas ao lado das minhas no armário.

Antes de Arturo, eu não sabia que alguém podia ficar tão arrasada. Achara que ele era minha alma gêmea, que ficaríamos juntos para sempre. Agora que tínhamos terminado, eu não sabia bem como atravessar os dias. Era um pouco como um fantasma vagando, sem encontrar seu lugar.

Minha mãe fechou a mala já vazia e a guardou no armário. Depois, virou e deu uma olhada no meu quarto. "Onde ficam os lençóis?"

Eu lhe mostrei o armário no corredor. Ela pegou um conjunto limpo e foi imediatamente trocar os lençóis da cama, afofando os travesseiros e deixando tudo bem esticadinho, como em um hotel. Eu me lembro de vê-la fazendo aquilo, parada ali como um zumbi.

"Melhor assim, não acha?"

Fiz que sim. Estava melhor.

Segui minha animada e determinada mãe até a sala. "Então, eu estava pensando, Rose", ela começou a dizer. "Vamos limpar este lugar até deixar tudo brilhando, porque uma casa limpa sempre faz com que eu me sinta melhor. Depois vamos sair para comprar algumas coisas para deixar o apartamento mais colorido. Talvez um tapete, almofadas, uns enfeites para as mesas e as estantes, para dar uma animada. Podemos dar uma voltinha e comprar tudo que você precisa."

"Tá bom", concordei. Estava nas mãos dela.

Minha mãe sorriu. "Maravilha."

Mostrei a ela o armário em que April e eu guardávamos o limpa-vidros, a vassoura, o esfregão, os panos e o espanador. Começamos a limpar tudo, avançando pouco a pouco pela cozinha pequena até que estivesse impecável e organizada, depois seguindo para a sala e o banheiro.

Em nenhum momento minha mãe me perguntou sobre Arturo. Nem quando estávamos comprando coisas para o apartamento, nem quando estávamos na livraria, decidindo que romances de mistério eu deveria ler, nem quando ela me levou para jantar. Minha mãe não me perguntou por que tínhamos terminado, ou por que eu não o conseguia esquecer. Ela não perguntou e eu não me ofereci para explicar, não contei chorando que tinha visto Arturo no campus outro dia, de mãos dadas com uma menina que parecia mais nova e talvez estivesse no primeiro ano, que ele tinha me substituído rapidinho e que saber daquilo doía muito. Minha mãe não gostava de remoer as coisas.

Mas aquele foi o primeiro dia em muito tempo que não chorei.

A energia da minha mãe era infinita, e sua alegria também. Irradiava de seu corpo, e eu a senti se infiltrando na minha pele, chegando a meu coração partido.

Quando escureceu lá fora e já estávamos prontas para ir para a cama, comecei a arrumar o sofá da sala, para dormir ali. Minha mãe me impediu.

"Não, Rose. Sua cama é grande o bastante para nós duas." Ela olhou para mim de um jeito que fez com que eu me sentisse investigada. Parecia que estava vasculhando meu cérebro. "Acho que vai ser bom ter companhia. Sei que está com dificuldade de dormir, e sempre dormiu mais fácil quando havia alguém acordado junto com você. Só vou fechar os olhos depois que você pegar no sono."

Pisquei para ela. Sim, eu andava com dificuldade de dormir, e, sim, tudo que ela havia dito era verdade. Eu me vi ansiosa por aquele alívio tão simples que minha mãe oferecia, mas também resistente a ele. "Não sou mais criança", disse.

"Não. Mas pode me deixar fazer essa coisa mínima por você?"

Não respondi diretamente, apenas peguei os travesseiros que havia levado para o sofá, voltei para o quarto e fui para a cama. Minha mãe se sentou do outro lado e ficamos as duas à luz dos abajures, lendo os romances de mistério que havíamos comprado.

Houve momentos na vida em que pensei que minha mãe era muito antiquada e rígida. Mas, conforme envelheci e a vida ficou muito mais difícil, muito mais complicada, acho que passei a valorizá-la mais — ou pelo menos espero que sim. Quem ela é e como ela é. Há momentos em que me ocorre que gosto dela como pessoa, quase como se fosse uma amiga, momentos em que a constatação de que, apesar das nossas diferenças, ela é incrível, me atinge com tudo. Quanto mais velha fico, mais momentos assim experimento, mais me identifico com ela, como poderia me identificar com Jill, Denise ou Raya. Só que ela é ainda melhor do que uma amiga, porque é uma mãe, é a *minha* mãe, e vai me amar como ninguém mais no universo poderia.

Mas e durante aquela visita em particular, quando eu ainda estava na faculdade?

Foi a primeira vez que percebi o quanto gostava daquela pessoa sentada ali, lendo ao meu lado na cama. Fiquei muito agradecida por aquela mulher, que, quando eu estava pegando no sono e desliguei o abajur ao lado do meu travesseiro, me disse: "Boa noite, querida, vou continuar lendo mais um pouquinho", como se não fosse nada de mais, como se pudesse ler a noite toda enquanto eu dormia, muito embora eu soubesse que ela estava cansada depois de um dia agitado. Eu conseguia ver isso em seu rosto.

Agora, consigo ver a exaustão no rosto da minha mãe, recostada na poltrona do hospital. Thomas voltou para o lado do amigo e meu pai foi à lanchonete, comer alguma coisa. Sou eu que tenho vontade de me deitar com minha mãe agora e ficar acordada lendo enquanto ela não pega no sono, sem nunca sair do seu lado, para que, quando estiver acordada, quando abrir os olhos, veja que tem alguém que ama ao seu lado, em vigília, se certificando de que está tudo bem.

Seus olhos ficam indo para Thomas e Angel, depois voltam para mim. Ela sorri, e eu noto que parte de sua energia retorna.

Pego sua mão e a aperto. "No que você estava pensando, mãe? Dando meu número a um cara que acabou de conhecer?" Parece que a estou repreendendo, mas na verdade estou achando graça.

"Não é óbvio? Eu estava pensando em arranjar alguém para a minha filha", diz. "E não é um cara qualquer. Ele é que nem você, Rose, professor! Acho que é o cara perfeito! Bonito, alto, simpático com a sua mãe." Ela parece ter cada vez mais energia, como se interferir na minha vida amorosa a ajudasse a voltar a ser a mulher forte que em geral é, sempre se metendo nas minhas coisas.

"Eu estou bem, mãe", digo a ela. "Vou acabar conhecendo alguém."

"Bom, eu gostaria que você conhecesse alguém agora."

"Tenha paciência, mãe."

Ela fica quieta por um momento, depois diz: "Tenho que fazer o que posso enquanto ainda estou aqui, Rose. Quero te ver encaminhada e feliz antes de partir".

Um nó se forma na minha garganta. "Mãe, não fala assim!"

A respiração dela está constante. Aos pingos, a quimioterapia entra em suas veias, devagar, sempre muito devagar. "Querida, em algum momento, todos vamos ter que encarar a verdade."

Eu inspiro de maneira audível. Levanto. Meu peito dói. Tenho que sair daqui. "Vou pegar alguma coisa para beber. Já volto."

Quando chego à máquina de café, já estou chorando. Procuro por moedas na bolsa e coloco na máquina, uma a uma, ouvindo o som do metal aterrissando. Um copo cai sobre a grade debaixo do bico por onde sai o café. Ouço um zumbido, depois um assovio, e o líquido fumegante começa a escorrer, denso como lama.

Não parece bom, penso, olhando mais de perto.

Por um momento, me deixo distrair por algo tão idiota quanto a máquina de café — do hospital, do câncer, da minha mãe, da quimioterapia e do horror do que ela está vivendo, que estamos todos vivendo com ela, das últimas palavras que me disse sobre a verdade, o que quer que ela ache que é — embora eu mesma saiba bem. O café para de pingar, mas só chega até a metade do copo. Decido que não tem problema e vou pegar o copo quando a máquina de repente volta a funcionar, descontrolada, espirrando pó de café e água quente em toda parte, em mim, na minha mão, na manga da malha.

"Merda!" Puxo a mão de volta e olho para minha pele, onde bolhas vermelhas já se formam. "Merda!", repito, agora mais baixo. Balanço a cabeça, me viro e apoio as costas contra a parede. "Não consigo...", sussurro para ninguém, deixando os ombros caírem e a frase morrer no ar.

"Essa máquina é péssima. A do segundo andar é bem melhor."

Ergo os olhos. Thomas está ali. "Cacete", digo baixinho. Tento me recompor. Estou toda suja de café, tenho pó em todo o braço. "Desculpa. É que... não estou tendo um bom dia."

"Talvez eu possa ajudar", diz Thomas. Ele abre a mochila e começa a procurar alguma coisa dentro dela.

"Não sei como fazer isso", digo, mais para mim mesma que para ele.

E não estou falando do café.

Aquele cara, Thomas, fica quieto por um momento. Então tira um guardanapo da mochila e me oferece. Eu aceito. Olho para ele, olho para ele de verdade desde que minha mãe nos forçou a nos conhecermos. Thomas retribui meu olhar. Vejo compreensão em seus olhos. Ele estende a mão para mim.

"Ninguém sabe", diz.

Vinte e nove

2 DE MARÇO DE 2008

ROSE, VIDA 6

A neve cai lá fora.
Padrões de gelo intricados se formam no vidro.
O calor e a alegria reinam aqui dentro.
"Oi", eu digo para a bebezinha nos meus braços. *Minha bebezinha.* "Addie."
Não consigo parar de olhar. Ela é hipnotizante. O trauma do parto, a exaustão e a dor, tudo parece muito distante, como se tivesse acontecido há semanas, e não há poucas horas. Olhando para Addie, quase esqueço que estou na cama do hospital, quase não noto o cheiro antisséptico, os lençóis ásperos, as paredes feias, os aparelhos. Addie dorme, com os olhos bem fechados, como se preocupada que possam sair voando das órbitas a qualquer minuto caso não se esforce para mantê-los assim. Sua respiração suave preenche o silêncio. Talvez Addie vá roncar como o pai. Como é estranho pensar esse tipo de coisa, que esta bebê em meus braços possa vir a ser como o pai, ou como eu, sua mãe. E de que maneiras Addie vai ser ela mesma, diferente de nós dois.
A porta range ao abrir. "Rose?", eu ouço. É meu pai que me chama, um sussurro na penumbra.
Eu o vejo me olhando do corredor. "Estou acordada", digo.
Ele entra na ponta dos pés, com minha mãe em seu encalço.

"Não precisam se preocupar, ela apagou", eu digo, mas não sei se meus pais ouvem. Seus olhos estão fixos em Addie.

Minha mãe está usando um suéter amarelo-canário, a cor da felicidade, segundo ela. Vestiu-o no momento em que recebeu notícias de Luke dizendo que estávamos bem, que tínhamos sobrevivido ao parto e gozávamos de boa saúde. Minha família é supersticiosa, motivo pelo qual minha mãe não podia vestir o suéter da alegria antes que as boas notícias fossem oficializadas. Ela convenceu meu pai a também usar um conjunto amarelo-canário.

Rio, apontando para ele. "Gostei da roupa, pai."

"Eu concordaria em usar o que quer que sua mãe mandasse hoje", diz ele. "Espera só até ela te vestir de amarelo também."

Minha mãe mostra um gorrinho de crochê para Addie, da mesma cor. "O que acha, Rose?"

"Acho ridículo", digo para ela, sorrindo. "Amei."

"Que bom!" As bochechas dela ficam vermelhas à meia-luz. "Tenho um suéter pra você também, claro." Ela começa a revirar a bolsa que meu pai carrega no ombro. "Pensei que Luke poderia tirar um retrato de família da gente."

"Não falei, Rose?", diz meu pai, apontando para o suéter. "Você é a próxima."

"Vou usar o que você quiser hoje, mãe."

Ela para de revirar a bolsa para levantar o rosto e sorrir para mim.

Como é fácil deixar meus pais felizes — é só dizer a minha mãe o que ela quer ouvir, dar a ela o que sempre quis, concordar com o suéter, concordar com o neto. Para que toda a resistência a ter um filho? Por que eu era tão contra? O que há de tão errado em trazer todo esse amor para minha própria vida?

Minha mãe me entrega o suéter ridículo, e meu pai pega Addie, para que eu o vista sobre o corpo dolorido. Faço essas coisas como se fossem tudo que eu sempre quis, como se tivesse sido feita para esse papel, de mãe recente.

Depois me sento na cama do hospital e fico vendo meus pais se ocuparem de Addie. Noto a ausência em meu seio, o calor que ela deixou para trás. Como meu cérebro e meu corpo se adaptam rápido a essa nova presença na minha vida; como meu cérebro e meu corpo desenvolvem depressa outro sentido, um sentido relacionado a ela — o fluxo entre sua proximidade e distância, a consciência de sua localização, seu conforto, seu bem-estar.

O que vai acontecer com meu trabalho, com minha carreira? Meu cérebro vai retornar à pesquisa, à escrita, às aulas, voltará a ser o mesmo? Nunca mais serei a mesma?

Isso importa? Eu ligo?

Puxo o lençol.

Por ora, decido que não me importo com o que vai acontecer, que tenho o direito de desfrutar do êxtase amarelo deste momento.

Meu pai se inclina e pressiona uma bochecha contra a cabecinha macia de Addie.

Tudo porque estendi a mão para Luke aquele dia.

Eu me agarro ao pensamento, o reviro, o avalio. Eu me inclinei para ele em vez de recuar, estendi a mão para meu marido em vez de afastá-lo, e por causa dessa mínima mudança Addie existe. Esta cena no hospital, comigo, meu marido, meus pais e minha filha, existe. A realidade de que Addie poderia facilmente não existir, a leveza de sua presença no mundo, quase me deixa tonta. Faz menos de um dia que ela nasceu, e a ideia de que poderia não estar aqui, de que poderia ser algo de que me esquivei por pouco, parece impossível. A existência de Addie é necessária, essencial, tão importante quanto o ar, quanto respirar, quanto o coração que bate no meu peito.

Quem eu seria hoje se tivesse brigado com Luke?

Uma estranha sensação de satisfação se espalha dentro

de mim, a sensação de que eu podia fazer aquilo, dar ao mundo um bebê, dar a meus pais uma neta para pegar no colo, amar e mimar.

A cabeça de Luke aparece à porta e ele começa a rir.

"Bela roupa, mamãe."

Minha mãe levanta o rosto e olha para meu marido.

Ele ri de novo. "Eu estava falando com a outra mamãe. Com Rose."

Ela dá um beijo na bochecha de Luke. "Tenho um suéter pra você também."

Ele revira os olhos. "Claro que sim."

"Seus pais já chegaram?", minha mãe pergunta. "Podemos emprestar nossos suéteres e tirar uma foto de família de vocês com eles também."

"Obrigada por oferecer", diz Luke, para agradá-la, mas de jeito nenhum que Nancy e Joe vão topar vestir os suéteres, e ele sabe disso. Luke pega a câmera, a grandona, a que reserva para ocasiões importantes.

Não estou nem um pouco ansiosa para ver meus sogros, para ouvir seus conselhos e suas tentativas de controlar tudo — me controlar, controlar Addie, controlar o filho deles. Cheguei a pensar se ter um bebê poderia fazer com que voltassem a ter carinho por mim. Mas a gravidez só intensificou a necessidade que eles sentem de me dizer o que fazer e quem devo ser. Talvez nunca mais possamos voltar àquele ponto em que todos nos dávamos bem.

"Sorriam", diz Luke. Minha mãe já fez com que ele vestisse o suéter, de modo que estamos todos combinando.

É a coisa mais ridícula que já permitimos que minha mãe fizesse conosco, mas não importa. Tudo que importa é como ela está feliz hoje, como sua felicidade se espalha pelo quarto, fazendo as bordas da minha visão ficarem borradas, como em uma fotografia velha, algo que poderia ter acontecido no passado ou no futuro, mas não agora, no presente.

Addie continua dormindo enquanto tiramos as fotos —

de nós cinco, quando Luke aciona o temporizador da câmera; depois, só de meus pais, Addie e eu; depois de Luke, Addie e eu; depois de mim e Addie; e, por fim, de Addie e Luke. Não consigo parar de sorrir, como se, caso parasse, talvez tudo isso, meus pais, Addie e Luke, tudo que há de bom neste quarto, fosse desaparecer. Tiramos fotos com todas as combinações possíveis de pessoas, mas resta uma de que sei que preciso, como se dela minha vida dependesse.

"Luke, pode tirar uma foto minha com minha mãe e Addie? Só nós três?"

"Claro", diz ele.

Minha mãe se senta na beirada da cama.

"Você está longe demais", digo a ela. "Quero poder te abraçar."

Minha mãe me olha de um jeito que faz com que eu sinta que sou a única pessoa no mundo. Absorvo isso, deixo que penetre minha pele e seja levado pelas minhas veias até todas as partes do meu corpo. Quero guardar o sentimento para os dias difíceis, porque dias difíceis sempre vêm, não é verdade?

"Eu te amo, Rose", minha mãe diz.

Há uma estranheza nesse momento, de certo modo a cena diante de mim não parece real. Meus pais radiantes, minha mãe radiante. Meus olhos retornam para Addie, pequenina e linda, passam pela mulher que está segurando minha filha, minha bebê, com tanta delicadeza, tão à vontade, como se sempre tivesse sido seu destino segurar a neta.

Tento aproveitar o momento.

Mas é um sonho? Tudo isso aconteceu de verdade?

Vou acordar e perceber que é tudo muito diferente?

Trinta

12 DE FEVEREIRO DE 2010

ROSE, VIDA 8

A porta da clínica de aborto é de alumínio, e a tinta vermelha está descascando.

Olho para ela, incapaz de dar os últimos passos, que me levarão do corredor para dentro, para mais perto da decisão que venho hesitando em tomar desde que vi os sinais de positivo, as linhas paralelas, os sins nos testes de gravidez que comprei na farmácia.

Jill está atrasada. Ela me mandou uma mensagem dizendo que está presa no metrô. Um passageiro passando mal está segurando todo mundo.

O carpete sob meus pés está desgastado, puído, sujo, como as paredes que já foram brancas mas agora estão manchadas de cinza. Há apenas duas lâmpadas no teto, uma delas apagada.

Tudo à minha volta parece dizer: *É isso que mulheres que se recusam a ser mães recebem: imundície, reprovação, escuridão. Não merecem laboratórios e maquinários impecáveis, luzes fortes e médicos animados fazendo ultrassom, maternidades alegres, em tons pastel.*

Passo pela porta.

Lá dentro, a coisa não é muito melhor. Há um pouco mais de luz, a mulher que me cumprimenta com um sorriso é simpática, mas falamos através do vidro à prova de balas, que conta com buraquinhos para que possamos nos ouvir. Fazer um aborto precisa mesmo envolver um vidro blindado?

"Marquei às duas", digo. "Rose Napolitano."

A mulher olha para o computador, depois assente e aperta o botão que abre uma porta, para que eu possa entrar. Deixo o vidro blindado para trás e passo à sala de espera. A decoração aqui é mais bonita que na entrada. A parede está pintada de um tom agradável de cinza, há pilhas de revistas na mesa de centro, cadeiras que parecem relativamente novas bem alinhadas às paredes. Conto seis mulheres, duas delas com os companheiros ou amigos, as outras sozinhas.

Eu me sento e fico olhando para a frente, com os olhos fixos em um pôster com uma lista de dicas de como impedir a gravidez. Fico me perguntando se Jill vai chegar, torcendo para que chegue, pelo menos antes de eu ir embora.

O relógio na parede indica que são duas e dez. Espero que chamem meu nome.

"Não deixe que Luke a convença a ser alguém que você não é."

Minha mãe e eu estávamos na cozinha da casa dela. Eu lhe fazia companhia enquanto ela preparava almôndegas e molho de tomate. Eu adorava a familiaridade daquilo, de ficar por perto enquanto minha mãe separava os ingredientes, recebendo instruções dela de como algo precisava ser picado, do que pegar da geladeira, de descascar outro dente de alho. Era algo que vínhamos encenando desde que eu era pequena e minha mãe passara a me chamar para cozinharmos juntas, uma arte que ela dominava muito antes de eu nascer. Minha mãe exercia o tipo de autoridade tranquila na cozinha que eu reconhecia em mim mesma quando ia para a frente da sala de aula ou dava uma palestra.

Eu estava debruçada sobre a mesa, picando salsinha, quando ela fez aquele comentário. "Do que está falando, mãe?"

"Dá para ver que você está infeliz com ele, Rose. Faz

um bom tempo que você está infeliz nesse casamento." Ela falava com severidade, mas também com compaixão.

Continuei picando a salsinha, cada vez mais fino. Era tão óbvio?

"Você pode me contar a verdade sobre como está se sentindo. Quero saber."

"Luke e eu estamos tendo problemas", admiti.

Minha mãe se aproximou para supervisionar meu trabalho. "Está bom assim, senão vai virar papa." Ela pegou a tábua de cortar que estava à minha frente e jogou a salsinha no molho de tomate. "Quando isso começou?"

"Depois do aborto espontâneo", falei.

Minha mãe enxaguou a tábua, secou rapidamente com um pano de prato e a colocou à minha frente na mesa. Então me passou uma cabeça de alho. "Oito ou nove dentes picados bem fininho para as almôndegas." Ela se inclinou e deu um beijo no topo da minha cabeça. "Achei que talvez tivesse sido isso."

Liguei para minha mãe no dia seguinte ao episódio, depois de ter passado a noite toda vendo meu marido soluçar. Quando lhe dei a notícia, ela disse de maneira automática, no mesmo instante: "Sinto muito, Rose". Então a ouvi fungar e percebi que estava chorando. Aquilo me fez pensar que talvez fosse eu quem devesse dizer que sentia muito. Primeiro Luke, depois minha mãe. Por que comigo era diferente? Por que não sentia nada? Por que não conseguia chorar? Por que não parecia uma perda tão grande, se antes de tudo era eu quem estava grávida, e depois não estava mais? "Bom, se você engravidou uma vez, pode engravidar de novo", disse ela, igualzinho a Luke. "Não sei se quero, mãe", falei, e ela ficou quieta. "Acho que estou aliviada." *Sei* que estou aliviada, eu tinha pensado. Quando ela voltou a falar, foi para me dizer que eu devia dar um tempo a mim mesma, e que então, talvez, me sentisse um pouco diferente depois que o tempo passasse.

Foi o que fiz. Deixei o tempo passar, deixei Luke cuidar de tudo, de mim, do meu corpo. Só que, quanto mais tempo passava, mais eu me ressentia em relação ao meu marido.

Abri a cabeça de alho e fatiei um dente, depois comecei a fatiar outro. Enquanto fazia aquilo, decidi contar a verdade à minha mãe. "Desde o aborto", falei, "é como se Luke não me enxergasse. Ele só consegue pensar em gravidez. Por um bom tempo, deixei-o fazer o que queria, mas, alguns meses atrás, parei com isso. Disse que estava cansada." Ergui o rosto. Minha mãe estava no meio do caminho entre o fogão e a mesa. Fez um ligeiro aceno de cabeça para mim. "Sei que não quero um bebê, mãe. E acho que não quero mais Luke. Talvez não queira continuar casada. Sinto muito se isso é uma decepção. Não gostaria que fosse."

Minha mãe levou as mãos à cintura, fechou os olhos por um momento e soltou o ar. "Bom." Ela limpou a bochecha com a ponta do avental. "Não quero mentir para você, Rose." Ela suspirou. "Fico chateada, mas só porque eu torcia para que talvez você viesse a querer um filho, para que eu talvez tivesse um neto. Sempre quis um neto."

"Eu sei", sussurrei.

Ela alisou o avental. Tinha manchinhas de molho de tomate. "Só que o mais importante para mim é que você seja feliz. E fico triste de ouvir que está triste. E brava. Sempre gostei de Luke. E, por um bom tempo, vocês pareceram se dar bem."

Naquele momento, pensei em como aquela conversa estava sendo diferente da que havíamos tido na praia, quando ela dissera que tinha fé em que eu seria uma boa mãe. As coisas haviam mudado muito desde então, passando de uma espécie de esperança hesitante para raiva e desespero. Eu não achava que aquela distância pudesse ser superada.

"Talvez vocês possam resolver as coisas", minha mãe continuou dizendo. "Talvez, se você disser a Luke que ele precisa desistir dessa história, que vocês simplesmente não vão ter um filho juntos, talvez vocês consigam encontrar um caminho."

Eu me levantei e passei o alho fatiado para a grande tigela de inox cheia de farinha de rosca, parmesão e ervas, onde acrescentaríamos a carne das almôndegas. Tentava decidir se tinha coragem o bastante para dizer à minha mãe o que mais estava acontecendo comigo.

"Rose, tudo bem dizer não para Luke. 'Chega', você precisa dizer a ele. 'Não vamos ter um bebê. Tentei e não funcionou.' É tudo que você precisa dizer."

"Estou arrependida, mãe. De tudo", falei, olhando para a tigela de inox. "Devia tê-lo deixado muito tempo atrás, antes que as coisas chegassem a esse ponto."

"Que ponto? Do que você está falando?"

Virei para ela, decidida a contar. "E se eu te dissesse que estou grávida?"

Ela inspirou fundo. Então foi até o fogão e mexeu no molho com força, fazendo um pouco dele espirrar na bancada. Ela olhou para a panela. "Você está grávida?"

Não respondi.

Sim, eu estava.

Eu tinha engravidado da última vez que havíamos transado, no dia em que eu dissera a ele que me recusava a me consultar com um especialista em fertilidade, que não iria de jeito nenhum. Desde então, mal nos falávamos. Era uma grande ironia. Eu havia prometido a mim mesma que não voltaria a transar com Luke até ter vontade de novo, e logo chegara à perturbadora conclusão de que nunca ia ter. Estava bastante certa de que meu desejo por Luke estava morto para sempre.

Então, cerca de uma semana atrás, enquanto me arrumava para o trabalho certa manhã, percebi que meus seios doíam e que pareciam maiores, que eu estava diferente naquele vestido.

Minha menstruação. Estou grávida.

As palavras piscaram na minha cabeça, e não pararam mais.

Comecei a chorar. Eu não tinha conseguido derramar nem uma lágrima por causa do aborto espontâneo, mas derramava pela gravidez. Chorei e chorei. Chorei no caminho para o trabalho e chorei à mesa quando cheguei à minha sala. Sofria pela inevitável perda do meu casamento com Luke e pelo bebê que tinha certeza de que nunca daria a ele ou a qualquer outra pessoa. Não poderia. Não daria. De jeito nenhum.

Minha mãe arrancou uma folha do rolo de papel-toalha e limpou o fogão sujo de molho. "Ah, meu bem", disse. "O que você vai fazer?"

Ainda estou na sala de espera quando Jill chega.

"Rose, desculpa o atraso!" Sua voz me assusta, alta em meio ao silêncio, mas ninguém além de mim levanta o rosto. Nós nos abraçamos, e ela se senta ao meu lado. "Como você está?"

Dou de ombros. O vestido azul de Jill parece vivo demais em contraste com as cores sem graça à nossa volta.

"Pensou em contar a Luke?" É uma pergunta que Jill vive me fazendo. Desde que contei a ela sobre a gravidez.

Faço que não. Dou a mesma resposta que dei antes. "Se eu tivesse contado, ele não teria me deixado vir."

Ela assente e se recosta na cadeira.

"Não sei se um dia vou contar a ele", digo.

Jill hesita. "Talvez você devesse..."

"A decisão é minha. Não dele." A força da minha raiva me surpreende. "Parei de me preocupar com o que Luke pensa há muito tempo." Quando as palavras saem, percebo que são verdadeiras. Tenho a resposta bem na minha frente — do que não quero mais, que é o nosso casamento.

Uma enfermeira aparece à porta. "Rose Napolitano?"

"Sou eu", digo, erguendo o braço.

Jill impede que eu me levante. "Vamos superar isso, Rose. Está bem? Estou aqui, não importa o que aconteça."

Sinto algo no peito ao ouvi-la dizer isso, e penso: *Às vezes as mulheres precisam mais umas das outras do que dos homens. O que eu faria sem amigas como Jill? Como sobreviveria?*

"Eu sei", digo a ela. "Te amo."

Enquanto vou até a porta, passando pelas outras pessoas na sala de espera, penso no que outra mulher me disse, quando expliquei a ela que estava grávida, mas que não podia ter o bebê, porque a maternidade não era para mim. A mulher que é minha mãe. Ela me disse que, se eu não queria de coração ter um filho com Luke, então não o devia ter. Ela me disse que eu devia confiar no meu coração, e que ela confiava em mim, o que quer que eu decidisse fazer. Penso em como deve ter sido difícil para ela dizer essas coisas, considerando aquilo de que estava abrindo mão por minha causa — de um neto, depois de tanto esperar por ele. Eu soube na hora, muito claramente, que minha mãe me amava de maneira incondicional, que é isso que as pessoas querem dizer quando falam de amor incondicional entre mãe e filho.

Decido confiar no amor da minha mãe agora, nas palavras que ela me disse, e nas palavras que Jill me disse também. Eu precisava da fé delas para ter fé em mim mesma. "É a coisa certa a fazer", sussurro baixinho. A enfermeira vira para mim, com os olhos cheios de compaixão. Eu a sigo pela porta e não olho para trás.

Trinta e um

2 DE MAIO DE 2010

ROSE, VIDA 5

Thomas e eu voltamos a nos ver — claro que sim. Fico esperando que Luke descubra a traição. Deixo um rastro de pistas: mensagens de texto, recibos, volto tarde à noite, não atendo o celular, deixo o laptop aberto com e-mails incriminadores na tela, à plena vista. Não importa o que eu faça, Luke não tira os olhos de Addie. Mesmo que eu praticamente use uma placa no corpo dizendo em letras garrafais, *Luke, sua esposa está tendo um caso*, ele não nota que algo mudou — que eu mudei. Eu gostaria de encontrar a coragem para deixá-lo, mas fico procurando pela Rose corajosa e não a encontro dentro de mim.

"Addie!", grito.

Viro de costas por trinta segundos e de alguma maneira Addie passou de uma cadeira da cozinha para a mesa e está precariamente equilibrada. Eu a vejo cambalear, tombar para a frente. Quando está prestes a cair, eu a pego, gritando o tempo todo. E se não tivesse conseguido? Ela teria batido a cabeça e acabado com um traumatismo craniano? Ou pior, batido a cabeça e morrido? Aperto o corpinho dela com força, arfando, e ela começa a chorar.

"Está tudo bem, está tudo bem, a mamãe só se assustou", sussurro em seu ouvido, e ela chora ainda mais. Eu a levo para o sofá e a coloco no colo, seu corpinho curvado enquanto chora. "Está tudo bem", volto a dizer, e ela enterra a cabeça no meu pescoço. "Mas você não pode subir nas coisas assim,

Funga-Funga. É perigoso, e a mamãe te ama demais pra você brincar assim." *A mamãe não suportaria te perder, minha linda.*

Quando o choro de Addie se acalma, e meu pânico também, dou beijinhos no topo de sua cabeça macia. A imagem dela caindo não para de passar pela minha cabeça, a mesa parecendo cada vez maior, até ter três metros de altura, depois cinco, e minha Addie escorregando da beirada do penhasco na cozinha. Meu coração bate mais forte e eu a seguro com mais força, quero envolvê-la com meu corpo, fazer com que meu amor seja uma espécie de camada protetora.

Addie relaxa contra mim, com a respiração voltando ao normal.

Já senti esse tipo de amor por Luke. Eu me lembro de como senti isso na nossa lua de mel, essa possessividade, esse medo de que a qualquer momento eu pudesse perdê-lo, de que ele poderia morrer e meu coração ficaria partido para sempre. Estávamos deitados na cama, à tarde. Lembro que os lençóis brancos eram iluminados pelo sol que entrava pelas portas de vidro do nosso quarto. Era o tipo de tarde que só se podia ter numa lua de mel, em que todo dia se repetia o ciclo de acordar, comer, nadar, relaxar, comer de novo, tomar um vinho ou um drinque e se deleitar com a beleza e a liberalidade de um hotel impecável, especificamente pensado para recém-casados, para se desfrutar da companhia um do outro, para se fazer amor, curtir um ao outro e depois fazer amor de novo.

Luke e eu ríamos deitados ali, embora eu não lembre sobre o que conversávamos.

Mas lembro de olhar no rosto dele e pensar que era o mais lindo, o mais perfeito, o mais especial que eu já tinha visto, que ele era a pessoa mais importante de todo o universo, que eu jamais poderia perdê-lo, ou as coisas nunca mais voltariam a ficar bem. A sensação era como um lampejo abrasador, me queimando, gigantesco, deixando cicatrizes, produzindo uma mistura de dor, medo e desespero. Eu me lembro de ter pensado: será que esse é o tipo de amor que os pais dizem que sentem pelos filhos, mas que em vez disso eu sinto por Luke?

Agora que tenho Addie, sei que a resposta é ao mesmo tempo sim e não. Era e não era a mesma coisa. Era a mesma coisa no sentido de que é exatamente o tipo de amor que sinto por Addie, mas não era nem um pouco o mesmo, porque o Grande Amor que vivi na minha lua de mel veio e foi embora, enquanto o que tenho pela minha filha é permanente. Meu amor por Addie é aterrorizante, como um estado perpétuo de vertigem, uma sensação permanente de viver à beira do abismo.

Odeio isso. É exaustivo, o terror constante.

Também amo isso. Não trocaria esse amor por nada no universo. Sou um clichê ambulante, e não me importo. Quem se importa? Quem se importa quando uma pessoa descobre que um amor assim tão grande existe e é dela para sempre, para o bem e para o mal?

Addie se ajeita, vira o rosto para cima e abre os olhos, me encarando daquele jeito que aciona diretamente meu coração. "Oi, filha."

Ouço a porta se abrir. Luke aparece, virando o canto que dá para a cozinha. Ele então nos vê, Addie e eu, do outro lado do cômodo, sentadas no sofá. Não, ele vê Addie, apenas Addie. Sou só um suporte para nossa filha. Poderia muito bem ser de plástico.

"Oi, Luke", digo.

"Ah. Oi, Rose", diz, pronunciando meu nome depois de um tempo. Como algo que pudesse ter esquecido ao sair para fazer compras, como ovos ou leite.

Como se termina um casamento?

É como tentar parar um trem lento, pesado, ameaçador, algo que leva uma eternidade até parar por completo. Seu movimento natural seria seguir em frente, estável, implacável.

Às vezes, acho que seria capaz de deixar Luke. De encontrar em mim a força necessária para largar mão, para dizer a ele: *Não te amo mais, não do modo como deveria, não do modo como quero amar e ser amada.* Terminar é a coisa certa a fazer, não é? E já não é hora?

Conto a ele sobre Thomas? Ou deixo essa parte de fora?

Contei a meu pai sobre Thomas. Ainda não consigo acreditar que fiz isso, mas fiz. Ele tinha acabado de chegar da oficina, e eu estava esperando por ele, sozinha na casa. Tínhamos combinado um de nossos jantares só nós dois. Minha mãe tinha ido à reunião do clube do livro.

Eu estava sentada na sala da casa onde cresci, com as mãos apoiadas nos joelhos, olhando para um dos porta-retratos numa mesa — dos meus pais, Luke e eu no nosso casamento. Estava tentando entender como era possível ter sido tão feliz com aquele homem e agora me encontrar na situação em que me encontrava, com uma filha que amava mas nunca havia desejado, tendo um caso com outro homem e traindo o marido que antes pensava ser minha alma gêmea. Eu estava chorando.

"Rose? Filha?" Meu pai estava parado à porta. "O que foi?"

Lágrimas rolavam pelas minhas bochechas, até meus lábios, meu queixo. Eu as enxuguei. "Nada. Desculpa. Só estou tendo um dia difícil."

"O que aconteceu? Conta pra mim." Ele se aproximou e se sentou comigo no sofá.

Isso me fez chorar ainda mais. Eu não podia contar ao meu pai no que estava realmente pensando. Como uma filha conta ao pai que estava tendo um caso, desde a gravidez, depois de parir e enquanto sua filha crescia? Debaixo do nariz de todo mundo? Como eu podia assumir tamanha enganação, tamanha traição? A única pessoa a quem eu havia contado sobre Thomas era Jill. Todo munda achava que Luke e eu estávamos ótimos. Tínhamos uma filha e estávamos vivendo um sonho!

"Aconteceu alguma coisa com Addie? Ou com Luke?"

Balancei a cabeça, me esforçando para respirar. "Não, não. Está tudo bem com Addie. Luke está bem."

Meu pai foi até a mesa de canto, pegou uma caixa de lenços e me entregou.

Enxuguei os olhos e as bochechas. "Obrigada, pai."

"O que aconteceu?"

"Acho que não posso contar."

Ele me olhou com seriedade, me examinando. "Você pode contar qualquer coisa pro seu pai."

"Você vai achar que sou uma pessoa horrível. Porque sou uma pessoa horrível." Comecei a soluçar. "Mamãe ficaria horrorizada."

Meu pai me abraçou com força. "Pode me contar", ele sussurrou. "Prometo."

Eu não conseguia me lembrar da última vez que meu pai havia me abraçado daquele jeito. Talvez aquilo não acontecesse desde o ensino médio, quando eu quebrara o tornozelo durante o treino e não pudera participar da competição estadual. "Estou tão cansada, pai", disse a ele entre soluços, tentando parar de chorar, tentando respirar, com o ar entrando e saindo, devagar e sempre. Eu me endireitei e meu pai recolheu os braços. Enxuguei os olhos de novo e soltei o ar pela boca. "Não sei se quero continuar casada." Disse isso de repente, um latido em meio ao silêncio. Baixei os olhos para o carpete e fiquei olhando fixo para os tufos de fibra cinza desgastada. Não queria ver a reação dele.

"Você e Luke estão tendo problemas?"

Balancei a cabeça. Meus olhos continuavam no chão. "Pai, eu amo outra pessoa." Pronto. Eu havia dito. A única coisa que era ainda pior do que admitir que não queria mais continuar com meu marido. "Sou uma pessoa horrível. Por favor, não me odeie."

Não sei o que eu esperava do meu pai — raiva, recriminação, decepção, choque. Qualquer outra coisa além do que ele perguntou a seguir.

"Qual é o nome dele?"

"O nome dele?"

"Da pessoa por quem você se apaixonou."

Ergui o rosto e meus olhos encontraram os do meu pai. "Thomas", falei, com a voz rouca de tanto chorar.

"Quanto tempo faz?"

"Muito tempo." Eu sentia a vergonha subindo pela espinha, pelo pescoço. "Alguns anos."

Meu pai pareceu refletir a respeito. Sua expressão era indecifrável. "Ele é bom para você?"

Pisquei. "Sim."

"E você quer ficar com ele?"

"Sim." Havia algo no fato de dizer aquilo para meu pai que finalmente me permitia reconhecer que era verdade. "Tentei parar de vê-lo mais de uma vez, só que nunca deu certo. Eu o amo demais."

"As pessoas se apaixonam mesmo quando não querem, Rose", disse meu pai. Depois perguntou: "Luke sabe?".

Fiz que não com a cabeça.

"Acha que ele desconfia de algo?"

Pensei em todas as pistas que vinha deixando para Luke, de maneira negligente, como uma idiota, pensando que seria mais fácil acabar com meu casamento se ele descobrisse a respeito de Thomas. De repente, fiquei aliviada por ele estar tão envolvido com Addie que parecesse cego a tudo que eu fazia. "Acho que não", respondi. "Luke anda muito distraído. Só consegue pensar em Addie."

Meu pai suspirou. "E você não acha que é possível consertar as coisas?"

Neguei com a cabeça. "Acho que cansei de tentar, pai."

"Certo. Bom." Ele olhou para mim. Parecia triste. "Então você vai ter que criar coragem e acabar com esse casamento, Rose."

"Eu sei", sussurrei.

"Sinto muito que esteja passando por isso, filha. Sinto muito que você e Luke tenham acabado assim."

"Eu também."

Meu pai estendeu um braço e pôs uma das mãos no meu joelho. "Fico feliz que tenha me contado. Você sempre pode me contar tudo, Rose", meu pai prosseguiu. "Sei que você fala mais com sua mãe, mas pode falar comigo também. Estou aqui por você."

Lágrimas correram pelo meu rosto. Meu pai podia aguentar tudo que eu havia feito de mal, tudo que eu havia feito de vergonhoso, e ainda me amar. "Eu sei que sim. Sei disso", falei, porque era verdade. Era impossível não saber.

Espero até que Addie esteja com os pais de Luke para contar a ele.

"Ei, você viu o estojo da minha câmera?", ele me pergunta. "Aquele menor? Não estou encontrando em lugar nenhum. Talvez Addie estivesse brincando com ele e tenha enfiado em algum lugar. Ela adora aquele estojo."

"Já procurou debaixo da mesinha de canto? Outro dia encontrei uns livros lá que achei que nunca mais fosse ver."

Luke ri, balançando a cabeça, como se o fato de nossa filha enfiar coisas debaixo dos móveis fosse um grande ato de comédia. *Essa Addie! É uma palhaça!*

Fico irritada na mesma hora. Coisas mínimas, as menores e mais insignificantes reações dele, já fazem com que me sinta assim. A irritação, em toda a sua força, me recorda do que preciso fazer. Esta noite. Tem que ser esta noite. Agora. Chega de enrolar.

Estou na cozinha, como de costume, preparando um

jantar elaborado: a lasanha da minha mãe, que envolve horas de preparação. Faço a massa, a brachola, o molho em que a brachola cozinha. Quanto mais meu casamento se desgasta, mais elaborada fica minha comida. É um modo de preencher o tempo, a distância, o silêncio entre mim e Luke.

Luke está indo para o quarto a fim de continuar sua busca quando digo: "Depois que encontrar o estojo da câmera, eu queria falar com você".

"Tá bom", diz ele, sem saber que sua presença começou a me incomodar, sem saber de que tipo de coisa quero falar.

Uma onda de culpa interrompe meu aborrecimento. Começo a acrescentar a farinha de rosca à carne da brachola, mas na pressa acabo colocando demais. "Droga!" Tento tirar a farinha, pressionando as palmas abertas contra a carne para que grude nela. Vou até a torneira e lavo as mãos, deixando-as debaixo da água quente até que comecem a queimar. Então as seco e me sento à mesa da cozinha. Deito a cabeça nos braços.

Pareço estar perdendo uma guerra que nem sabia que estava lutando.

Achei que seria capaz de aceitar o fim do meu casamento com Luke com certa graça, com a sabedoria dos anos que dizem a uma pessoa que casamentos acabam, mesmo os mais longos, mesmo os que começaram com um amor intenso que ambos os envolvidos acreditaram que duraria para sempre. Antes eu pensava que era diferente, mais forte, uma mulher com algo especial, feita de um material resistente aos modos como a vida pode nos atingir. Mas sou como qualquer outra pessoa: cansada, covarde, terrível. Capaz de coisas repreensíveis, de destruir uma vida construída com todo o cuidado com o homem que se tornou meu marido tantos anos atrás, e que agora é o pai da minha filha.

Levanto a cabeça. Sei que não tenho escolha a não ser passar por isso, mas como alguém consegue passar por isso?

Eu me levanto da mesa, da cadeira, e vou até o quarto. Ouço Luke mexendo em tudo, ainda procurando pelo estojo da câmera, agora no fundo do guarda-roupa, tirando coisas de lá. Moletons enrolados que devem ter caído do cabide há tempos. Sacolas com jeans que ele comprou mas nunca usou. Forço as palavras que vão começar a temível conversa a saírem da minha boca. "Luke, preciso ter uma conversa séria com você."

Ele nem se vira. "O que foi?" Luke tira uma girafa de pelúcia do armário, olha para ela e a põe na mesa de cabeceira, depois volta a revirar a bagunça.

Aguardo. Ele continua procurando. Minha raiva aumenta, as pequenas faíscas dão início a um incêndio. Eu me permito absorver energia daí. "Você não pode parar por um segundo para falar com a sua esposa?" *Sua esposa*. É algo que tenho feito bastante nos últimos meses, falar de mim mesma na terceira pessoa. Parece que me referindo a mim mesma dessa forma, como *a esposa de Luke*, falando de mim como se fosse outra pessoa, Luke vai me ver com mais clareza, vai receber minhas palavras de modo diferente.

Ele joga uma camiseta velha e rasgada no chão, depois puxa uma meia sem par, então se endireita e vira. Arqueia as sobrancelhas, mas não diz nada.

"Quero o divórcio."

Simplesmente solto isso. Deixo as palavras saírem. Essas palavras que vêm cozinhando dentro de mim há séculos. Eu as atiro pelo quarto, e elas caem aos pés do meu marido. É a impaciência no rosto dele que me leva a isso.

Luke cruza os braços, ainda segurando a meia sem par. "Mas e Addie?"

Fecho os olhos e respiro. Então volto a abri-los e começo a falar. "Quero falar sobre nós. Nosso casamento tem a ver com nós dois, Luke. Ou deveria ter. Mas não tem sido assim. Já faz um bom tempo."

Ele fica em silêncio, me avaliando. Pensando.

Tive tantas fantasias sobre como Luke reagiria quando eu finalmente dissesse isso a ele; que ficaria furioso, gritaria, ficaria em choque, choraria, soluçaria até, imploraria para que tentássemos consertar as coisas. Silêncio e tranquilidade não tinham parecido uma possibilidade.

"Mas e Addie?", ele repete. "Ela precisa de pai e mãe. Você sabe disso."

E *Addie? E Addie?*, quero gritar. Em algum lugar lá no fundo, na melhor parte de mim mesma, há uma Rose que também pensa: *Sim, precisamos fazer isso com cuidado, precisamos ter certeza de que vai ficar tudo bem com Addie, Addie é muito mais importante que eu e você, é claro que precisamos levar Addie em conta! Mas Addie não vai acabar sendo mais feliz sem o pai e a mãe infelizes juntos?* Mas o que digo é bem diferente.

"Addie é a única coisa com que você se importa?"

Luke me olha como se eu tivesse pegado a maior faca da cozinha e a empunhasse sobre a cabeça de Addie — como se eu fosse Abraão ameaçando mutilar nossa filha. "Addie não é uma *coisa*", diz.

"Meu Deus, Luke! Não foi isso que eu quis dizer! Você nem ouve minha pergunta, porque só pensa nela. Parece ter esquecido que há outra pessoa vivendo nesta casa. Alguém que por acaso é sua esposa."

Sua esposa! Sua esposa!

"Uma esposa que aparentemente não quer mais ser minha esposa", diz ele, sem emoção na voz.

Respiro, tentando instaurar um estado de calma no meu corpo. Apoio uma das mãos na parede, para me estabilizar. "Não, Luke. Não quero. Precisamos abrir mão deste casamento. Eu preciso. Nem existo mais pra você. Faz séculos. Desde que engravidei."

"Você só está dizendo isso porque queria que Addie nunca tivesse nascido. Você nem a queria."

Continuo respirando, lembro que tenho que agradecer o fato de Addie estar na casa dos avós, assim não pode ouvir o que seu pai acabou de dizer e o que eu mesma vou dizer agora.

"Você tem razão, Luke. Eu não queria Addie. Só concordei em engravidar porque não queria perder você, porque queria salvar nosso casamento. Mas acho que nosso casamento já estava acabado naquela época." Tiro a mão da parede e dou um passo na direção dele. Quero que veja a expressão no meu rosto, a sinceridade nele. "Mas Addie... eu amo a minha filha, e você sabe disso. Sou uma boa mãe. Eu podia não querer um bebê quando ela nasceu, mas agora que tenho Addie não conseguiria imaginar um mundo sem ela. Então nunca mais diga isso, e nunca diga isso para Addie." Quanto mais palavras deixam o meu corpo, mais forte eu me sinto, como se elas levassem consigo um veneno que vivia dentro de mim. "Estou feliz por termos Addie. Mas essa questão, a questão de ter um filho, acabou comigo, e você sabia que estava acabando comigo, mas continuou insistindo, mesmo assim. Por isso estamos aqui. Temos uma filha linda e um casamento morto."

Luke descruza os braços. A meia cai sobre seu dedão esquerdo e escorrega para o chão. Ele vem na minha direção, mas desvia para passar pela porta sem tocar no meu corpo. Pega a mala de rodinhas do armário do corredor e a puxa pelo piso de madeira. Então começa a enchê-la.

Trinta e dois

4 DE JUNHO DE 2014

ROSE, VIDA 3

"Quero ver a vovó. Por que você não deixa?"

Addie está de pé na sala, com o coelhinho cor-de-rosa que minha mãe lhe deu debaixo do braço, pressionado contra seu corpinho de seis anos de idade. Ainda que faça calor lá fora e seja uma linda manhã de início de verão, Addie está usando o suéter que minha mãe fez para ela no Natal — grosso e grande demais, com listras de todos os tons de rosa —, além da calça de moletom também cor-de-rosa que ela lhe deu para usar junto.

A blusa foi feita numa época em que minha mãe ainda tinha forças para tricotar.

Porque agora...

"Ah, filha." Pego a caneca de café que está na mesa à minha frente, fecho os olhos e inspiro fundo. O câncer da minha mãe pegou todos nós de surpresa. Sua existência, sua rapidez. Quase não suporto ver minha menininha passando por tudo isso, pela perda da avó que tanto amava. "Você sabe por que, já falamos sobre isso. Luke!" Eu o chamo, quero sua ajuda, mas duvido que vá me ouvir. Ainda está na cama. Chegou tarde depois de ter fotografado um casamento ontem à noite. Ou pelo menos foi o que disse.

Addie passa pelo sofá e segue na direção da mesa que marca a entrada da cozinha. Só então percebo que está usando o tênis cuja sola brilha quando anda — outro presente da avó. Ela está vestida dos pés à cabeça com coisas que minha mãe lhe deu, inclusive as meias. Addie sabe muito bem o que fazer quando quer alguma coisa. "Por favor, mamãe. Tenho que dar tchau."

Eu me concentro em respirar. Estou determinada a me manter forte na frente de Addie, assim como me mantive forte na frente da minha mãe. "Você já se despediu da vovó."

"Mas ela ainda está aqui! Você sempre vai visitar. E eu não dei tchau direito."

"Addie, a vovó está diferente agora. O papai e eu queremos que você se lembre dela como era antes, e não como está agora."

"Mas, mamãe..."

"Luke!" Grito mais alto dessa vez. Puxo a cadeira ao lado da minha e dou tapinhas nela. "Senta aqui e deixa a mamãe pensar por um minuto, enquanto toma o café, pode ser? Pode fazer isso?"

Ela assente. E faz o que eu digo. Espera.

Minha mãe está deitada na cama do hospital, inconsciente.

Estamos aguardando que ela morra. Não é mais uma possibilidade, mas uma certeza. É uma questão de tempo até que não esteja mais entre nós. O câncer foi, ao mesmo tempo, rápido e lento. A princípio, lento, porque levamos um tempo para acreditar que estava ali, no corpo formidável dela. Parecia que ainda teríamos tanto tempo, tantas opções, tantos planos de ação possíveis. Que, como família, poderíamos decidir cuidadosamente o que deveria ser feito, como se minha mãe pudesse esperar uma quantidade infinita de anos até ser tratada.

Mas ela decaiu tão rápido. Num minuto, eu e ela estávamos conversando, rindo, e no outro meu pai e eu a vimos definhar, seu corpo cometendo uma traição contra sua alma, sua mente, sua personalidade, a força que era típica dela evaporando. Quem poderia imaginar que não seria o câncer que acabaria com sua vida, mas as complicações resultantes, o coágulo que se formou em sua perna e devagar, clandestinamente, abriu caminho até o cérebro? As últimas semanas no hospital têm parecido séculos, mas também segundos, como se não tivesse se passado nenhum tempo desde que meu pai e eu decidimos deixar minha mãe ir, desligá-la dos aparelhos que a mantinham viva, porque na verdade ela já não estava mais viva. E agora que os médicos tiraram todos os tubos e a máscara transparente que tapava sua boca, nosso trabalho é aguardar, fazer a vigília, ficar sentados ao lado da minha mãe enquanto sua respiração desacelera, enquanto seu pulso cai até parar.

A avó que está deitada na cama de hospital não é a avó que Addie conhece. Luke e eu não queríamos que ela visse esta avó, esta que não é a mulher que eu conheço também. Nessa última semana de vida da minha mãe, seu corpo se tornou um foco de tormento, uma concha fracassando com seu cérebro ainda muito vivo.

"Quero que você tire uma foto da minha mãe", pedi a Luke ontem de manhã. O pedido parece grotesco, eu sei, mas o fiz mesmo assim. Ele estava sentado comigo, ao lado da cama dela, até então ambos em silêncio, tristes, cansados. Addie ficou com os pais de Luke, que vinham sendo extremamente bonzinhos desde que tudo começara.

"O quê?"

Olhei para minha mãe, deitada ali, notando como ela parecia menor, como sua pele estava acinzentada, enrugada, como seus membros pareciam finos e pequenos. Mas, sem as máquinas, de alguma forma ela tinha voltado a ser ela mesma, pelo menos um pouco. Havia nela uma espécie de paz. "Eu só... quero ter uma foto dela. Uma última foto."

"Ah, Rose." A voz de Luke saiu cheia de compaixão, mas também hesitante. "Você não vai querer se lembrar da sua mãe assim."

"Talvez não", falei. "Mas talvez sim. Talvez depois eu queira."

"Você acha que sua mãe ia querer isso, Rose? E seu pai? Tem certeza?"

Ouvi falar de mulheres que perderam bebês e que pediram ao médico uma foto da criança que não chegara a nascer. Mulheres que queriam aquela criança, que sofriam a perda de seu futuro filho, que queriam vê-lo, ter alguma recordação daquela pessoinha que deveria ter sido, mas não foi. Uma colega da universidade perdeu gêmeos de sete meses. Teve que parir os bebês mortos e passar por esse trauma terrível. Ela guarda uma foto dos dois na gaveta da cômoda, enterrada sob uma pilha de lenços de seda e luvas de couro macias. Quando me contou isso, lembro que pensei que ter uma foto dessas era uma ideia terrível, um impulso estranho e masoquista, uma maneira de se manter congelado no mais profundo luto.

Mas agora entendo por que alguém pode querer esse tipo de lembrança, agora que fiquei ao lado da cama da minha mãe em um quarto de hospital, esperando pelo momento em que finalmente vai dar seu último suspiro.

"Pode fazer isso por mim? Por favor? Não precisa concordar ou achar que é uma boa ideia. Só precisa fazer. Não temos que contar a meu pai. Eu só... acho que preciso disso."

Depois de um longo silêncio, Luke disse: "Tá. Tá bom. Eu faço".

Uma hora depois, Luke voltou com suas coisas e eu saí do quarto. Ficaram só os dois lá dentro. Quando ele saiu, estava chorando. "Eu te amo, Rose", disse.

"Também te amo. Obrigada." Fiquei tão grata a ele naquele momento que quase esqueci que meu marido, aquela pessoa que estava sendo tão bondosa comigo, estava me traindo.

Luke não sabe que sei do caso dele. Que sei de Cheryl. Que, depois que encontrei uma foto dela na câmera dele, passei por um período de negação, mas pouco a pouco comecei a notar sinais de que ele estava se encontrando com alguém — eles se tornaram claros demais para ignorar. O modo como chegava tarde em casa, as respostas evasivas quando eu perguntava onde estava, com quem estava, por que não havia ligado, por que nunca mais me procurava na cama. O nome Cheryl se tornou um sussurro contínuo no meu cérebro, persistente, provocador.

Então qualquer pensamento relacionado a Cheryl desapareceu quando minha mãe foi internada, quando eu soube que ela ia morrer — que já estava morrendo. O caso do meu marido perdeu força em meio à tragédia que se desenrolava à nossa frente, à frente de Addie. Cheryl e o caso iam ficar para mais tarde. Para *depois*.

"Imagina, Rose", disse Luke. "Você sabe que eu faria qualquer coisa por você."

Assenti para ele. Mas eu não sabia daquilo, não de verdade, havia um bom tempo. Só que agora sentia. Era forte e inquebrável, a ligação que havia entre mim e Luke, como se sempre tivesse estado ali, embora eu a tivesse perdido de vista.

Luke não vem quando o chamo, por mais que eu insista.

"Tá bom, Addie, vamos", digo afinal. "A mamãe vai te levar para ver a vovó."

Não deixo um recado para Luke. Decido deixar que fique se perguntando aonde eu e Addie fomos, quando acordar. Já passei bastante tempo me perguntando onde ele estava, com quem estava e o que estava fazendo. Deixo a porta bater ao sair.

"Oi, vovó", diz Addie, no momento em que entramos no quarto dela no hospital.

Levo um dedo aos lábios para pedir que Addie fale baixo, e aponto para meu pai, que está dormindo em uma poltrona no canto. Ele mal saiu do lado da minha mãe, por isso fico feliz em ver que está descansando um pouco.

Addie solta a minha mão, e permaneço olhando enquanto ela vai ficar ao lado da avó. Destemida. Sem medo das máquinas que apitam, monitorando a respiração, sem medo dos bipes que ficam cada vez mais espaçados, acompanhando o pulso da minha mãe. Testemunho a força da minha menininha, a graça que demonstra nesse momento. Como minha filha ficou assim? Quem poderia imaginar que ela tinha isso dentro de si? De quem herdou essa graça? De mim? De Luke? De alguma outra força misteriosa no universo?

"Achei que você podia estar se sentindo sozinha, por isso trouxe companhia, vovó", Addie sussurra, então coloca o coelhinho no peito da minha mãe.

Resisto à vontade de dar as costas, de olhar para a porta. Não sei se consigo assistir a isso. Mas tenho que conseguir, sou a mãe, por isso assisto. Minha mãe faria isso por mim, e eu preciso fazer isso por Addie.

"Você vai gostar dos meus planos pro verão", Addie continua falando. "Vou aprender a nadar como você me mostrou antes de ficar doente."

Meu pai se mexe na poltrona, abre os olhos. Ele se endireita no momento em que vê Addie ali, mas não diz nada, sabe que não deve interromper a conversa que ela está tendo com a avó. Vou até ele e me inclino para lhe dar um beijo na bochecha. Ele se levanta e pega minha mão. Ficamos os dois ali, juntos, em silêncio, tomando cuidado para não perturbar aquele momento tão delicado. Fico ouvindo minha filha contar a minha mãe sobre sua vida, o que ela tem feito na escola, o que quer fazer no futuro próximo: no verão, na primavera. Addie fala sem parar, muito embora minha mãe não responda e talvez nem possa ouvi-la. Mas prefiro pensar que ouve. Enquanto Addie fala, percebo que Luke e eu erramos ao decidir que ela não deveria ver a avó. Que essa é a coisa certa para Addie, estar aqui agora. Que ela pode lidar com isso.

Uma hora, Addie para de falar.

Meu pai e eu nos juntamos a ela ao lado da cama.

"Oi, nhoquinha", meu pai diz a Addie. Ela se vira e abraça a cintura dele. "Que bom que você veio ver a vovó. Vou deixar vocês duas um pouco sozinhas com ela, tá?"

Addie assente e o solta.

Fica mais difícil segurar as lágrimas, tão difícil que mal consigo agradecer a meu pai, mas ele aperta meu braço e vai embora, abrindo e fechando a porta sem fazer barulho, deixando Addie e eu nos despedirmos.

Coloco uma das mãos no braço da minha mãe e Addie coloca uma das mãos perto da minha. O calor da pele da minha mãe me atinge, assim como a realidade de que pode ser a última vez que a toco ainda viva, a última vez que o sinto. Ficamos ali um bom tempo, nossa respiração é o único ruído no quarto.

"Está pronta, querida?", sussurro afinal.

Eu estou?

Como alguém se despede para sempre da mãe?

Como uma menininha deixa a avó amada?

Addie faz um sim curto e decidido com a cabeça.

Eu me inclino sobre o corpo da minha mãe e beijo sua bochecha, a pele parecendo papel. Depois levanto Addie para que ela possa fazer o mesmo. "Te amo, vovó", ela sussurra.

Te amo, mãe.

Addie não chora até sairmos do quarto.

Nem eu.

Abraçamos uma à outra no corredor. Soluçamos juntas, sem dizer nada. *Tal mãe, tal filha.* A ideia passa pela minha cabeça enquanto Addie e eu choramos. Vejo a verdade nisso, me regozijo com a verdade nisso. Com o modo como minha mãe vive em mim, o modo como ela e eu vivemos em Addie.

"Você é muito parecida com a sua avó", digo a minha filha. "Eu a vejo em você, Addie", acrescento, e é verdade. Vejo mesmo.

O funeral é realizado três dias depois. Meu pai fez o caixão. Frankie veio de Barcelona para ficar conosco.

É estranho deixar de pensar na minha mãe como estando em toda parte ao mesmo tempo. No instante em que ela se vai, sinto uma saudade insuportável. Eu a quero de volta, quero que seja dominadora, quero que me deixe maluca. O amor secreto que senti por essa parte dela não é mais secreto para mim. Sei muito bem o que perdi, sei que nunca poderei recuperar isso.

Ser amada pela mãe é isso, não é?

Ter alguém em sua vida completamente absorvido pelo que quer que você faça, ainda que mínimo e insignificante, que se importa tanto com cada coisinha a seu respeito que atribui uma importância tremenda a cada um desses detalhes. Ter alguém que alivia a dor para você, os fracassos, as decepções, os desafios da vida, que faz o melhor que pode para ajudá-lo a seguir em frente. Que às vezes exagera, talvez muitas vezes, mas de um jeito que, lá no fundo, o faz saber que você não está sozinho.

Não quero ficar sozinha. Quero que minha mãe me ajude a passar pelo que quer que venha, porque não vai ser bonito. Vou ter que voltar a prestar atenção no meu marido, no meu casamento, que se deteriora tão rápido que não tenho como consertá-lo, e de alguma forma vou ter que passar pelo fim sem ela ao meu lado.

Mas tenho Addie.

Não é engraçado que eu só tenha concordado em ter minha filha porque Luke queria? Fiz isso para salvar meu casamento, que ia terminar de qualquer jeito, era só uma questão de tempo. Dei a Luke exatamente o que ele queria, mas isso não foi o suficiente. Se eu soubesse que nada que pudesse fazer seria o bastante para ele, teria tomado decisões diferentes, teria deixado meu casamento acabar antes que Addie chegasse a nossas vidas, antes que minha mãe pudesse conhecer e se apaixonar por essa netinha linda e impetuosa.

Ainda bem que eu não sabia.

Trinta e três

8 DE ABRIL DE 2015

ROSE, VIDA 6

"Vovô, quando você decidiu ser marceneiro?"

Addie está comendo batatas fritas, passando-as pela poça gigante de ketchup no prato. Ela adora ketchup.

"Eu não era muito mais velho que você, nhoquinha", diz ele. "Tinha uns doze anos. E já sabia que adorava trabalhos manuais."

Estamos sentados na lanchonete preferida do meu pai, apelidada carinhosamente de Pé-Sujo pelos moradores do bairro em que cresci. Costumamos vir aqui uma vez por mês — meu pai, Addie e eu. Virou uma tradição depois da morte da minha mãe. Nós três formamos um triângulo na mesa, com meu pai e eu no banco de um lado e Addie no outro. Ela tem gostado de ter um banco todo só para ela. Enquanto comemos e conversamos, ouvimos o chiar ocasional de um hambúrguer na chapa atrás de nós, ou os cozinheiros anunciando um pedido pronto para os garçons.

Addie olha para mim, depois pega o frasco alto de ketchup e aperta diretamente sobre a batata que tem nos dedos. Está esperando que eu a mande deixar o ketchup de lado, mas só começo a rir. Ela coloca a batata cheia de ketchup na boca e reinicia o processo.

"Então, vovô", Addie volta a falar, agora confiante de que não vai levar bronca. "Se você fosse criança, que nem eu, escolheria de novo ser marceneiro?"

Meu pai imita Addie, pegando o frasco que ela lhe

passa e apertando até que haja uma linha de ketchup em cima de cada batata que ele come, fazendo-a rir. Os dois ficam olhando para mim como se eu fosse tirar o ketchup deles.

"Fiquem tranquilos", eu digo. Adoro ver meu pai com Addie. Adoro como ele brinca com ela. Adoro que ele tenha Addie, e não só a mim. É interessante como ter um filho ou um neto pode curar uma pessoa de uma maneira inimaginável. Sempre achamos que uma criança só vai receber, e então, de repente, é ela quem dá, sem nem perceber que o faz. Só existindo.

As luzes fortes da lanchonete destacam as rugas cada vez mais profundas no rosto do meu pai. Tento não notar como ele envelheceu no último ano, mas às vezes é impossível.

"Se o vovô pudesse ser jovem de novo", ele fala, "com certeza faria faculdade. Talvez eu começasse a trabalhar como marceneiro depois. Mas eu queria ter estudado, mesmo que não seja necessário para o meu trabalho. Como a vovó, a mamãe e o papai."

A garçonete chega com três milk-shakes e coloca um na frente de cada um de nós. Morango para mim, baunilha com calda de chocolate para meu pai e flocos para Addie. Ela ataca na mesma hora, tentando puxar o líquido denso canudo acima.

Então pergunta: "A vovó fez faculdade?".

"Fez, sim", digo. "Ela estudou para ser professora."

"Mas ela era professora?"

Meu pai mexe o milk-shake com o canudo, tentando dissolvê-lo um pouco mais. "Foi por um tempo, antes de engravidar e ter a sua mãe."

"Por que ela parou quando você nasceu, mamãe?"

"Porque os tempos eram outros", expliquei. "Mas também porque ficou tão animada com meu nascimento que queria ficar em casa para cuidar de mim o tempo todo." As palavras saem antes que eu me dê conta da impressão que podem causar em minha filha.

"Mas você ainda é professora", diz Addie.

Pronto.

Meu pai enfia uma batatinha no milk-shake, algo que ele adora fazer e me ensinou, apesar de minha mãe achar nojento. "Sua mãe não é só uma professora, ela é doutora. Fez pós-graduação e dá aula na universidade, por isso tem um título diferente. O vovô sempre teve muito, muito orgulho dela por causa disso."

"Nossa, pai", eu digo, roubando uma batatinha e mergulhando no milk-shake dele, e não no meu, porque com milk-shake de morango não fica tão bom, na minha opinião. Viro para ele, que está sentado ao meu lado no banco, e faço com a boca, sem produzir nenhum som: *Te amo*.

Addie continua tentando tomar seu milk-shake, que está grosso demais. "Mas você não fica em casa comigo como a vovó ficava com você, mamãe."

"Não fico, nhoquinha."

"Por quê?"

"Porque eu amo meu trabalho, Addie. Amo meu trabalho e amo você, tudo ao mesmo tempo. E vivemos numa época em que as mulheres podem fazer as duas coisas."

Meu pai fica olhando para Addie. Eu também.

As engrenagens em seu cérebro parecem girar. Ela para de comer batatinha e de tentar beber o milk-shake. A garçonete vem perguntar se precisamos de alguma coisa e dizemos que não, mandando-a embora.

Então Addie pergunta: "O papai pensou em ficar em casa comigo no seu lugar?".

Meu pai olha para mim, com as sobrancelhas arqueadas.

"Não, Addie", digo.

Ela continua me avaliando. Quanto mais cresce, mais difícil fica lhe dar respostas vagas. "O papai gosta do trabalho dele do mesmo jeito que você gosta do seu?"

Penso a respeito. "Acho que só ele pode responder essa pergunta, Addie. Mas sei que seu pai adora o que faz, e que é um profissional muito, muito bom."

Addie assente. "Por isso ele está sempre fora. Porque as pessoas adoram as fotos dele e querem que viaje pra todo lugar pra fotografar."

"Exatamente", diz meu pai.

Ou talvez seja porque o casamento dele não anda muito bem. Porque, ainda que a chegada de Addie tenha sido algo maravilhoso, criar uma filha juntos não foi capaz de salvar o relacionamento.

A conversa segue para outros temas, menos complicados: a matéria preferida de Addie na escola, que é história, e um convite do meu pai para irem visitar um museu de história da cidade que ela ainda não conhece, depois mais perguntas sobre a minha mãe e a vida dela, um assunto sobre o qual Addie tem perguntado muito. Ela quer saber se vamos alugar uma casa na praia de novo no verão — provavelmente, meu pai e eu respondemos. *Embora seu pai não deva ir este ano, Addie*, acrescento mentalmente. As batatinhas e os milk-shakes acabam, pagamos a conta e vamos para a casa do meu pai, para outra parte da tradição mensal que criamos. Talvez a minha preferida.

Meu pai acende todas as luzes da oficina. Eu pego minha cadeira e a coloco onde gosto de ficar. Addie não se junta a mim.

"Põe as luvas", meu pai diz a ela.

Addie obedece. As luvas são cor-de-rosa, claro. Foi o avô que as encontrou para ela, vai saber onde. "Está quase acabando", diz ela, orgulhosa.

"Sim, querida."

Pela hora seguinte, Addie e o avô lixam a escrivaninha que estão fazendo juntos para o quarto dela. Ele a está ensinando a trabalhar com as mãos, como faz todos os dias, e Addie adora. Os dois podem ficar horas entretidos com isso, juntos na oficina, batendo e lixando, sem falar muito, meu pai de vez em quando parando Addie para mostrar o jeito certo de fazer isto ou aquilo, enquanto música toca ao fundo. Às vezes, nós três conversamos, mas em geral fico apenas assistindo.

A mão de Addie para por um momento. Ela olha para o meu pai e pergunta: "Podemos fazer outra coisa depois de terminar a escrivaninha?".

Meu pai parece radiante. "Claro. O que você quiser!"

"Uma cadeira combinando?"

"Uma cadeira vai ser perfeito."

"Podemos pintar daquele rosa que a vovó adorava", diz Addie.

Meu pai e eu nos entreolhamos e rimos, porque na verdade minha mãe só tolerava o rosa forte que Addie tanto ama justamente porque Addie o ama tanto.

"Tenho certeza de que a vovó ia gostar", meu pai diz a ela.

Antes de voltar a lixar, Addie olha para mim. "Você acha que a vovó ainda consegue ver a gente? Que ela sabe que estamos aqui, falando dela? Que estamos com saudade?"

Penso nas perguntas de Addie. Sei que é um desejo ilusório dizer que minha mãe está aqui, que de alguma forma ela sabe o que estamos fazendo, o quanto a amamos e como sentimos sua falta agora que foi embora. Mas decido que não me importo, porque é um desejo que eu e Addie compartilhamos. Tenho pensado nessas mesmas coisas desde que minha mãe morreu. "Sim, querida", digo. "Acho, sim."

Trinta e quatro

8 DE ABRIL DE 2015

ROSE, VIDAS 1 E 2

"Adorei o seu livro, dra. Napolitano." Uma jovem que parece uma estudante de pós-graduação me para no corredor do hotel em que está sendo realizada a conferência. Aqui dentro, está claro e quente, em contraste com a neve e o gelo lá fora, no Colorado.
"Obrigada", digo. Ela tem mais ou menos a minha altura e é bastante estilosa. Tem cabelo preto e usa um vestido vermelho sem manga que deixa à mostra os braços e as panturrilhas musculosos. "Você leu para uma aula?", pergunto.
"Na verdade, não." Participantes da conferência passam por nós como peixes numa correnteza, seguindo para um lado e para outro, dirigindo-se às muitas salas em que serão realizadas mesas de discussão e palestras, ou à escada que dá para a feira de livros. "Li porque acho que não quero ter filhos. Li por mim mesma." Ela diz isso como se fosse uma confissão, a admissão de um crime.
Fico com vontade de me aproximar e abraçá-la, de passar os braços sobre os ombros dela e levá-la até algum lugar onde possamos nos sentar e tomar um café. Quero que ela saiba que não está sozinha, que há mais de nós, mais do que seria de imaginar. "Escrevi este livro para mim mesma", digo a ela. "E para pessoas como você."
O projeto surgiu de uma decisão que tomei algum tempo atrás — em parte para sobreviver depois de Luke —: procurar outras mulheres que não tinham filhos e não querem

ter, que talvez nunca os tenham desejado e que se mantiveram firmes. Eu queria conhecer outras mulheres que tivessem passado por algo parecido, algo que talvez também lhes tivesse custado um casamento. Descobri que havia muitas de nós. A maioria vivia escondida.

Sou grata ao livro. Ele se provou uma distração muito útil, e sua divulgação tem consumido minha atenção desde que minha mãe morreu. Aproveitei todas as oportunidades possíveis para divulgá-lo, concordei com tudo.

"Como você se chama?", pergunto à jovem.

Ela volta a levantar os olhos. "Marika."

"Você não precisa ter vergonha de não querer ter filhos."

"Eu sei." Ela transfere o peso de uma perna para a outra, o salto alto afunda no carpete. "Mas é uma dessas coisas que é muito difícil discutir com outras pessoas. Ninguém acredita quando você fala. Ou então acham que há algo errado com você."

"Entendo perfeitamente. Eu costumava me sentir muito sozinha." Penso em como é bom ter me recuperado daquela parte da minha vida, estar feliz no trabalho, feliz solteira. Tenho amigos e colegas maravilhosos, meu pai e tia Frankie. "Graças a Deus conheci todas as mulheres que entrevistei para o livro."

Marika assente. "Deve ter sido legal."

"E foi." O corredor fica mais tranquilo, porque a próxima sessão de debates está perto de começar. Vasculho minha bolsa cavernosa, encontrando livros grossos que a fazem pesar, o programa da conferência, minha carteira, então meu porta-cartões de couro azul. Entrego um cartão a ela. "Se eu não te vir mais, me manda um e-mail quando quiser, e podemos conversar melhor. Se eu não tivesse uma reunião agora, diria para a gente ir tomar um café." Marika pega o cartão. "Foi ótimo conhecer você."

Vou embora, fechando o porta-cartões, devolvendo-o

ao fundo da minha bolsa. Foi um presente de Luke, que ele me deu no jantar em que comemoramos meu primeiro emprego na academia. Luke o embrulhou cuidadosamente em um papel também azul, minha cor preferida, a cor do mar em um dia de sol, e amarrou com uma fita verde, minha segunda cor preferida. Ele escreveu no cartão: *Para meu eterno amor, a professora Rose, que está iniciando uma longa e bem-sucedida carreira. Te amo, Luke.* Lembro-me disso tão claramente. Enquanto atravesso o corredor, fico surpresa ao notar que a lembrança não me faz estremecer, não dói, não da maneira aguda de antes. Sinto uma espécie de paz, uma paz que eu não sabia que era possível sentir em relação a esse homem que já foi meu marido.

De alguma forma, apesar da dor do divórcio, de Luke ter seguido em frente com outra pessoa e de ter tido um filho, abrimos caminho para uma espécie de amizade.

Foi a morte da minha mãe que promoveu isso.

Mandei uma mensagem para avisá-lo de que ela não tinha mais muito tempo. Achei que devia mandar. Luke a conhecia havia anos, a chamava de mãe e a amava, e ela o amava também. Luke me respondeu quase imediatamente.

Sinto muito, Rose.

Então uma segunda mensagem chegou.

Posso ir me despedir dela?

O pedido me assustou. Eu estava sentada no quarto dela no hospital, lendo um romance de mistério na poltrona em que meu pai costumava dormir. Tinha conseguido convencê-lo a passar algumas horas em casa. Estava preocupada com meu pai: passar o tempo todo ali estava cobrando seu preço. Levei um bom tempo antes de responder à mensagem de Luke. A princípio, não sabia o que dizer. Fazia anos que não nos víamos.

O divórcio é uma coisa tão estranha. Você passa o tempo todo com uma pessoa, mora com ela uma década, e de repente, se não tiveram filhos, não são mais nada um para o outro, ou não têm que ser nada um para o outro se não quiserem.

Mas, depois de tantos dias sentada no quarto de hospital, olhando para minha mãe, prestes a perder aquela pessoa que me amara em cada segundo da minha vida, minha perspectiva começou a mudar. Encarar a morte faz isso com a pessoa. Faz tudo que se faz parecer diferente. Transforma os dramas do passado, toda a raiva que se pode sentir em relação a alguém, em algo pequeno e insignificante.

Por mais brava que eu tivesse ficado com Luke por tanto tempo, e por melhor que fosse não estar mais casada com ele, eu não queria que não fôssemos nada um para o outro. Tínhamos vivido muita coisa juntos. E fiquei tocada com o fato de que ele queria ver minha mãe.

Respondi a mensagem dele.

Pode. Mas vem logo. Ela não tem muito tempo.

Duas horas depois, ele estava batendo à porta. O sol do lado de fora da janela já tinha descido, e o quarto escurecia, exceto pela luz do abajur próximo à cama da minha mãe. Hesitei por um segundo. Senti o pânico acender por um breve momento dentro de mim. *Por que eu disse que ele podia vir?*

Então me levantei e deixei que ele entrasse.

"Oi, Rose."

"Oi."

Ficamos ali, olhando um para o outro. Então Luke me puxou para um abraço. A princípio, foi estranho, como se nenhum de nós tivesse certeza de que era uma boa ideia. Mas então se tornou familiar, uma espécie de conforto. Algo que eu reconhecia, algo que tínhamos feito sem nem pensar por anos, quando estávamos juntos. "Sinto muito pela sua mãe, Rose", disse no meu ombro.

Nós nos distanciamos.

"Obrigada por ter vindo", falei. E estava falando sério.

Não tinha certeza daquilo momentos antes, mas agora que ele estava ali não tinha dúvida.

Ficamos ao lado da cama da minha mãe.

Ela parecia tão pequena, tão murcha, tão diferente de quem era. Sempre que eu olhava para ela, olhava de verdade, tinha vontade de chorar.

"Sinto falta de comer a lasanha da sua mãe no Natal", disse Luke.

Sorri de leve. "É?"

"Ah, é. Ninguém faz lasanha como ela."

Suspirei. "É verdade."

"Lembra como ela ficou brava quando dissemos que não íamos ter uma mesa de biscoitos italianos no casamento? E que não íamos dar amêndoas confeitadas de lembrancinha?"

Comecei a rir. "Como eu ia esquecer? Ela reagiu como se fôssemos assassinos."

"Ela pode ser bem cabeça-dura às vezes."

"Nem me fala."

Luke e eu ficamos ali por uma hora, compartilhando lembranças da minha mãe, lembranças boas, divertidas, difíceis, rindo das coisas que ela dizia e fazia. O modo como ela se imiscuía na nossa vida, no nosso casamento, no nosso guarda-roupa, com seus suéteres malucos, quer gostássemos ou não. Quanto mais falávamos, mais fácil ficava estar ali, ao lado da cama da minha mãe, como se nossas palavras tivessem o poder de transformá-la de volta na mulher que conhecíamos, devolver-lhe a vida, mesmo que apenas por alguns minutos.

"Fico muito feliz que tenha vindo, Luke", falei, quando ele se preparava para ir embora.

"Eu tinha que vir. Amava sua mãe."

"Obrigada por dizer isso."

"É verdade." Sua voz ficou embargada quando disse: "Sei que você vai sentir falta dela, Rose. Imagino o inferno pelo qual você e seu pai devem estar passando."

"As últimas semanas foram horríveis." Eu olhei para ele, que continuava olhando para minha mãe, de modo que ficou mais fácil dizer o que disse a seguir. "Foi bom ver você. Não sabia que seria ou que poderia ser tão bom ter você aqui."

Ele se virou para mim. "Foi bom ver você também."

Olhamos nos olhos um do outro. "Fico feliz que você tenha encontrado felicidade na sua vida, Luke. Que tenha encontrado alguém que queria ter um filho tanto quanto você."

Houve um momento de silêncio. "Obrigado pelas palavras", disse ele. "Sei que faz um bom tempo que as coisas não andam boas entre a gente, Rose, mas quero que saiba que estou aqui. De verdade. Se precisar de alguma coisa, ou se só quiser conversar."

As palavras dele ficaram pairando entre nós. De repente, estávamos à beira do precipício, Luke e eu, sem saber o que encontraríamos se pulássemos, ou se haveria algo ali. Mas a sensação era de que Luke tinha estendido a mão. E eu decidi aceitá-la.

"Tá bom", falei. "É bom saber."

Luke se despediu da minha mãe e de mim, e então foi embora.

Alguns dias depois, minha mãe morreu. Mandei uma mensagem avisando. Luke me perguntou se podia ir ao funeral.

Concordei com isso também.

Não nos falamos naquele dia. Mal notei sua presença. Lembro-me de tê-lo visto de relance quando me levantei para falar na igreja. Mas já pensei bastante sobre como a perda da minha mãe, como saber que Luke também sentia aquela perda em sua própria vida, havia estabelecido uma trégua entre nós depois de tanta divisão. Sobre como essa trégua frágil tinha se transformado em algo próximo de uma amizade, ainda que hesitante, que consistia em uma ligação de tempos em tempos.

Acho que minha mãe teria gostado disso.

De saber que, mesmo tendo partido, continua a influenciar as decisões que tomo em meus relacionamentos, a negociar a paz que nunca achei que seria possível entre mim e Luke. Ela ainda se mete na minha vida.

Acho que gosto disso também.

O lugar já está lotado quando chego.

As pessoas circulam, ocupando suas cadeiras, deixando as bolsas a seu lado no chão acarpetado, tirando laptops do estojo. Encontro um lugar vazio e coloco minha bolsa ali antes que outra pessoa pegue.

"Oi, Cynthia", digo para a mulher à minha esquerda, uma colega da Costa Oeste que só vejo em conferências.

"Oi, Rose. Espero que não seja como no ano passado."

"Nem me fala." Viro para a minha direita e deparo com um homem. Ele continua concentrado na tela do laptop enquanto o observo. "É você!", quase grito. Abaixo a voz para falar: "Thomas, não é?".

Ele ergue os olhos. Então sorri para mim. "Rose!"

A visão de Thomas causa um certo impacto em mim, fazendo o sangue acelerar nas minhas veias, uma sensação percorrer meu corpo. Algo que não experimento há muito tempo. "Não acredito que está aqui." Rio. "Que engraçado estarmos no mesmo comitê."

Não vejo Thomas desde aquele dia em que nos conhecemos no hospital, quando minha mãe estava fazendo quimioterapia, mas não por falta de empenho da parte dele. Ele me mandou mensagens durante algum tempo, e às vezes eu respondia, mas depois minha mãe piorou de vez e não consegui pensar em mais nada. Parei de responder. Aí veio o luto, e as tentativas de seguir em frente, a promoção do livro e todas as viagens.

"Íamos acabar nos encontrando em algum momento", diz ele.

Puxo minha cadeira e me acomodo. Thomas fecha o laptop. Viramos um para o outro.

"Como você está?", pergunto. "E seu amigo, Angel?"

"Estou bem. Ele também. Angel se curou do câncer, o que é ótimo."

"Maravilha. Que bom ouvir isso."

"E sua mãe?"

Balanço a cabeça. Um nó se forma na minha garganta. Isso ainda acontece, não importa que ela tenha partido há meses, não importa o quanto me esforce para evitar.

"Ah. Sinto muito", diz Thomas.

Inspiro e expiro, esperando o nó começar a se desfazer para falar. Concentro-me em tirar minhas coisas da bolsa, coloco o bloco de notas na mesa e uma caneta do lado. Quando olho para Thomas, ele é todo paciência. Sinto uma ligação imediata entre nós. "Obrigada. Também sinto muito. Ainda é muito difícil falar sobre ela, embora vá fazer um ano em junho."

Os olhos de Thomas são diferentes, lindos, e seu olhar parece me penetrar, ir além da dor. "Um ano não é nada", ele me diz. "Ainda tenho dificuldade de falar sobre meu pai, e faz quase dez anos que ele partiu."

"Sinto muito por isso", digo. "Nossa, realmente não dá para dizer nada de positivo para alguém que perdeu um pai ou uma mãe, não é? 'Sinto muito' parece tão tonto."

Thomas e eu damos uma risadinha.

"Você foi tão legal aquele dia no hospital, quando minha mãe estava na quimioterapia", digo. "Acho que não te disse isso, nas mensagens que trocamos. Mas é verdade. Você foi muito legal."

"Foi fácil", disse Thomas. "Sua mãe meio que alegrou nosso dia. Ela fez a gente rir muito."

"Ela era assim." Meus olhos voltam a se encher de lágrimas, e passo a mão neles. Inspiro e expiro devagar mais uma vez, para me recompor. Sorrio para Thomas, um pouco constrangida por estar quase chorando. "Desculpa, às vezes não me controlo falando dela."

"Não faz mal. De verdade. É normal se sentir assim." Thomas levanta um braço, e por um momento acho que vai colocar a mão sobre a minha ou tocar meu ombro. Mas ele não faz nada disso. "Só estamos num lugar meio esquisito para ter esse tipo de conversa", diz.

Olho para a sala, para todos os acadêmicos à nossa volta, ocupados digitando em seus laptops, mexendo em papéis, tentando impressionar uns aos outros. "Sim, mas também é bom falar sobre algo que não seja trabalho. Algo real." Volto a olhar para Thomas. "É muito bom ver você de novo."

"O que vai fazer esta noite?", ele pergunta. "Tem planos?"

Thomas está prestes a me convidar para sair.

Sinto uma onda de prazer com essa constatação. Então penso: *Minha mãe ficaria muito feliz com isso.* "O de sempre", digo. "Vou dar uma passada em vários coquetéis. E você?"

Antes que ele possa responder, ouço um grito da presidência do comitê, avisando que vamos começar em cinco minutos. As pessoas disputam os últimos lugares.

A tela do celular diante de Thomas na mesa acende, revelando a foto de uma menina. Ela é magra, está sorrindo, e seu cabelo escuro esvoaçante passa da altura dos ombros.

Eu não sabia que Thomas tinha uma filha. Meus olhos procuram sua mão. Ele não usa aliança. Mas talvez eu estivesse errada, talvez ele não estivesse prestes a me chamar para sair. Talvez naquele dia, no hospital, e em todas as mensagens posteriores, Thomas só estivesse tentando ser legal, por causa da minha mãe.

Ele pega o celular e atende. "Está tudo bem, querida?" Há uma pausa. "Tá. Mas vou ter que te ligar mais tarde. Te amo." Ele põe o celular na mesa com a tela para baixo e vira para mim. Com um sorriso encabulado no rosto.

"Sua filha?", pergunto.

Ele confirma com a cabeça. "É. Ela é muito fofa, mas sou

suspeito para falar. Costumava correr atrás de mim como se eu fosse seu herói, mas ultimamente anda se trancando no quarto. Achei que ainda fosse levar alguns anos para começar com esse tipo de coisa."

Sorrio. Assinto, como se entendesse, muito embora não entenda. É claro que não.

"Você tem filhos?"

"Não, não tenho. Não sou casada. Não tenho filhos."

"Eu também não. Não sou casado, quero dizer", ele explica, e fico feliz. "Minha ex-namorada e eu engravidamos e tentamos ficar juntos por um tempo, mas não era para ser. Mas somos amigos agora, e acho que fazemos um ótimo trabalho como pais, o que é legal. Mas, voltando!" Thomas sorri de novo. Ele sorri com os olhos, com o rosto todo, seu corpo parece radiante. "Eu ia perguntar se você não queria deixar os coquetéis para lá e ir jantar comigo. O que acha?"

"Acho que sim", digo, sem hesitar. "Com certeza."

"Ótimo."

Ficamos os dois sentados ali, sorrindo um para o outro. Então o celular de Thomas vibra. Ele lê a mensagem que chegou e faz uma careta. Uma careta bem bonita. "Minha filha acha que vai me convencer de que é uma boa ideia passar o fim de semana inteiro na casa de uma amiga, só que a mãe dela e eu já dissemos que não. Ela está sempre tentando nos vencer pelo cansaço, e às vezes funciona." Ele dá de ombros e devolve o celular à mesa.

"Qual é o nome dela?", pergunto.

Thomas olha para mim e diz, com um sorriso enorme no rosto: "Addie".

Parte V

ENTRAM MAIS ROSES, VIDAS 7 E 9

Trinta e cinco

15 DE AGOSTO DE 2006

ROSE, VIDA 7

Luke está de pé, no meu lado da cama. Ele nunca vai para o meu lado da cama. Tem um frasco de vitaminas na mão. Ele o ergue e sacode.

O som é pesado e moroso, porque o frasco está cheio.

"Você prometeu", diz ele.

"Prometi?"

"Rose."

Meu nome parece uma declaração saindo da boca de Luke. Um mau agouro.

Suspiro. Não tenho forças para fazer isso hoje. Ou em qualquer outro dia. Estou cansada de brigar com meu marido sobre filhos. Vamos ter? Não vamos ter? Vou acabar mudando de ideia? Por que não sou como todas as outras mulheres do universo, cujo único propósito é ter filhos e mais filhos? Por que sou a única mulher que não tem nenhum interesse nisso?

"Sim, Luke?"

"Achei que o frasco já fosse estar quase vazio. Achei que fosse hora de comprar outro."

Abro a gaveta da cômoda e pego uma calcinha — rosa-choque, fio dental. "Acho que não", digo, e fecho a gaveta com força.

"Você acha que não."

Se Luke continuar repetindo minhas frases, vou começar a gritar. Viro para ele, com a calcinha na mão. "E se eu congelar meus óvulos, para chegar a um meio-termo?"

Luke abre a boca, mas não consegue dizer nada.

"Assim podemos deixar essa conversa de lado por um tempo", digo, torcendo para que Luke concorde com minha proposta, querendo dar tapinhas nas minhas próprias costas por ter chegado a esse plano brilhante.

Meu marido volta a encontrar palavras. "Congelar seus óvulos não é o mesmo que ter um bebê, Rose."

"Verdade, não é. Mas isso é o máximo que eu, sua esposa que nunca quis ter filhos, posso oferecer no momento." Vou até meu marido, deixo a calcinha na cama e pego a mão dele. Olho em seus olhos e tento lê-los. "É pegar ou largar, Luke. E aí?"

Trinta e seis

22 DE MAIO DE 2020

ROSE, VIDAS 3 E 6

"Addie, se você não pegar esse celular e me ligar de volta agora mesmo, vai ficar um mês de castigo!"

Desligo depois de ter deixado uma mensagem de voz e desabo sobre a mesa da cozinha.

Todas as luzes do apartamento estão apagadas, a não ser por uma, acima do fogão. O sol já se pôs, escurecendo o mundo à minha volta. Estou sentada aqui, imóvel, olhando para o celular, esperando que o rosto de Addie apareça na tela. Eu me levanto e acendo alguns abajures, até que um brilho rosado preenche a sala e a cozinha. Luke e eu sempre achamos que luzes no teto eram fortes demais, ofuscantes demais, enquanto luzes indiretas forneciam uma iluminação mais agradável, um clima. Tínhamos orgulho de ter decorado nosso apartamento pensando em romance. Agora as sombras leves e os halos à minha volta parecem uma provocação.

Bato o telefone contra a mesa, como se aquilo pudesse fazê-lo tocar. Então o atiro, com um grito. A tela racha, é claro. Sou tão idiota! "Olha o que você me fez fazer, Addie!", grito para o apartamento vazio.

Penso em quando era nova e desafiava minha mãe. Em como ela ficava brava, em como gritava comigo como uma louca quando eu chegava em casa. Lembro que eu dizia isso a ela, *Você é louca!* Eu gritava, depois subia para o quarto, batendo os pés, sabendo que logo ouviria os passos dela na escada, seguidos pelo anúncio de que eu estava de castigo. Então eu gritava de volta e batia a porta tão forte quanto podia. Às vezes, eu a abria só para poder batê-la de novo, várias vezes, gritando de raiva.

Se minha mãe estivesse viva, eu ligaria para ela e pediria desculpas por tudo que a fiz passar. Se minha mãe estivesse viva, eu poderia contar isso a ela, e então riríamos, recordaríamos as vezes em que me comportei da pior maneira possível. Então eu contaria a ela como Addie tem agido ultimamente e ela ofereceria seus conselhos de mãe. O mundo é um lugar muito solitário sem ela.

Às vezes, quero gritar isso para Addie. *Você sentiria minha falta se eu não estivesse aqui! Pode ter certeza!*

Ser mãe ou pai é mesmo de enlouquecer.

Meu celular acende, mas é Luke ligando, não Addie.

"Ela falou com você?", pergunto.

"Não." Seu suspiro é pesado, cansado.

Sei o que ele está pensando sem que precise dizer. "Estou muito brava com ela agora, mas continuo achando que não devemos rastrear o celular. Ela precisa de independência."

"Sim, concordo", diz Luke. "Acho que a gente devia pegar leve com ela."

"De jeito nenhum. Esse comportamento é inaceitável."

"Rose." Outro suspiro. "Ela está se comportando assim por nossa causa."

Não respondo.

"É verdade. Você sabe disso."

"Faz mais de dois anos, Luke, e já estávamos separados antes", digo, mas ele está certo.

"Divórcio é sempre difícil para os filhos."

Sei que ele está certo de novo, mas sou tomada pelo pânico. "E se alguma coisa horrível aconteceu com ela?" Minha voz sobe, e eu vou junto, me levantando. "E se alguém a sequestrou?"

"Ninguém a sequestrou, Rose. Ela está bem. Só está fazendo drama."

Eu murcho. "Acha mesmo?"

Luke ri, gargalha. "Acho que ela vai ficar de castigo quando a encontrarmos, mas, fora isso, está tudo bem. Ela só está se rebelando contra os pais malvados."

Vou para a sala e me deito de costas sobre o tapete, entre o sofá e a mesa de centro. Fico olhando para o teto. "Quando foi que nos tornamos maus? Não éramos maus."

"Se formos comparar, imagino que eu seja pior que você."

Há um leve tom de brincadeira na voz de Luke. "Agora vamos competir para ver quem é pior?"

"Acho que sim. E vou ganhar."

Levo a mão à boca para segurar a risada. Como posso rir? Addie sumiu! Luke e eu estamos divorciados! "Acho que você vai acabar ganhando mesmo."

"Ah, com certeza. Tive um bebê com uma mulher que não é a mãe dela."

"Isso é bem sacana."

"Muito sacana."

"Vou te dar uma capa e uma máscara no seu aniversário, para representar a intensidade da sua vilania e suas aventuras malignas aqui na Terra."

"Estou muito à sua frente. Já tenho minha fantasia de supervilão. Comprei numa promoção, depois do Halloween."

Ouço uma sirene lá fora, o volume aumentando e depois reduzindo. Mas estou rindo. Não consigo evitar. "Então vou te comprar uma nova, para você poder usar enquanto a outra estiver lavando."

Luke ri alto. Não o ouço rir tanto desde muito antes de nos separarmos. "Onde você está?", ele pergunta de repente.

"Deitada no tapete, na frente do sofá, olhando para o teto. Comprei um tapete novo depois que você foi embora, muito gostoso. Nunca gostei daquele áspero que você insistiu em comprar só porque estava em promoção." Uma brisa entra pela janela e varre a sala. Eu me sento e apoio os cotovelos na mesa de centro. As cortinas se agitam ligeiramente. "Sinto sua falta, Luke", digo, sem pensar. "Não de um jeito inapropriado. Sinto falta do seu senso de humor. E da sua amizade, acho. Éramos tão bons amigos."

"Também sinto falta da nossa amizade."

"Acha que um dia poderemos voltar a ser amigos?"

"Acho que seria bom para Addie se fôssemos amigos."

"Sim. Mas talvez seja bom para nós também." O que estou dizendo? Acho mesmo isso?

"Também acho."

Acho que estou falando sério. Mas talvez só porque Luke e eu concordamos em relação a alguma coisa, e não concordamos em relação a nada já faz muito tempo. Mas talvez o motivo não importe.

Bato o punho cerrado contra a mesa de centro. "Onde será que Addie se enfiou, caralho?"

"Opa, opa. Olha como fala, dra. Napolitano."

"Como eu falo não importa porra nenhuma, porque nossa amada filha está nos ignorando e se rebelando contra as suas maldades. Ela não vai me ouvir!"

"Acho que estamos fazendo muito progresso esta noite, Rose."

"De que caralho você está falando, Luke?"

Ouço o barulho de uma cadeira sendo arrastada no apartamento de Luke, depois o de ele se sentando. "Acho que estamos indo bem no esforço para sermos amigos. Não conversamos assim desde..." Ele faz uma pausa. "Não me lembro da última vez que conversamos assim. Ou de ter rido tanto com você."

Decido ser sincera. "Eu também. É legal."

"Talvez esse seja o plano maligno da nossa filha. Talvez ela esteja querendo nos obrigar a nos relacionar de novo. Talvez saiba que é disso que precisamos. E por isso tenha decidido se escafeder com suas amiguinhas pré-adolescentes do mal para testar."

"Bom, se isso é verdade, a culpa é sua. Minha filha é um anjo. Amorosa, fofa e perfeita."

"Não era o que você estava dizendo antes."

Eu me levanto do chão, pego um copo do armário e encho de água. "Estou dizendo agora. Decidi que, se focar no lado positivo e só pensar na versão da nossa filha que adorava a mamãe, talvez essa versão retorne e ocupe o lugar da pré-adolescente em que seu pai malvado a vem transformando."

"Eu falei", diz Luke.

Eu me sento e apoio o copo na mesa de centro. "Falou o quê?"

"Sabia que você ia adorar ser mãe."

"Ah, pelo amor de Deus, não me venha com essa agora. Eu não amo ser mãe. Amo Addie. Não é a mesma coisa."

"Do que está falando, Rose? Qual é a diferença?"

"Não sou do tipo maternal e acho que nunca vou ser. Só porque cedi e tive uma filha não significa que fui convertida. Mas, agora que tenho Addie, eu a amo como uma louca." Tomo um pouco de água. "É horrível amar alguém tanto assim. *Odeio* isso."

Luke está rindo de novo. "Você é uma ótima mãe."

"É claro que sou uma ótima mãe. Sou uma mulher bem-sucedida. Tenho doutorado e publiquei vários livros. Posso fazer o que quiser."

"Você é tão teimosa... impossível."

"Há um minuto você estava me elogiando", eu o lembro.

"Posso te perguntar uma coisa?"

O tom de voz sério dele me faz hesitar. "Hum, talvez. Depende do quê."

Ouço Luke soltar o ar. "Como está o Thomas?"

Eu não estava esperando por isso. "Quer mesmo saber?"

"Quero."

Luke e eu concordamos que eu contaria a ele se começasse a sair com alguém, porque isso afetaria Addie. Mas mencionar que eu estava com alguém era muito diferente de ter uma conversa real com meu ex-marido sobre esse relacionamento. "Essa é a conversa mais esquisita que já tivemos desde o divórcio."

"Estou gostando", diz Luke.

"Eu também", digo. "Thomas está ótimo. Ele é ótimo."

Thomas e eu nos conhecemos em uma das minhas noites de autógrafo. Ele tinha ido com algumas pessoas do meu departamento. Quase todo mundo que eu conhecia estava na livraria aquela noite. Meu pai, Addie, Jill, Maria, Raya, Denise, um número enorme de pais da escola de Addie. Foi muito legal, mas de um jeito inesperado — porque também foi a noite em que eu e Thomas nos conhecemos.

"Oi, qual é seu nome?", perguntei automaticamente, quando chegou sua vez na fila.

"Thomas", disse ele.

Ergui os olhos e me dei conta de que o homem que estava à minha frente não só tinha uma bela voz como era muito bonito.

Ele sorriu, o que só o deixou mais atraente. "Parabéns pelo livro. Estou muito animado para ler. Seus colegas têm você em alta conta." Ele olhou em volta e apontou para o grupo de professores conversando perto do vinho. "Também sou sociólogo."

"É mesmo?", perguntei, um pouco empolgada demais. "Eu adoraria ouvir mais sobre seu trabalho!" Dava para ver que o homem esperando atrás de Thomas estava ficando impaciente. Ele não parava de olhar por cima do ombro de Thomas, fazendo cara feia. "Você pode ficar um pouco mais? Vamos sair para beber alguma coisa depois que o lançamento terminar. Poderíamos conversar um pouco."

Ai, meu Deus. O que você está fazendo, Rose? Convidando um desconhecido para sair?

"Claro, eu adoraria", disse Thomas.

Autografei o livro de Thomas e o devolvi a ele. "Obrigada por ter vindo. É sempre bom conhecer alguém da área." *Ainda mais alguém tão bonito quanto você.*

"É mesmo", disse ele, e sorriu de novo. Fiquei vendo enquanto ele seguia em direção aos meus colegas.

Conversamos a noite toda. Saímos os dois na semana seguinte, depois na outra, até que um dia acordei com Thomas ao meu lado na cama e me dei conta de que todas aquelas saídas constituíam um relacionamento. Um relacionamento que estava me fazendo feliz.

"Ainda é cedo", digo a Luke. "Não faz nem seis meses que estou com Thomas."

"Você parece gostar dele."

"Eu gosto", admito. O celular apita, porque estou recebendo outra chamada. Tiro o telefone da orelha por um segundo para olhar para a tela. "Aimeudeus, é Addie!"

"Que bom! Mas pega leve com..." Luke ainda está falando quando desligo para atender a outra ligação.

"Addie! Você está bem?"

"Claro, *mãe*." Ela está impaciente. É como se ter que falar comigo fosse um saco.

"Addie, você me matou de preocupação!"

"Mãe..."

"Não vem com essa de 'mãe'! Eu te amo, te amo muito, e por isso fico feliz em ouvir sua voz e saber que você está bem, graças a Deus, mas seu pai e eu estávamos ficando loucos, e você está de castigo! Vai ficar de castigo até os vinte anos!"

Trinta e sete

8 DE MAIO DE 2023

ROSE, VIDAS 1, 2, 7 E 8

"Está pronta, Addie?"
Minha voz ecoa pela casa e escada acima. Uma porta se abre e se fecha, passos percorrem os tacos de madeira — lentos, tranquilos, passos de uma adolescente. *Tum, tum, tum.* Addie desce devagar, as botas pesadas, com solas grossas, ruidosas, exatamente como ela gosta, como gosta que seja tudo. Mas a menina que aparece — primeiro os pés, depois as canelas, os joelhos e as pernas sob o jeans, seguidos pela barra de uma regatinha fina de seda, cor-de-rosa e sexy, que deixaria Thomas inconformado se estivesse aqui — está sorrindo. De alguma forma, Addie concilia essa postura adolescente do "tô nem aí", "não mexe comigo", "faço tudo no meu ritmo" com ser a garota mais fofa e simpática que já conheci.
"Oiê!" Seus olhos castanhos estão arregalados e seu sorriso é amplo. O gato dela, Max, passa por entre suas pernas no caminho para o outro cômodo. "Estou superempolgada para fazer compras hoje!"
Rio. Para Addie, tudo é "super". Ela usa a palavra antes de tudo: super com fome, superchateada, superintrigada, super a fim dessa menina, que é superlinda. "Também estou superempolgada", digo.
Nós nos abraçamos. Ela é tão magra. Sinto suas costelas estreitas sob a blusa. Fico com vontade de lhe dar hambúrgueres gordos e pratos enormes de macarrão cheio de molho bolonhesa, mas Addie é vegetariana desde os treze anos.

Tenho vontade de revirar os olhos para mim mesma diante dessa necessidade de alimentá-la, porque percebo que, às vezes, sou igualzinha à minha mãe. Um calor agridoce sempre toma conta de mim diante dessa ideia. Sinto um prazer triste ao constatar que minha mãe deixou sua marca em quem sou hoje. Ela adoraria saber disso.

"Está com fome?", pergunto a Addie. "Podemos começar o dia almoçando."

Addie inclina a cabeça, pensando, e o cabelo curto e espetado vai junto, duro por causa do gel. Foi um choque quando ela cortou o cabelo comprido. Num minuto, quase chegava até a cintura; no outro, ela o tinha raspado quase a máquina zero, deixando o pescoço exposto. Addie não pediu permissão — simplesmente foi lá e cortou. O pai dela ficou maluco, mas o corte faz seus olhos parecerem ainda maiores. Combina com ela. "Por que não vamos a uma loja e almoçamos em seguida?", ela sugere. "Ainda não estou com fome."

"Talvez você fique com fome se nos sentarmos para olhar o cardápio. Podemos ir àquela lanchonete vegetariana de que você gosta! Aquela com os hambúrgueres vegetarianos caseiros meio malucos."

Addie pega uma mala do encosto de uma cadeira da sala, também cor-de-rosa, embora de um tom mais claro que a regata. Ela funga. "Você está sempre tentando me alimentar."

Rio. "Ah, é?"

"É. *Rose*", ela acrescenta, meu nome uma batida forte, como as solas das botas pretas de amarrar que o pai dela também odeia. Addie sorri ao falar. Gosta de me chamar pelo nome, porque faz com que se sinta uma adulta.

Isso é novidade, Addie me chamar de Rose. Ela aproveita qualquer oportunidade para fazer isso, e ultimamente "Rose" tem sido quase tão usado quanto "super". *Rose, pode dizer ao meu pai que tudo bem eu ficar fora até tarde para ir ao baile? Rose, sabe se ainda tem aquele cereal que eu gosto? Não es-*

tou achando. Rose, será que podemos ir fazer compras este fim de semana? Estou a fim de uma menina e queria chamar a atenção dela. Que ela me chame pelo nome é preferível à raiva e à resistência iniciais que demonstrou quando descobriu que eu estava saindo com o pai dela. Mas Addie era muito pequena na época, muito possessiva em relação ao pai, não queria dividi-lo com ninguém. Agora que fez quinze anos, parece mesmo que está ficando adulta. Gosto dela. Muito. E não só porque é filha do homem que eu amo, do homem com quem venho falando em morar junto.

Quem poderia imaginar que eu acabaria com uma filha, sem nunca ter um bebê? E uma tão divertida, inteligente, maravilhosa?

É bem melhor do que o planejado. Um meio-termo que eu nunca teria imaginado.

Addie pega sua bolsa. É preta, com tachinhas de metal ameaçadoras. "Você acha que meu pai vai me deixar ficar fora até meia-noite na semana que vem?"

Olho para ela. "Você vai ter que perguntar a ele."

"Mas *você* acha que tudo bem?"

Não respondo. Addie arqueia as sobrancelhas. Já sabe que eu concordo com ela, mas não vou dizer isso. Não cabe a mim decidir essas coisas.

Sempre que Thomas está à beira de um ataque de nervos por causa do drama mais recente de Addie, por causa da escola, dos amigos, da hora de voltar para casa, da menina com quem quer sair, tento lembrá-lo de que ele teve muita sorte com ela, de que o período da adolescência pode ser terrível — pelo menos é o que todos os meus amigos com filhos dizem.

"E se eu perguntasse", Addie prossegue, "e você falasse com ele depois?"

"Vou pensar no seu caso", digo a ela.

Addie sorri e abre a porta. Ela sabe que estou na mão dela. "Obrigada, *Rose*."

Trinta e oito

18 DE JUNHO DE 2022

ROSE, VIDAS 3, 5 E 6

"Addie!"

Estou gritando e acenando. Assim como meu pai, ao meu lado. Addie se vira para nós enquanto atravessa o corredor com os outros formandos do oitavo ano, me dirigindo um olhar de súplica que diz: *Sossega, mãe!* Mas não consigo sossegar. Ela revira os olhos. Nem mesmo seu comportamento adolescente pode diminuir o prazer de ver minha filha de beca e capelo, subindo no palco com todos os seus amigos.

"Uhu! Uhu!" Bato palmas o mais forte possível, e minhas palmas ardem.

Meu pai se inclina para mim. "Rose, se eu tivesse feito isso quando você era nova, teria passado uma semana inteira sem falar comigo."

Jill me dá uma cotovelada do outro lado. "Addie definitivamente vai te dar uma bronca mais tarde. É melhor segurar um pouco a onda."

"Não estou nem aí", digo aos dois. "Ela vai ter que aguentar a mãe constrangedora." Olho em volta, para o auditório lotado. Vejo os pais de Luke do outro lado, tomando cuidado para que nossos olhares não se cruzem. Faz muito tempo que não nos falamos. "Além do mais, todos os outros pais estão fazendo a mesma coisa."

"Bom, isso é verdade." Depois de um momento, Jill pergunta: "E aí? Luke vai conseguir chegar?".

Olho de novo para o outro lado do auditório, para a cadeira vazia ao lado dos pais dele. "Espero que sim." Luke estava voltando de uma viagem de trabalho e se preocupava com a possibilidade de atrasos do voo e do trem, com o trânsito em geral. Ele nem sempre se sai muito bem em suas tentativas de conciliar as responsabilidades do trabalho com a filha que tem comigo e as duas filhas que tem com Cheryl.

"Mas é a formatura de Addie."

"Eu sei. *Eu sei*."

"Talvez ele a surpreenda", diz meu pai, sempre otimista.

Minha amizade com Luke é, na melhor das hipóteses, imperfeita. Desde que ele teve outra filha, não dá tanta atenção a Addie quanto antes. Mas seguimos em frente, apesar das dificuldades, fazendo o nosso melhor para educar Addie juntos, para garantir que possa contar conosco, e até para que às vezes possamos contar um com o outro. Eu estaria mentindo, no entanto, se dissesse que não sinto certa liberdade com sua ausência, que isso não me libera para ser mãe de Addie como eu quiser. Sei que é egoísta, sei que Addie precisa que o pai esteja presente tanto quanto possível, mas também é verdade. Às vezes fico aliviada com a ausência de Luke.

A banda marcial da escola volta a tocar "Pompa e circunstância". Os alunos lotam os bancos no palco. Meus olhos estão fixos em Addie, que é a quarta da esquerda para a direita na segunda fileira, ao lado de sua melhor amiga, Eve.

Meu pai balança a cabeça. "Não consigo acreditar que gosto desse corte de cabelo, mas gosto."

Addie cortou o cabelo bem curto, deve estar com uns cinco centímetros de comprimento. Fui inteiramente contra a ideia, mas deixei que seguisse adiante — e ficou mesmo bom nela. Luke odiou.

A diretora Gonzalez pede que todos se sentem, e obedecemos imediatamente, como se também fôssemos seus alunos.

Jill se inclina para mim. "Não dá para acreditar que es-

tamos na formatura de Addie... Eu me lembro de quando ela era só a nhoquinha."
Faço que sim com a cabeça. Olho para meu pai. Vejo que seus olhos já lacrimejam. Sei que se eu disser alguma coisa vou começar a chorar, e aí vou realmente estar em apuros com Addie mais tarde, na hora da festa. Se fosse capaz de falar, eu diria a Jill que não consigo imaginar um mundo sem Addie. E pensar que cheguei tão perto de viver nesse mundo. Uma lágrima escorre pela minha bochecha. Eu a enxugo com a mão.

"Thomas vai vir à festa?", Jill pergunta.
O bolo está no meio da mesa. É de chocolate e sem glacê — Addie não gosta de glacê. Numa fina camada de cobertura de limão, está escrito: *Parabéns pela formatura, Addie!* Eu o ajeito, para que fique bem centralizado em meio às outras comidas: cookies, pedaços de brownie e cupcakes de um lado, e do outro tigelas de salada, macarrão e as almôndegas preferidas de Addie, além de uma travessa funda cheia da brachola da minha mãe, que passei horas fazendo e que minha filha também adora. "Não." Troco a posição da salada de espinafre com a de macarrão com brócolis. Não sei bem por quê. "Addie ficaria chateada se ele viesse."
Jill pega meu braço quando vou mexer em outra tigela, para me impedir. "Está ótimo. Agora chega. A mesa está linda."
Recolho a mão.
Ela está certa. A mesa está mesmo linda. Mais para o lado, há um guarda-roupa alto encostado na parede — lindo, simples, com um laço rosa-choque enorme em volta e um cartão enfiado na porta. É um presente do avô para marcar a entrada de Addie no ensino médio. Combina com o restante dos móveis que os dois fizeram juntos para o quarto dela. Addie vai adorar.

Jill e eu vamos até a ilha da cozinha. Ela abre uma das garrafas de vinho branco que comprei para os pais que vão vir à festa. Enche duas taças que estão sobre a bancada e me entrega uma. "Achei que as coisas entre Addie e Thomas estavam melhorando."
Tomo um gole e desfruto do frescor do líquido ao mesmo tempo doce e amargo na garganta. "Estavam. Estão. Está muito melhor do que antes, já que o começo foi um terror, como você sabe. Nos últimos meses eles parecem mais amigos. Eu sabia que isso ia acontecer. Ele é maravilhoso com ela, tem sido tão paciente. Com certeza mais do que eu seria, no lugar dele, tendo que lidar com o filho de outra pessoa."
Jill ri. "Com certeza."
Confiro o telefone para ver se Luke mandou mensagem, mas nenhum sinal dele ainda. Suspiro e giro o vinho na taça. "Addie vai ficar arrasada se Luke não vier à festa."
A campainha e meu telefone tocam ao mesmo tempo.
"Eu atendo a porta", Jill se oferece.
Pego o celular. "Luke!"
"Estou indo! Chego logo mais!", disse ele. "Addie me odeia?"
"É claro que não." *Um pouco.* "Ela vai ficar feliz quando souber que você vai conseguir vir para a festa."
"Posso ficar de fotógrafo pessoal dos amigos dela."
Sorrio. "Addie vai adorar isso." *Vai mesmo.*
"Acha que ela vai me perdoar?"
"Claro." *Claro.*
"Que bom."
Ouço Luke buzinando. "Dirija com cuidado!"
Desligamos.
Sua filha precisa de você, penso. *Precisa de nós dois.*
Sempre vai precisar, não é? Mesmo que ainda não perceba isso, mesmo que o que mais goste de fazer no momento seja revirar os olhos para os pais. Espero que Addie pre-

cise da mãe para sempre, porque sua mãe adora isso. Talvez todas as mães adorem.

Meus olhos se enchem de lágrimas. Eu as enxugo com as costas da mão.

Sei que a minha adorava.

Trinta e nove

15 DE AGOSTO DE 2006

ROSE, VIDA 9

Luke está de pé, no meu lado da cama. Ele nunca vai para o meu lado da cama. Tem um frasco de vitaminas na mão. E o ergue.
Dou um passo na direção dele. Certifico-me de respirar, de inspirar e expirar. "Parei de tomar, tá bom?"
Seus ombros caem. "Rose. Você *prometeu*."
"Luke, eu..."
Mas ele ainda não acabou de falar.
"Rose, você prometeu e *mentiu*."
Fico olhando para ele, de pé ali, largado, o retrato da vítima. Como se eu tivesse feito algo com ele, o magoado. "Sério, Luke? Eu menti? Então me diz: *você* não quebrou nenhuma promessa? Não tem nenhuma de que consiga se lembrar? Alguma mentira que possa ter contado?"
"Rose." Ele suspira, soltando o ar devagar. "Não seja assim..."
"Não seja assim como? Como sempre fui? Sincera com você em relação a isso tudo? Desde praticamente o primeiro encontro, Luke, eu avisei que não queria filhos. Repeti isso um monte de vezes. E sabe o que você me disse?"
Mais suspiros. Dessa vez, mais pesados. Meu marido está murchando diante de mim, derretendo na nossa cama. Ele afunda na beirada. "Rose..."
"Era recíproco, Luke", digo, e meu corpo se expande, eu toda me expando, tomando conta do quarto, pulsando. "O

que eu ouvia toda vez que o lembrava de que não ia ter filhos era que você também não queria. Que nunca ia querer. Você me disse isso um monte de vezes antes de entrarmos naquela porcaria de igreja e nos casarmos. Então quem é o mentiroso aqui?"

"Eu não *menti*..."

"Para. Só para com essa porra toda, porque estou cansada. Estou cansada de me culparem por decepcionar você e todo mundo na sua família. Estou cansada de pensar que sou um fracasso como mulher, uma pessoa horrível, uma vaca egoísta." Faço uma pausa para respirar e vejo o choque atingir o rosto de Luke, como se eu levantasse a mão para bater nele. "Por acaso não lhe ocorreu que *você* falhou comigo? Que foi *você* que falhou nesse casamento?"

"Rose, isso não é justo."

Dou uma risada amarga. Vou até meu marido e olho para ele, jogado na cama, e então *sei*. Luke levanta a cabeça, olha nos meus olhos. Um lampejo de medo passa por eles. "Esse tempo todo, toda essa tortura de você e sua família me dizendo que vou me arrepender pelo resto da minha vida de não ter sido mãe, que *nós* vamos nos arrepender, que sou uma pessoa terrível, uma mulher egoísta e horrorosa, que estou acabando com a sua vida... simplesmente presumi que fosse tudo verdade. Quando a verdade é que *você* está acabando com a *minha* vida."

"Rose?" Meu nome sai tenso e quase estridente da boca de Luke.

Eu me inclino e coloco uma mão em cada bochecha dele, então beijo sua testa. Luke pisca, e eu vejo a confusão em seus olhos. Então o solto, viro e saio do quarto, atravessando a sala para chegar ao armário da entrada, onde ficam as malas, na prateleira mais alta. Faço um esforço para pegar a maior de todas, tão grande que sempre brincamos que um cadáver caberia ali. Ela bate contra a porta do armário antes de cair no chão.

"Rose?" Ouço meu nome de novo.
Ponho a mala de rodinhas de pé e a levo até o quarto. Vou diretamente à cômoda em que guardo sutiãs, calcinhas e meias. Deixo a mala no chão, abro e começo a enchê-la. Pilhas de sutiãs se misturam com partes de cima de pijamas, mas não me importo. Sou uma máquina, virando para um lado e depois para o outro, repetidamente, meus braços dobrados parecendo pequenas empilhadeiras esvaziando os contêineres desta vida, do meu casamento.
Vejo pés descalços à minha frente, os pés de Luke. "O que está fazendo?"
Arrasto a mala até o armário, abro a porta e começo a tirar coisas dos cabides e jogar sobre as calcinhas, as regatas, as calças de dormir, as meias coloridas com cachorrinhos estampados. Malhas, camisetas, vestidos.
"Eu fiz uma pergunta."
"O que parece que eu estou fazendo, Luke?"
"Qual é o plano? Passar a noite na Jill?" Ele parece esperançoso.
Não quero que tenha falsas esperanças, então digo a verdade. "Chega", digo. "Eu te amo, de verdade, sempre amei, mas não vou deixar que acabe com a minha vida."
"Sério?"
O som do zíper da mala fechando parece alto demais. "Sim, é sério. Estou indo embora. E não vou voltar." Respiro fundo, então volto a falar. "Não posso continuar com isso. Com esse casamento."
Uma onda de alívio me percorre, como asas me levantando, como se todos os órgãos do meu corpo estivessem mais leves, flutuassem, e eu não fosse mais puxada pela gravidade. Meus ombros se endireitam, meu pescoço se estica, meu queixo se levanta.
A questão da maternidade, *se* vou me tornar mãe, e, em caso positivo, *quando*, e, *se* eu não me tornar, *o que* vai acontecer, tudo isso intimamente relacionado a quem sou

enquanto mulher, boa ou má, realizada ou não, egoísta ou abnegada, feliz ou infeliz, tudo isso ligado a casamento, trabalho, divórcio, constituía uma pedra gigantesca, pesada, que carreguei durante anos, rolando, empurrando, como um Sísifo formoso, de salto alto ou tênis de corrida, com as roupas do trabalho, pijama ou calça jeans.

Agora dou um toquinho nessa pedra, de leve, e a vejo rolar montanha abaixo e se despedaçar na ravina.

Gostaria de nunca a ter carregado.

Ponho a mala de pé, pego a alça, inclino a mala e a puxo na direção da porta. Luke fica o tempo todo atrás de mim, seus passos parecem ecoar sua perplexidade com o que estou fazendo. "Tchau, Luke. Espero que um dia encontre uma mãe que o faça feliz."

Destranco a porta e vou embora.

Quarenta

23 DE AGOSTO DE 2024

ROSE, VIDAS 1-3, 5-9

"Por favor, me diz que Addie não vai se machucar, pulando daquelas pedras." Thomas se inclina para a frente na cadeira de praia com listras azuis, verdes e rosa, protegendo os olhos com a mão, meio brincando, meio falando sério.

Adolescentes de todas as idades, e talvez até alguns universitários, se aglomeram em cima da maior das pedras que se projetam ao final da praia. Uma menina ruiva de cabelo comprido grita de alegria depois de pular, antes de chegar na água.

"Ah, não se preocupa." Tiro areia dos pés e das mãos. "Addie vai ficar bem. Ela está se divertindo. Eu costumava pular daquelas pedras quando tinha a idade dela. Fiz isso por anos."

"Mas os pais são muito mais estressados e cautelosos hoje", diz Thomas. "Fico surpreso que a associação de pais e mestres local ainda não tenha proibido pular daquelas pedras. A gente devia propor uma lei que impedisse esse tipo de comportamento, Rose."

"Você é ridículo", digo a ele, então beijo seu ombro. Um amigo de Addie, Tim, grita para a menina na água voltar lá para cima para pular outra vez.

"Não estou brincando! Olha só aquilo. É a porra do monte Everest, só que numa praia da Nova Inglaterra!"

Eu o cutuco. "Não é tão alto assim. E a água é bem profunda naquele ponto."

"Exatamente!"
Minha cadeira de praia está deitada demais para que eu consiga ver Addie nas pedras. Eu a ajeito em uma posição mais sentada. Como Thomas e eu, outras pessoas na praia estão olhando para as crianças que nadam até as pedras, escalam e mergulham, repetindo o processo em seguida. A atmosfera é festiva, graças à onda de calor, ao fim de semana e ao fato de ser agosto. Os guarda-sóis espalhados são vermelhos, cor-de-rosa, laranja, amarelos, roxos, verdes, listrados, de bolinhas, floridos. As toalhas e as roupas de banho constituem outra profusão de cores e padrões contra o pano de fundo da areia branca escaldante e do mar azul e frio.

Desde pequena, minha mãe incutiu em mim o amor pela natureza, nutrido à medida que eu crescia. Como todas as mães, ela podia ser crítica, indiferente, inacessível, mas também podia ser maravilhosa, divertida, amorosa e generosa; uma pessoa que me encorajava a assumir riscos, a seguir meu coração. Sinto sua falta, e agora ainda mais, porque ela adorava a praia.

"Ai, meu Deus. Addie está se preparando para pular." Thomas leva as mãos aos olhos. "Não consigo ver."

"Vai ficar tudo bem", digo a ele, com os olhos fixos na menina magra de pernas finas usando biquíni verde-limão, com o cabelo comprido e molhado caindo em volta do rosto. Por um bom tempo, Addie usou cabelo curto, mas depois decidiu deixar crescer, e agora ele já passa dos ombros. Ela olha para baixo, para a água escura e profunda, e meu coração se enche de medo. Ela vai mesmo ficar bem? E se algo horrível acontecer? Como vou poder viver comigo mesma tendo-a deixado subir ali, tudo por causa das histórias que tinha lhe contado sobre fazer exatamente aquilo quando tinha a idade dela? Volto a falar. "Se Luke estivesse aqui, estaria dando o maior sermão sobre como não se deve permitir que uma criança arrisque a vida assim, ou seja, sobre como nenhuma criança deveria poder se divertir com nada arriscado."

Addie coloca os braços para trás, dobra os joelhos.

"Acho que concordo com Luke nesse ponto", diz Thomas, com os olhos ainda tapados.

"Mentira."

"Não, de verdade. Estou falando sério."

"Lá vai ela", grito, vendo Addie se jogar da pedra e cair direto na água. Um segundo depois, ela reaparece. As outras crianças comemoram. "Ela fez direitinho!"

Thomas finalmente destapa os olhos. Solta o ar demoradamente, depois olha para mim. "Ih. O que é esse sorriso no seu rosto, Rose?"

Eu me levanto da cadeira e pego uma toalha. "Apenas olhe."

"Você vai também? Está maluca?"

"Não se preocupa! Sou especialista em pular daquela pedra..."

"Daquele penhasco, você quer dizer."

Thomas estica a mão para mim. Eu a pego. "Vai fiçar tudo bem. Vou ficar bem."

"Ótimo. Agora tenho que ficar preocupado com a possibilidade de *duas* mulheres tendo uma morte horrível hoje."

Thomas não solta minha mão. Eu a aperto de leve, depois meus dedos escapam dos dele.

"Tá, tá bom, vai lá com a Addie", diz ele, balançando a cabeça. "Não gosto mesmo da ideia da menina sozinha lá em cima. Se algo terrível acontecer, você pode salvá-la."

Ponho uma das mãos na cintura, fingindo estar ofendida. "E se algo terrível acontecer comigo?"

Thomas ri. "Aí Addie pode salvar você, claro."

"Tenho certeza de que ela vai ficar muito feliz quando me vir chegando", digo.

"Acho que ela vai ficar empolgada, mas em segredo."

"Vamos ver!"

A caminhada até as pedras leva um pouco mais de cinco minutos. Crianças brincam na água e constroem castelos de areia, pessoas riem, a espuma das ondas indo e voltando fornece a trilha sonora de fundo. Quando chego, estou suando. Deve estar fazendo uns trinta e cinco graus.

Um menino alto e musculoso, que deve ter uns dezesseis ou dezessete anos e usa calção de banho verde-água, segura os joelhos junto ao corpo ao pular, e todos que esperam sua vez gritam e aplaudem. Alguns acabam me vendo ali, prestes a nadar até o ponto que todo mundo usa para subir nas pedras. Addie está entretida na conversa com seu amigo Tim. Ri de alguma coisa que ele diz.

Faço um aceno com a mão. "Addie!"

Ela olha. Quando sorri para mim, eu mergulho, e sinto o redemoinho de água fria. É refrescante, considerando o calor. Eu nado peito, e o bater da água contra meu corpo é como uma música de que senti falta. Memórias pungentes inundam meu cérebro quando chego às pedras e apoio minhas mãos molhadas — imagens da primeira vez que ousei fazer isso, aos treze anos, quando me empertiguei toda ao ouvir um menino de quem era a fim, Ray, me chamar lá de baixo. Foi mais ou menos no mesmo instante em que meu pai descobriu que eu lhe havia desobedecido e apareceu para me arrastar para casa e me deixar de castigo.

"Precisa de uma mãozinha, dra. Napolitano?", Tim grita para mim.

Olho para o garoto alto de quem Addie parece gostar. Recentemente, ela declarou durante o jantar que era bissexual. Talvez tenha sido ele quem a ajudou a descobrir esse detalhe a seu respeito, porque, até então, ela só tinha se interessado por meninas.

"Tim, já falei para me chamar de Rose", digo para ele.

"Mas não consigo. Você é professora e tudo mais."

"Então fique à vontade", digo, rindo, enquanto olho para o amigo de Addie e depois para Addie. Descobri que gosto bastante dos amigos dela. Descobri que gosto de adolescentes.

Há uma espécie de escada na beirada das pedras, uma sequência de degraus de ardósia. Tim olha para mim, provavelmente se perguntando o que essa velha está fazendo, nadando até as pedras para ficar com os jovens. Addie continua ao lado dele. Parece nervosa, como se mentalmente mandasse forças para me ajudar a chegar até onde eles estão. Quando chego perto do topo, Tim me oferece a mão, e eu a aceito.

"Obrigada, senhor", digo, e ele ri.

"Não acredito que você subiu aqui!" Addie parece descrente, mas também feliz. Talvez só esteja feliz por eu não ter escorregado e morrido lá embaixo. Espero que Thomas tenha conseguido destapar os olhos, para ver que isso não aconteceu.

Abraço Addie. "Imaginei que devia ser como andar de bicicleta e tal." Viro para Tim. "Espero que não se importe, mas acho que as próximas seremos nós duas."

Tim aponta para a beirada. "Por favor..."

"Vamos, Addie. Vamos pular."

"Sério?" Ela parece chocada.

"Por que não? O que achou que eu estava vindo fazer aqui?"

"Tá bom!", diz ela, assentindo.

Quero abraçá-la de novo, mas me seguro.

Nós duas, Addie com suas pernas magras e bronzeadas e biquíni verde-limão, eu de maiô roxo, vamos até a beirada. Sinto os olhos dos jovens em nós, o som da conversa diminuindo. Damos as mãos.

"Pronta?", pergunto, e então, rindo, pulamos juntas.

Quarenta e um

23 DE MAIO DE 2000

ROSE, VIDAS 1-9

Luke está apoiado em um joelho.
Tudo acontece tão rápido que, a princípio, fico confusa.
"O que está acontecendo, Luke?" Fico ali, com os braços ao lado do corpo, os dedos se fechando e se abrindo, inquieta.
Ele está olhando para mim, sorrindo, radiante, sem dizer nada. Perde um pouco o equilíbrio, mas se endireita. Tenta pegar algo no bolso de trás.
Ah. *Ah!*
Enquanto se atrapalha com a caixinha no bolso do jeans, meu coração acelera, e arrepios percorrem meu corpo, ainda que eu esteja de malha. Meus lábios se entreabrem, e eu me lembro de respirar. Acho que estou sorrindo. Estive esperando por esse momento, antecipando-o, torcendo para que chegasse logo.
Luke tira a caixinha, abre e pega a aliança de noivado. Ele a ergue para mim e começa a falar. A aliança brilha, cintila, treme junto com sua mão. "Rose, você é o amor da minha vida, e sempre será..."
Enquanto ele fala, ouço suas palavras encantadoras, mas também ouço algo mais, uma voz dentro da minha cabeça que tem sua própria opinião quanto ao que está prestes a acontecer. Tento silenciá-la, mas ela é forte, irritante e intrometida demais.
Rose, diz, por que Luke se ajoelhou? É tão tradicional. Você

disse a ele um milhão de vezes — não, um bilhão *— que não queria um pedido de casamento tradicional, um noivado tradicional, que seriam seguidos por um casamento tradicional. Você disse especificamente que não queria que ninguém ficasse de joelhos e te pedisse em casamento. Brincou com Luke que, se ele fizesse isso, ouviria um grande não em resposta.*

"Quero passar o resto dos meus dias só com você..."

As palavras de Luke são tão doces, tão lindas, como posso não amar? Como posso não derreter diante de tal declaração? O que importa se ele está de joelhos, quando eu disse para não fazer isso? O que importa se sou feminista? Feministas também podem receber declarações de amor, não? Qualquer pessoa pode. É uma tradição legal! Por que eu não curtiria? Tenho o direito de curtir. Não tenho?

Mas e se isso for um sinal do que está por vir?

"Rose Napolitano, você me dá a honra de ser minha mulher? Casa comigo?"

E se Luke não me ouvir em outros sentidos também?

Luke parece radiante, e a maior parte de mim retribui isso.

A maior parte.

Há outra Rose dentro de mim, que está preocupada. Eu gostaria que ela calasse a boca e só me deixasse curtir o momento.

Rose...

Cala a BOCA.

Luke aguarda. Ele volta a perder um pouco o equilíbrio. Estico uma das mãos para segurá-lo.

A outra Rose fica em silêncio.

Sorrio, abro a boca e digo: "Sim".

Quarenta e dois

12 DE DEZEMBRO DE 2025

ROSE

Thomas me chama do quarto. "Rose, seu telefone está tocando! É o Luke."

Estou colocando as luzinhas na árvore. Meera, nossa nova gata, que está dentro da caixa de decorações de Natal, fica tentando pegá-las. Sentimos falta de Max, que foi para um lugar melhor. Pego Meera no colo. Ela mia em protesto enquanto a levo para o quarto.

Thomas está sentado na cama, estendendo o celular para mim. Eu o pego e o levo à orelha. "Oi, Luke. Tudo bem?"

"Tudo. Alguma notícia?"

Thomas estende os braços para Meera. Faço bico, mas deixo que a pegue. "Consegui a bolsa!"

"Conseguiu? Que maravilha! Não estou nada surpreso."

"Obrigada", digo. Fico tocada que Luke tenha ligado só para me perguntar do trabalho. "E quanto a você? E os prêmios este ano?"

Luke suspira. "Estou tentando não pensar muito a respeito. Se eu fingir que não ligo, talvez ganhe um dos grandes."

Rio. "Você costuma ganhar."

"Shhhh. Olha a zica."

Vou para a sala e depois para a cozinha, passando pela árvore parcialmente decorada. Vejo Addie na mesa da cozinha, debruçada sobre uma tela de celular. "Olha, tenho que ir. Os biscoitos estão no forno e não posso deixar queimar. *Alguém* devia ter ficado de olho neles, mas se distraiu com o

335

celular." Addie nem olha quando digo isso. Provavelmente nem me escutou. "Tenho mais delícias de Natal para fazer depois."

"Para, assim você vai me matar", diz Luke. "Ainda sinto falta dessa parte da nossa vida. Cheryl não sabe nem ferver água."

"Não quero saber disso, boas festas, tchau!" Desligo antes que Luke possa falar mais alguma coisa.

O temporizador toca. Nem assim Addie levanta a cabeça. Passo por ela no caminho para o fogão, abro a porta e vejo que os biscoitos estão perfeitamente dourados. Pego a luva e os tiro do forno.

O cheiro é delicioso. Lembra...

Minha mãe.

Por um breve e impactante momento, ela está aqui, comigo, agora. Estamos juntas nesta cozinha, eu ainda pequena, com seis, talvez sete anos, e fazemos biscoitos, estes biscoitos, juntas.

Ultimamente, à noite, na cama, quando estou indo dar aula, ou mesmo caminhando pela cidade, tenho pensado na vida da minha mãe — na vida que ela levava antes de mim. Como era, com o que ela sonhava, se havia duvidado de suas escolhas, de sua escolha de me ter. Esse desejo de tê-la conhecido, de tê-la conhecido de verdade, como a mulher que ela era antes que a maternidade a mudasse, tem crescido, se expandido e florescido dentro de mim. Eu queria tê-la conhecido.

Esse desejo, essa necessidade, foi o que me fez pedir uma nova bolsa, sobre a qual Luke me perguntou. Dessa vez, vou entrevistar mães, mães mais velhas, com filhos crescidos que já saíram de casa. Quero saber sobre o antes e o depois da maternidade para elas. Vou fazer todas as perguntas que gostaria de ter feito à minha mãe, que faria se ela ainda estivesse viva. Quero saber quem elas eram antes dessa mudança enorme em sua existência, e quero saber como veem sua escolha à distância, a partir de suas vidas hoje. Teriam feito algo diferente? Sentem falta de alguma parte de seu antigo eu? Ficam se perguntando quem seriam se tivessem escolhido não ser mães? Gostariam de poder encontrar essa outra mulher, a pessoa que seriam se tivessem escolhido diferente?

Com a espátula na mão, solto os biscoitos um a um do papel-manteiga, transferindo a maioria para uma grade de esfriamento e alguns para um prato. Enquanto faço isso, me pergunto sobre as outras vidas que poderia ter vivido, vidas em que escolhesse não ter filhos, vidas em que os tivesse, ou em que os tentasse ter. De qualquer maneira, sendo a Rose que disse sim, a Rose que disse talvez, a Rose que disse não, de jeito nenhum, ou uma combinação dessas Roses, aqui estou eu, com uma criança, e se ela é ou não minha não importa, eu que decido. Quem tem amor, amizade e uma família tem o bastante para atravessar os períodos difíceis, os dias, meses e anos de perda, o luto inevitável de se estar vivo. Há paz nisso, e uma espécie de felicidade. Isso é tudo que alguém pode esperar, acho, de uma única vida.

Deslizo um prato de biscoitos ainda quentes do forno pela mesa, na direção de Addie. Ela levanta o rosto, assustada. Então sorri. "Quer um?", pergunto, e sorrio de volta.

AGRADECIMENTOS

Obrigada a Miriam Altshuler, minha agente, grande apoiadora das mulheres (em geral) e desta mulher em particular. É muita sorte ter um "casamento profissional" tão maravilhoso e duradouro, e você ter ficado comigo nos altos e baixos (e houve tantos baixos), sem nunca perder a fé.

A Pam Dorman, por ter se apaixonado pelo meu livro de um dia para o outro, e por ter tornado meus sonhos de escritora realidade de tantas maneiras; por sua sabedoria editorial, sua fé em Rose e em mim, e por ter decidido que algo que escrevi era digno de seu selo editorial — fico honrada e grata, e aprendi muito trabalhando com você. Ter tido meu livro publicado por você é um dos pontos altos da minha vida profissional. Também agradeço a Martha Ashby, da HarperCollins, minha editora no Reino Unido, pelo incentivo, a bondade e a empolgação demonstrados depois de ler o livro, e que a levaram, junto com seus colegas, a produzir um documento que ainda leio quando estou para baixo. Tenho muita sorte de contar com essa dupla dinâmica de mamães editoriais cuidando de mim e de Rose.

Agradeço a todos na Viking e na Penguin que apostaram em Rose. A Jeramie Orton e Marie Michels, por sua paciência e diligência, e principalmente a Leigh Butler e Hal Fessenden, por seu apoio extraordinário, por entenderem este livro e por seus planos de dominação mundial — vocês dois e Pam fizeram do último verão um dos mais empolgantes da minha vida.

Sou muito grata aos editores do mundo todo que se apaixonaram por Rose. Estou muito animada para ser publicada por vocês e emocionada com o fato de terem acreditado neste romance e em mim. Adorei conhecer muitos de vocês, e espero que o diálogo que iniciamos por conta do romance prossiga.

Obrigada a meus queridos amigos Marie Rutkoski, Daphne Grab, Eliot Schrefer e Rene Steinke, que leram rascunhos do livro e me ajudaram a resolver algumas coisas, e a Rebecca Stead, que me manteve firme em um momento importante e me deu ótimos conselhos. A Kylie Sachs, que ainda é minha amiga (como isso é possível, depois de todos esses anos?) e minha confidente em todas as coisas relacionadas a este romance, pequenas ou grandes, raivosas ou felizes. Ao meu pai, que é o melhor do mundo, e ao meu marido, que, enquanto eu escrevia este livro, me perguntava toda noite durante o jantar: "O que aconteceu com Rose Napolitano hoje?".

Obrigada às mulheres que nunca quiseram ter filhos, e que a sociedade e a cultura talvez tenham feito se sentir estranhas, pequenas e incompletas, como se tivesse que haver algo de errado com elas por não quererem ser mães, talvez desde novas, talvez para sempre — este livro definitivamente foi escrito tendo vocês em mente. *Eu enxergo vocês.* Espero que tenha feito justiça à sua experiência.

Agradeço às mães de todos os tipos na minha vida — mães de seus próprios filhos, mães literárias, mulheres que me serviram de mãe em diferentes momentos, quando eu precisava. Às mães que virei ainda a conhecer e àquelas que leram este livro. Há muitas maneiras de ser mãe, e muitas delas não envolvem dar à luz um bebê. Não reconhecemos isso o bastante no mundo.

Finalmente, minha mãe: vou encerrar este livro e estes

agradecimentos expressando mais uma vez minha gratidão a ela. Já lhe dediquei este romance, mas aqui vou escrever tudo que quero, porque tenho espaço.

Obrigada, mãe, por me ter dado a vida. Eu gostaria de ter dito isso a você enquanto ainda estava consciente o bastante para ouvir e entender. Eu disse isso a você — as mesmíssimas palavras — um dia antes que morresse, quando já não podia me ouvir. Passei os últimos dezesseis anos pensando que você não tinha conseguido me ouvir aquele dia, e em como isso era injusto. Porque você merecia meu agradecimento e minha gratidão eterna. Dar a vida a alguém não é algo pequeno. Ser mãe não é algo pequeno. Mas, muitas vezes, não há agradecimento. Eu gostaria de ter agradecido a você diretamente, especificamente, por esta vida, pela minha vida. Gosto de pensar que, de alguma forma, você me ouviu, que talvez ainda ouça, mesmo na morte. Provavelmente é só uma fantasia, mas às vezes fantasias são tudo que temos, e esta é a minha. Te amo. Obrigada.

TIPOGRAFIA Adriane por Marconi Lima
DIAGRAMAÇÃO Verba Editorial
PAPEL Pólen Soft, Suzano S.A.
IMPRESSÃO Gráfica Bartira, agosto de 2021

A marca FSC® é a garantia de que a madeira utilizada na fabricação do papel deste livro provém de florestas que foram gerenciadas de maneira ambientalmente correta, socialmente justa e economicamente viável, além de outras fontes de origem controlada.